SABLE BLEU

Hors-série

ISBN : 978-2-74-853022-3

Loi n° 49-956 du 16 juillet 1949
sur les publications destinées à la jeunesse,
modifiée par la loi n° 2011-525 du 17 mai 2011.

Mise en pages : DV Arts Graphiques à La Rochelle
Dépôt légal : août 2021

YVES GREVET

SABLE BLEU

SYROS

1
LA MURÈNE

LE 22 AVRIL, 3H40

JE ME RÉVEILLE BRUSQUEMENT AU MILIEU DE LA NUIT. J'ai l'habitude, c'est comme ça depuis que je suis toute petite. Je passe de longs moments, allongée dans le noir, à attendre que le sommeil revienne. J'essaie de me détendre en me concentrant sur ma respiration et en gardant les yeux fermés. C'est la meilleure méthode que j'ai trouvée pour que mon corps cède au sommeil plus rapidement.

J'entends tout à coup des bruits étouffés qui proviennent de la salle de bains. Quelqu'un semble ouvrir avec précaution les rangements et manipuler des objets. Sans doute ma mère qui cherche du paracétamol ou un mouchoir en essayant de ne réveiller personne. Je trouve que ça dure un peu longtemps. Mais je me garde bien de me lever. Je sais que je risque d'essuyer un reproche du genre : « Qu'est-ce que tu fous debout à cette heure, Tess ? » ou encore : « Va te recoucher et dors ! ». Soudain, je me sens bizarre. Les poils de mes bras se hérissent et je perçois une odeur chimique un peu écœurante que je n'arrive pas à reconnaître. Je me fige dans mon lit. Au bout d'une trentaine de secondes, le phénomène s'estompe. Je me demande si je ne me suis pas assoupie et si je n'ai pas rêvé. En tout cas, maintenant, je suis totalement réveillée. Il n'y a plus aucun bruit. Pour retrouver le sommeil, puisque ma méthode habituelle ne marche pas, je dois penser positif, par exemple en passant en revue tout ce qui donne du sens à ma vie et me donne de l'espoir.

D'abord, j'aime bien le lycée et j'y ai d'excellents résultats. Je ne m'ennuie pas en cours. Ensuite, j'ai une très bonne copine, Nangaï, avec laquelle je partage mes idées et mes engagements. Et surtout, le monde va mieux, et même beaucoup mieux. Et pas seulement grâce aux actions du mouvement *Planet Reboot*, auquel j'appartiens depuis la fin du collège. Il y a moins d'un an, je vivais dans la trouille de l'avenir prédit par les scientifiques : une planète rendue stérile par le réchauffement climatique, la raréfaction de l'eau douce, l'extinction d'une grande partie de la biodiversité... la liste est encore si longue. Depuis l'âge de huit ou neuf ans, j'avais une boule d'angoisse au creux du ventre qui grossissait dès qu'on évoquait le futur de l'Humanité. Je me voyais mourir jeune, ne jamais avoir d'enfant. Mais maintenant, l'espoir est revenu ! La Terre respire à nouveau, surtout grâce à la pénurie de pétrole. En effet, la production d'or noir est à l'arrêt depuis près de six mois. Le brut qui sort des puits n'est plus « raffinable » à cause de la présence d'une bactérie très puissante qui le dégrade. Les entreprises du secteur, paniquées, ont mis la pression sur leurs chercheurs pour qu'une solution soit vite trouvée, pour l'instant sans résultat. Ce qui est étrange, c'est que ce phénomène touche tous les gisements de par le monde alors que les nappes ne communiquent pas entre elles. Les médias ont baptisé ça « la maladie du pétrole ».

L'économie largement dépendante de cette source d'énergie tourne au ralenti et les bourses du monde entier voient leurs cours chuter. En attendant, les autorités ont été obligées de rationner les particuliers comme les entreprises, et ont développé l'offre de transports en commun, particulièrement en renforçant le réseau ferré. Encore plus de gens se sont mis au vélo ou à la marche. Le trafic aérien est à l'arrêt. Les porte-containers qui apportaient il y a peu des stocks énormes de vêtements, d'appareils électroniques, de fruits exotiques produits à l'autre bout de la planète ne circulent plus. On développe comme on peut les échanges locaux. De plus, des informations circulent depuis quelques semaines affirmant que l'extraction du charbon, qui alimente en grande partie les centrales électriques, connaîtrait à son tour de grosses difficultés. Le minerai « blanchirait » au contact de l'air et perdrait une grande partie de son pouvoir calorifique. L'électricité arrive encore normalement dans les usines et chez les gens, grâce aux stocks constitués pour plusieurs mois, mais on ne peut rien garantir pour l'avenir. On vit la parenthèse enchantée dont tous les militants écolos rêvaient sans plus y croire. Et maintenant, on doit tout faire pour que ces nouvelles pratiques, si nécessaires pour lutter contre les grands périls qui menacent la planète, s'enracinent pour toujours dans notre quotidien.

22 AVRIL, 7 H 48

CE MATIN, LE PETIT DÉJEUNER VIRE TRÈS VITE AU PSYCHODRAME. Ma mère déboule dans la cuisine alors que, les yeux mi-clos, je sirote lentement mon thé citronné en face de mon père. Il était prêt à partir mais a eu envie de prendre un deuxième expresso bien serré.

– On peut m'expliquer ce qui se passe ? demande ma mère d'un air agacé. Je voulais prendre mon traitement mais la boîte a disparu.

– Chérie, répond mon père avec calme, hier, tu as peut-être fini la boîte et tu n'as...

– Stop ! Je sais encore ce que je fais. Hier, elle était quasiment pleine, je venais de l'acheter.

– Tu l'as sans doute rangée à un endroit inhabituel...

– J'y ai pensé, figure-toi, même si ça me paraît hautement improbable. Je te dis qu'elle n'est nulle part !

Mon père se lève pour l'aider à chercher. Il réagit bien. Le ton commençait à monter et je déteste quand ils s'engueulent. Ça me ruine le reste de la journée. Quand ça arrive, le soir, ils tirent la tronche, passent par mon intermédiaire pour se dire les trucs importants. C'est une position infernale. Déjà qu'au quotidien nos rapports ne sont pas toujours au beau fixe, surtout avec ma mère qui est d'humeur instable, tantôt silencieuse et apathique, tantôt survoltée.

– Bon, c'est vraiment étrange, lance mon père de retour dans la cuisine. La pharmacie a été pillée. Les antibios, les comprimés... même les trucs périmés ont disparu, il n'y a plus aucun médicament.

– Tu vois bien que je ne suis pas folle ! ajoute ma mère en revenant à son tour. C'est incompréhensible !

Et là, après un temps d'hésitation, je me décide à lâcher :

– Cette nuit, j'ai entendu du bruit dans la salle de bains. J'ai pensé que l'un de vous cherchait un truc. Ça a bien duré cinq minutes. Je...

Mes parents me fixent en silence. Visiblement, maintenant, ils en attendent davantage mais je ne vois pas quoi ajouter.

– Tu penses quoi, Tess ? s'enflamme ma mère, le regard noir. Allez ! dis-le ! Que je suis devenue folle ou somnambule ! Que c'est moi qui...

– Non ! Pas du tout.

– Alors quoi ? Un cambrioleur, peut-être !

Mon père a déjà enfilé son manteau.

– Moi, il faut vraiment que j'y aille, désolé, lance-t-il. À ce soir.

Je laisse ma mère à ses recherches et me faufile dans la salle de bains pour me laver vite fait. Je ne peux pas m'empêcher d'inspecter les tiroirs de l'armoire à pharmacie qui ont en effet été complètement nettoyés. Heureusement, personne n'a touché à mon pain de savon bio.

Je suis en train de ranger mon sac quand elle frappe à la porte de ma chambre avant d'entrer sans attendre mon autorisation.

– Tess, tu n'as pas l'air de t'intéresser beaucoup à ce qui m'arrive, mais je voudrais que tu me certifies que tu ignores où sont passés les médicaments.

Je la regarde sans trop savoir où elle veut en venir et lui offre un visage impassible, en espérant qu'elle va me laisser tranquille. Elle ajoute sèchement :

– Eh bien moi, j'ai une théorie, figure-toi. Une théorie selon laquelle une adolescente militante écolo acharnée serait partie en croisade au sein de sa propre famille pour imposer ses opinions anti produits chimiques. Non contente de ne pas être écoutée par ses parents, elle serait passée aux travaux pratiques, par exemple en faisant disparaître les médicaments de sa mère !

– Je suis clairement visée, là ! dis-je, soudain piquée au vif. Maman, c'est n'importe quoi !

– Donc, tu nies en bloc, c'est ça ? Je sais très bien ce que tu penses de mes traitements. Nous en reparlerons ce soir avec ton père !

Je n'ajoute rien. C'est dommage qu'elle ne me croie pas. Ce n'est certainement pas aujourd'hui que je vais pouvoir ajouter « avoir une relation harmonieuse avec mes parents », à la liste des éléments de ma vie qui me rendent optimiste. Un jour peut-être, je l'espère.

22 AVRIL, 19 H 11

MON PÈRE ET MA MÈRE ARRIVENT EN MÊME TEMPS, CE QUI N'EST PAS HABITUEL. Ils ont dû se donner rendez-vous à Paris pour rentrer ensemble. J'imagine qu'ils voulaient pouvoir discuter de la situation avant d'affronter le problème. Le problème, apparemment, c'est moi.

– Bonsoir, ma chérie ! lance ma mère d'une voix forte.

Je me dis tout de suite que c'est peut-être trop affectueux pour que ça sonne juste.

– Hello, Tess ! ajoute mon père, d'ordinaire peu porté sur l'utilisation de la langue anglaise.

Ils ont dû décider de la jouer calme. Je préfère ça mais je ne suis pas certaine, les connaissant, qu'ils tiennent longtemps. Ils frappent à ma porte, attendent cette fois mon autorisation pour pénétrer dans mon univers. Ils vont même jusqu'à me déposer, chacun leur tour, une bise sur le front.

– Qu'est-ce qu'il se passe ? je demande en souriant, l'air de rien.

– On voulait savoir comment tu allais.

– Ça va bien, merci. J'ai terminé mes devoirs pour demain et là, je prends de l'avance pour me libérer du temps ce week-end.

Vu de l'extérieur, à cet instant, on pourrait se croire dans un reportage sur une famille idéale où les parents échangent chaque soir avec leur enfant et s'intéressent à sa vie. Mon père cogite sur la meilleure manière d'orienter la conversation. Ma mère lui adresse des regards insistants. Si elle était plus près de lui, elle lui filerait certainement un petit coup de coude dans les côtes pour l'encourager. Visiblement, ils se sont réparti les rôles et c'est lui qui doit parler. Elle doit avoir conscience qu'elle monte un peu vite en pression.

– On... on... on voudrait... attaque mon père, un peu hésitant, revenir sur ce qui s'est passé cette nuit. Sur la disparition mystérieuse des médicaments de maman, et pas seulement les siens, d'ailleurs...

– Tu ne les as pas retrouvés, dis-je en essayant de mettre un maximum de sincérité dans ma voix. Maman, comment... comment s'est passée ta journée ?

– Pas trop mal, admet-elle en gardant un visage fermé. Mais j'ai peur de ne pas tenir le coup demain.

– Et tu ne peux pas en racheter ?

Je sens qu'elle se crispe.

– Ce n'est pas si simple, précise-t-elle en montant un peu le ton. L'utilisation de ce produit est très encadrée.

– Mais tu as essayé de joindre ton médecin pour...

– Tess, s'il te plaît ! me coupe mon père, l'air furieux. Ne joue pas à celle qui ne comprend pas où nous voulons en venir ! Ton petit jeu a assez duré. Il n'y aura pas de mesures de rétorsion à ton égard, si c'est ce que tu crains... Mais dis-nous juste où...

La discussion sereine n'aura pas tenu longtemps ! J'interviens pour tenter de mettre fin au malentendu au plus vite. Je ne supporte pas ces accusations.

– Papa, arrête ! Je suis très consciente de... de l'effet dévastateur que peut avoir un... un sevrage brutal sur quelqu'un... euh... un peu déprimé. Je sais que c'est... comme... comme une drogue, et qu'on ne s'en débarrasse pas d'un coup. Aussi, papa, maman, je vous promets... jamais, jamais, je n'aurais fait ça ! Si vous ne me croyez pas, je ne sais pas quoi vous dire... Installez des webcams dans le couloir pour surveiller mes déplacements nocturnes ! Mais enfin ! Pourquoi vous ne voulez pas me faire confiance ?

Bon. Ils battent en retraite et quittent la pièce en silence. C'est déjà ça. Mais je doute que la partie soit vraiment terminée. Mes rapports avec eux sont devenus plus compliqués depuis à peu près deux ans. Progressivement, j'ai senti qu'ils me regardaient différemment, parlaient de moi dans mon dos. Ce que j'ai cru comprendre en écoutant leurs conversations en cachette, c'est que je n'étais plus leur « petite fille brillante et sage » mais que je devenais « une adulte en révolte contre le monde qui bientôt leur échappera ». Et puis, je les ai entendus plus d'une fois évoquer mon adoption et se dire que fatalement, un jour ou l'autre, le traumatisme remonterait à la surface et créerait des tensions. Ils m'ont recueillie quand j'avais quelques semaines et je n'ai pas l'impression que ça fasse de moi quelqu'un de différent des autres enfants. Ce que leurs discours révélaient, c'est qu'ils semblaient penser que le problème ne pouvait venir que de moi alors que, à cette période, ma mère n'allait déjà pas très bien. Elle se plaignait souvent de son travail et de son quotidien, se disait « fatiguée », « épuisée », « incomprise », « à bout ». Aujourd'hui, je sais qu'elle rentrait dans un long épisode de dépression dont elle n'est pas encore sortie. Mon père a pris le parti de la soutenir en toute circonstance, même quand il se rendait compte, je le voyais bien, qu'elle exagérait ou qu'elle avait tort. Nous nous sommes éloignés. De mon côté, j'ai souffert de cette distance parce que j'ai encore besoin d'eux. Moi, d'ici un an ou deux, j'envisage de prendre un peu d'indépendance en allant étudier à l'étranger. Mais d'ici là et même pour après, j'aimerais que nous retrouvions le climat serein et chaleureux d'avant. Dans l'immédiat, j'aimerais que mes parents arrêtent au moins de me suspecter.

22 AVRIL, 22 H 01

LE DÎNER A ÉTÉ D'UN ENNUI MORTEL. Aucune conversation n'a été engagée, ni d'un côté ni de l'autre. J'ai fait deux tentatives, d'abord sur l'eau du robinet :

– Vous ne trouvez pas que l'eau a un drôle de goût, ce soir ?

– C'est toi qui nous as fait renoncer à l'eau en bouteille il y a deux ans, je te rappelle, a déclaré mon père.

– Je sais ! et je ne veux pas du tout qu'on revienne sur cette décision. Je dis juste que l'eau a un goût bizarre, un peu sucré, non ?

Ma mère qui fixait son verre a levé les yeux vers moi mais n'a pas répondu. Mon père semblait sceptique et s'est contenté d'un simple mot :

– Possible.

Je n'ai pas insisté mais je n'avais pas fait cette remarque à la légère. Ensuite, en finissant ma pizza végétarienne, j'ai voulu féliciter mon père :

– Elle était délicieuse, ta pizza, papa !

– Elle sort du congélo, a précisé ma mère d'un air de nouveau pincé.

Comme mon intention était quand même de faire la paix, j'ai tenté :

– Bon, alors disons qu'elle est aussi bonne que celles que fait papa pendant les vacances.

Mon père m'a souri, peut-être uniquement par politesse. Ou alors il était tout de même un tout petit peu content de mon compliment. J'ai décidé de m'en satisfaire et je n'ai plus ouvert la bouche jusqu'à la fin du repas.

Depuis un quart d'heure, je suis sur mon portable en conversation avec Nangaï, qui milite avec moi pour *Planet Reboot*. Un rassemblement est programmé samedi à Paris pour se réjouir des ennuis que rencontrent les compagnies pétrolières et charbonnières, les plus grosses pollueuses de notre environnement. On voudrait empêcher tout retour en arrière. Il ne faudrait pas gâcher cette embellie en retournant aux vieux schémas de la mondialisation capitaliste dès que des solutions seront trouvées pour venir à bout de la bactérie, ce qui arrivera sûrement un jour. Comme d'habitude, on n'apprendra le lieu exact et le mode d'action que le jour même, quelques heures avant, et ça nous fait toujours un peu flipper. Mais on comprend très bien les organisateurs qui ne veulent pas que les flics aient ces informations à l'avance et nous empêchent de nous regrouper. Ma copine me confie, inquiète :

– À Amsterdam, dimanche dernier, les leaders ont demandé aux gens de se mettre à poil, comme Adam et Ève au Paradis, et de hurler « Pas de retour vers l'enfer ! » et « Restaurons le jardin d'Éden ! ».

– J'ai vu. C'était marrant, dis-je, et ça a produit de belles images qu'on a vues partout.

– Mais moi, ce genre d'action, je ne le sens pas du tout. Tu imagines, si mes parents voient leur fille toute nue au JT. Et les voisins, et ma communauté ?

– Mais si tout le monde le fait autour de toi, Nangaï, tu dois un peu te sentir obligée, non ? Il faut qu'on soutienne le mouvement ! Et il faut prendre ça comme une épreuve à surmonter. Après, on serait fières de l'avoir fait, non ? Et prêtes à recommencer.

– Non. Moi, je crois que si c'est ça qu'ils demandent samedi, je préfère sauter mon tour. Quitte à passer pour une lâche.

J'insiste, pour la taquiner :

– Et tu me laisserais toute seule ?

– Tess, pas de chantage affectif. On dirait mon père ! Franchement, tu ne préférais pas les manifs d'avant, quand c'était plus radical ?

– Un peu. Mais tu sais que ce n'est plus la tactique préconisée par *Planet Reboot*... Ah ! Au fait, il faut que je te raconte le nouveau délire à la maison. Il s'est passé un truc très bizarre...

Quand nous raccrochons, je me sens moins seule. Nangaï sait que ma mère va mal. Puis je repense à sa nostalgie pour les actions qu'on menait avant. Et j'avoue que je la partage. Il y a encore quelques mois, on envahissait des halls de banques, d'institutions internationales ou de grandes entreprises. On sentait la peur et l'adrénaline monter en se rendant sur les lieux. Ensuite, grâce aux autres et à nos techniques rodées, on reprenait courage. On était tous unis pour faire entendre notre désespoir ! Lorsque la police intervenait, Nangaï et moi, on était complètement déchaînées. On hurlait et on se débattait. Ensuite, on était soulagées de s'en sortir sans trop de dommages. Dans le RER du retour, on comparait nos hématomes avec fierté, comme s'il s'agissait de médailles gagnées au combat. Depuis cette gigantesque crise pétrolière, *Planet Reboot* soutient que l'heure n'est plus à la lutte frontale, parce que les choses changent d'elles-mêmes et que nos ennemis sont terriblement affaiblis. L'enjeu d'aujourd'hui, c'est plutôt de lisser notre image et de faire le buzz pour rallier un maximum de gens à la cause écolo. On veut que tous comprennent que l'idéologie de la croissance, c'est fini pour toujours et qu'il est temps de construire un monde nouveau plus respectueux de la nature et des hommes. Les circonstances actuelles nous y aident, il faut en profiter. Réjouissons-nous que la situation évolue pour une fois dans le bon sens. Et tant pis si les manifs ont perdu en intensité !

23 AVRIL, 2 H 58

J'AI DORMI PRESQUE DEUX HEURES, MAIS LÀ, C'EST TERMINÉ. Je sais que j'en ai pour un moment avant de recommencer. L'état de veille peut aller de vingt minutes à presque deux heures. D'habitude, je rêvasse. Souvent, je rejoue des scènes de mon passé, du très récent au plus ancien, ces moments particuliers où j'ai eu l'impression d'être passée à côté d'un truc génial. Je me chuchote des « Si j'avais fait ça » ou « Si j'avais osé dire que... ». Parfois, j'essaie de faire le vide et de me concentrer sur des parties de mon corps. C'est une technique de méditation que m'avait enseignée mon pédiatre quand j'avais sept ou huit ans. Parfois, ça m'aide à retrouver le sommeil. Souvent, c'est juste très ennuyeux. Cette nuit, la nouveauté, c'est que le temps passant, je commence à sentir poindre une angoisse. Parce que si je me suis focalisée sur les accusations débiles de mes parents, j'en ai un peu oublié le principal. Qui est-ce qui fouillait la salle de bains la nuit dernière ? La possibilité que ce soit ma mère n'est plus vraiment envisageable. Ni elle ni mon père n'ont jamais été atteints de somnambulisme. Au cours de mes nuits blanches, j'en aurais forcément été le témoin. Et je l'ai crue, moi, contrairement à elle. Personne à part nous trois n'a les clefs de l'appartement, même pas le gardien de l'immeuble. L'hypothèse la plus probable, c'est bien que... que... quelqu'un venu de l'extérieur a fait le coup et qu'hier, j'aurais pu me retrouver face à un individu dangereux. Le voleur est peut-être passé par le balcon. La porte-fenêtre qui permet d'y accéder ne ferme pas très bien. Et il a raflé les médocs pour les revendre ou pour sa consommation personnelle. Rétrospectivement, j'en ai des frissons dans le dos. J'aurais pu être blessée, voire tuée... Je respire lentement.

– Il ne reviendra pas ce soir, dis-je à haute voix. Il ne reviendra pas puisqu'il ne reste plus rien à voler. Calme-toi, Tess. Arrête de te faire des films et rendors-toi.

26 AVRIL, 8 H 30

ENFIN SAMEDI, JOUR DE MANIF ! J'ai pris mon petit déjeuner avant mes parents. Hier soir, Nangaï m'a envoyé des articles relatant plusieurs vols de médicaments chez des particuliers, comme celui qui a secoué notre petite famille en début de semaine. Ça m'a un peu surprise parce qu'on ne m'avait pas reparlé du sujet depuis mardi soir. C'est exactement ce que j'avais déduit toute seule et c'est la preuve que je n'y suis pour rien ! Les premiers cambriolages sont survenus il y a quelques semaines aux États-Unis. Depuis, d'autres cas ont été signalés un peu partout dans le monde. Dans aucune des affaires citées, les voleurs n'ont été arrêtés. Voilà, c'est donc une « nouvelle mode » qui arrive chez nous. Je suis soulagée d'avoir eu raison, mais j'ai un peu peur qu'ils ne reviennent une nuit ici. J'ai fait un tirage papier pour mes parents et je l'ai posé sur la table de la cuisine. Je vais ensuite me préparer pour le rassemblement en surveillant les messages sur mon portable. Vers 10 heures, j'entends mes parents se lever.

J'entrouvre ma porte et je passe la tête discrètement dans le couloir. Je les vois pénétrer dans la cuisine. Ils vont trouver les feuilles A4. Vont-ils débarquer dans ma chambre pour s'excuser platement, ou se dire que j'ai récupéré ces infos sur des sites bidons, ou même pire ! Que j'ai fabriqué de toutes pièces les documents pour qu'ils arrêtent de me soupçonner ? Aucune réaction perceptible. Mon téléphone vibre. Le message de Nangaï s'affiche : « Place de la Concorde. Midi. Le vert. » J'imagine ma copine qui respire mieux depuis qu'elle a reçu ces précisions. Ce n'est pas aujourd'hui qu'elle sera obligée de choisir entre nudisme et lâcheté. Je quitte la maison une heure plus tard, après avoir cherché en vain des habits de couleur verte dans mes placards. Rien, à part une paire de chaussettes un peu fluo dont j'avais complètement oublié l'existence. J'ai finalement opté pour un vieux tee-shirt blanc sur lequel j'ai écrit au feutre « VERT » en vert. C'est un peu conceptuel, c'est vrai, mais je n'ai rien trouvé d'autre.

27 AVRIL, 0 H 17

JE SUIS DE RETOUR À LA MAISON, RAVIE DE MA JOURNÉE. Nous étions une immense vague verte à déferler sur la Concorde et, heureusement, pas seulement composée de lycéens et d'étudiants, loin de là. Enfin ! Toutes les générations étaient présentes. C'est le signe que le mouvement prend de l'ampleur. Bientôt, plus aucun véhicule n'a pu circuler dans la zone. Nous nous sentions forts et puissants, là, tous réunis. Nous avons dansé et chanté pendant près de deux heures sous des banderoles couvertes des slogans « Les bactéries rigolent. C'est la fin du pétrole », « Un monde sans essence pour une vie pleine de sens », « Le charbon, c'est pas bon ! » ou bien « Qu'on en termine, qu'on en termine avec les mines ! » qu'on reprenait tous ensemble. C'était festif et joyeux. La police a sifflé la fin de la récré quand une poignée de militants ont proposé une activité hors programme : envahir l'Assemblée nationale. Pour certains, si on ne provoque pas un minimum les forces de l'ordre à un moment donné, ce n'est pas vraiment une action militante. Face au cordon de CRS bien en place et aux barrières amovibles qui protégeaient le bâtiment, ils n'avaient aucune chance de parvenir à leur but. Ils se lançaient dans cette entreprise pour avoir un acte qu'ils jugeaient héroïque à raconter à leur entourage ensuite. Nangaï et moi les avons suivis d'abord de loin. Puis entraînées par une partie de la foule qui voulait comme nous prolonger ce grand moment de lutte, nous avons rejoint les plus radicaux. La police a alors fait cracher son canon à eau qui, au lieu de nous rafraîchir, nous a clouées violemment au sol. Quelques vapeurs de lacrymo ont fini de nous convaincre qu'il était plus que temps de battre en retraite. Nous nous sommes réfugiées dans une petite rue de la rive gauche en compagnie de quelques filles. Nous étions toutes trempées et complètement euphoriques. Avec les autres, le courant est tout de suite passé. Nous avons d'abord bien rigolé de notre état lamentable avant qu'elles nous invitent dans leur coloc pour nous remettre ensemble de nos émotions, faire sécher nos fringues et prendre une boisson chaude.

Épuisée et heureuse, je monte dans le dernier RER, avec une seule idée en tête : retrouver mon lit au plus vite.

Mes parents dorment. Ils m'ont laissé un mot dans la cuisine :

On ne savait plus si tu mangeais à la maison ce soir, alors on t'a laissé des restes dans le frigo. Bises.

Nos rapports se réchauffent, c'est évident. Je n'ai plus du tout faim mais je ne résiste pas à la mousse au chocolat de compétition de mon père. Ça faisait longtemps qu'il n'en avait pas fait.

27 AVRIL, 3 H 29

JE N'AURAI PAS DORMI LONGTEMPS. Les yeux fermés, je me repasse les meilleurs moments de la journée. C'est sans doute la fin d'après-midi qui a été la plus merveilleuse. Quelle chance d'avoir rencontré ces quatre filles géniales ! Toutes étudiantes, elles partageaient un appartement simple et stylé niché sous les toits. Un duo de filles extraverties, Fiorella et Rose, mettait l'ambiance. Plus discrètes, Samantha et Léonor partageaient tout de même avec les deux autres une vraie complicité teintée de bienveillance et d'humour. Nous avons bu du thé et mangé des gâteaux. Nangaï et moi étions enveloppées dans des plaids très doux en attendant que nos habits sèchent sur les radiateurs. On était là, toutes les six, comme dans un nid douillet, bien au chaud et protégées de la brutalité du monde extérieur à laquelle on venait de se confronter avec rage, passion et bonne humeur. Un univers complètement féminin, où je me sentais bien. Un jour, moi aussi, j'investirai un grand appartement avec d'autres filles et on prendra soin les unes des autres et surtout on rigolera comme aujourd'hui. Le soir, on s'est fait un restau vegan et sans gluten pour que personne ne se sente exclu. J'ai eu l'impression de faire le plein d'ondes positives. Le seul petit moment embarrassant que j'ai pu ressentir, c'est quand Fiorella nous a demandé si nous étions en couple, Nangaï et moi. Mon amie a fait une grimace d'incompréhension ou peut-être de dégoût qui m'a troublée.

– Non, ai-je dit simplement, on est juste très bonnes copines.

– Ça n'empêche pas, a dit Rose. Mais, chacun sa vie. Après tout, on s'en fout, Fiorella, non ?

– Oui. Mais moi, j'aime bien savoir. Excusez-moi, je suis comme ça. Nangaï, tu ne m'en veux pas ?

– Non, a assuré ma copine. Parce que vous deux, vous êtes ensemble, c'est ça ?

– T'as deviné.

– Et vous ? a-t-elle demandé aux deux autres.

– Pas moi, a indiqué Samantha sobrement. J'ai un copain depuis deux ans.

– Moi, j'ai testé les deux, a déclaré Léonor. Et je suis de plus en plus persuadée qu'on tombe avant tout amoureuse d'une personne et que dans la vie, il faut rester ouverte et ne rien exclure.

Léonor m'a alors fixée en souriant, et moi, un peu troublée, j'ai baissé les yeux.

– C'est tellement beau quand tu parles ! s'est moquée Rose.

Si on m'avait posé la question, j'aurais dit : « Je ne suis rien. » Je manque totalement d'expérience. Je dois être en retard car je n'ai jusqu'à présent jamais éprouvé de désir physique pour quelqu'un. J'ai plutôt ressenti de la gêne quand un garçon se montrait trop entreprenant ou matait mon corps avec insistance. Ce que venait de dire Léonor m'a plu. Pourquoi devrait-on s'interdire d'aimer quelqu'un pour lui-même, sans se préoccuper du genre auquel il appartient ? Mais suffit-il de le décider ou est-on prédestiné à un certain type de relation ? J'ai regardé cette fille sûre d'elle et au regard intense, et je me suis dit que j'aimerais lui ressembler un jour. Il me reste du chemin. La discussion s'est ensuite orientée sur un autre sujet moins intime. Moi, j'ai eu du mal à me joindre à la conversation. J'ai soudain repensé à mon séjour en Angleterre, à cette dernière soirée où je m'étais jugée si nulle.

Il y a quelqu'un dans la cuisine. Je pencherais pour... ma mère. Elle circule toujours pieds nus et sa démarche est souple et légère, presque comme celle d'un chat. Mais moi, j'ai l'ouïe fine. Elle ne digère peut-être pas la mousse de papa et cherche un médoc qui facilite la digestion. Avec un peu de chance, ce tube-là a dû échapper aux pillards puisqu'il est rangé dans un tiroir avec les condiments. Elle prend son temps... Non, mais là, c'est beaucoup trop long pour prendre un cachet. L'angoisse ressentie au début de la semaine revient d'un coup, au point que je me sens tout à coup au bord du malaise. Ma respiration s'accélère. Je suis parcourue de frissons qui me donnent la chair de poule. Je ne suis pas trouillarde quand je suis en groupe et surtout quand j'ai clairement identifié le danger, mais là, je ne sais pas sur qui je pourrais tomber. Je quitte mon lit le plus silencieusement possible, ouvre la penderie pour ramasser un haltère. J'ai utilisé ce genre d'appareil il y a quelques mois avec Nangaï. On voulait prendre du muscle pour se sentir plus fortes dans les bagarres en marge des manifs. Ça nous a passé assez vite parce que les exercices sont très chiants et les résultats pas assez probants. Pour s'endurcir, il faut aller au combat et accepter de prendre des coups. Les premières fois, c'est effrayant, ensuite, je dirais presque qu'on s'habitue. J'entrouvre tout doucement la porte de ma chambre. La cuisine est grande ouverte et je n'y aperçois personne. Tant mieux. L'intrus a sans doute déjà décampé. Je progresse tout doucement dans le couloir. J'ai maintenant une vue sur la totalité de la pièce. Une porte de placard est restée ouverte. Le cœur battant, je jette un regard à l'intérieur pour évaluer les dégâts. Quelques produits alimentaires ont vraisemblablement disparu mais je serais bien incapable de savoir lesquels. Ça recommence ! Je remarque juste qu'il y a de la place dans un endroit d'habitude plein comme un œuf. Je retrouve l'odeur chimique écœurante sentie il y a quelques nuits. Et puis soudain, un souffle d'air frôle le bas de mon corps et soulève mon tee-shirt. Je me sens faible tout à coup et m'écroule sur le carrelage. Puis je tente de reprendre le contrôle de mes membres. Je tremble de la tête aux pieds. Je ferme les yeux et me recroqueville sur moi-même pour protéger mes organes vitaux. C'est ce qu'il faut faire quand on doit affronter des gens plus forts que nous et qu'on ne peut plus fuir. Je reste ainsi longtemps, avant de me rendre à l'évidence : la chose… le… phénomène…, je ne sais pas comment le nommer, a disparu. L'odeur étrange s'est complètement dissipée. Je me lève et parviens à retourner dans mon lit. Je sais que dans mon état, je serai maintenant incapable de replonger dans le sommeil.

27 AVRIL, 11 H 09

JE TRAÎNE AU LIT DEPUIS PLUS D'UNE DEMI-HEURE. Après tout, c'est dimanche et je n'ai pas prévu de sortir de la journée. Et puis surtout, je retarde le moment où je vais croiser mes parents qui vont encore me mettre sur le dos la disparition d'une partie de la bouffe des placards. C'est dommage, nos relations commençaient à se détendre. Et là, je ne vois pas quelle explication logique je pourrais apporter. D'abord, je n'ai vu personne. J'ai seulement senti cette odeur difficile à caractériser, suivie du souffle puissant qui m'a fait tourner la tête. Ils penseront que j'ai rêvé, ou que j'ai abusé d'alcool ou de substances interdites la veille, alors que je n'y ai jamais touché. Moi-même, à mon réveil, j'ai essayé de me convaincre qu'il ne s'était rien passé, et puis des souvenirs précis, la peur sont vite revenus. Je me lève et vais plaquer l'oreille contre ma porte, juste pour sentir l'ambiance. Je ne détecte aucune tension, au contraire : ni voix forte, ni ton agressif, ni chuchotis de comploteurs. J'entends mon père chantonner et ma mère rire ! Ça, c'est carrément inédit. Je débarque dans la cuisine et les salue en esquissant un sourire.

– Alors, commence mon père, c'était bien, ton samedi ?

– Oui, c'était sympa.

– Tu nous racontes un peu, propose ma mère.

– Bien sûr, je réponds, un peu surprise que ça les intéresse. Beaucoup de monde à la manif. Ça fait plaisir de voir que les gens ont vraiment conscience de l'urgence à changer nos modes de vie. Il y avait pas mal de vieux... enfin, de gens plus âgés que d'habitude. Et l'ambiance était... bon enfant.

– Oui, enfin, dit ma mère calmement, on a vu que ça a dégénéré à la fin. J'ai toujours peur que tu te retrouves prise au piège au milieu de ces idiots de casseurs venus là pour en découdre.

– Tu me connais, maman, je suis prudente.

– C'est vrai, admet mon père. On s'inquiète certainement pour rien.

J'ouvre un des placards pour saisir le paquet de muesli mais je me rends compte qu'il a disparu. Je me rabats sur le pain frais que mon père vient de rapporter de la boulangerie. Ma mère commente :

– Tu as raison, c'est plus sain de manger du pain. Dans tes céréales, il y a des tonnes de sucres cachés.

Mon père se concentre, les yeux fermés. Je le sens préoccupé. Il hésite mais je pressens qu'il va se lancer dans un discours auquel il se prépare depuis un moment. Qu'est-ce qu'il va encore me sortir ? Un bref coup d'œil vers ma mère me rassure un peu parce qu'elle me regarde avec un léger sourire, plutôt tendre, me semble-t-il.

– Bon. Tu viens de le remarquer, déclare-t-il enfin. Ce matin, des produits ont disparu de la cuisine. C'est inquiétant bien sûr, surtout si on repense aux médicaments qui se sont volatilisés dans la nuit de lundi à mardi. Sache que nous avons alerté la police et qu'ils prennent notre affaire au sérieux. Nous avons lu avec intérêt les articles que tu nous avais laissés hier matin. Nous en avons trouvé d'autres sur Internet relatant aussi des vols de produits alimentaires chez des particuliers et dans des magasins. Ce matin, quand nous avons découvert que quelqu'un de l'extérieur avait visité notre cuisine, notre premier réflexe a été de passer la tête dans ta chambre. Heureusement, tu étais bien rentrée et tu dormais paisiblement. On ne peut pas s'empêcher d'imaginer ce qui aurait pu t'arriver si tu avais surpris cette personne à ton retour.

– Il ne faut pas vous inquiéter, dis-je quand même satisfaite qu'ils aient pensé à moi. Je sais me défendre.

– On serait tout de même plus rassurés si tu nous informais plus précisément sur tes horaires de sortie.

Mon père me fixe quelques secondes et comprend à mon silence que je n'ai pas envie de changer les règles et qu'ils doivent continuer à me faire confiance. Il change de sujet :

– Maintenant, il faut réagir. Après le passage de la police qui veut relever des empreintes, on fera venir un serrurier. Je ne sais pas comment quelqu'un a pu se faire faire un double de nos clefs. Mais le fait est que le voleur rentre ici quand il veut, comme s'il était chez lui.

Je me garde bien de le contredire. Je suis contente qu'ils aient trouvé une explication qui les convainc tous les deux et me met hors de cause.

– Et à part les céréales, il a pris quoi ?

– Les plats préparés, les gâteaux secs, les chips, le ketchup, la charcuterie sous vide, mais ça, tu n'en manges plus depuis longtemps. Les bouteilles d'alcool ont également disparu. Et tes céréales...

Devant mon air préoccupé, ma mère ne peut s'empêcher de sourire, avant d'ajouter :

– Comme si ce voleur voulait assainir notre vie !

– Ou, reprend mon père, on est tombés sur un amateur de *junk food*, ou sur quelqu'un qui n'a pas d'endroit ou les moyens de se préparer un vrai repas.

Je suis sincèrement impressionnée. Même ma mère ne le prend pas si mal, pour le coup. C'est visiblement moi la plus inquiète. J'insiste un peu :

– Mais c'est vraiment bizarre !

– Oui, c'est sûr... Mais dans les articles qu'on a lus hier, reprend mon père, c'était toujours ce même type de nourriture. C'est pour ça que certains médias commencent à évoquer l'hypothèse d'une opération à l'échelle mondiale... peut-être fomentée par une organisation secrète hygiéniste, moraliste, écolo. Ce qui perturbe les enquêteurs, c'est que ces actes ne sont jamais revendiqués. Visiblement le phénomène émerge un peu partout, mais pour l'instant, les autorités ne sont sur aucune piste sérieuse.

– Et toi, maman, tu tiens le coup ?

– Oui. Curieusement. Tess, je voudrais m'excuser de t'avoir accusée l'autre jour.

– C'est pas grave. C'est du passé, dis-je simplement en essayant de masquer ma surprise.

Je n'en reviens pas. Nous venons d'avoir une longue discussion tous les trois sans que ça ne s'envenime à aucun moment. Et ma mère m'a souri ! elle s'est même excusée. Face à un péril extérieur, nous resserrons nos liens. J'espère que cette accalmie va durer.

Je me recouche pour une heure, mon ordi sur le ventre. Je veux m'informer par moi-même sur ces étranges intrusions nocturnes. Ce que je lis confirme ce qu'a raconté mon père. D'après les articles, les autorités dans un grand nombre de pays chercheraient à étouffer ces affaires. Et ils craignent les réactions d'une population déjà fragilisée par les pénuries.

Et moi, de mon côté, qu'est-ce que je fais avec ce que j'ai vécu cette nuit ? Avec qui puis-je partager mon expérience sans passer pour une mythomane ? Qui me croira, si j'évoque l'existence d'une entité invisible qui fouille les placards, crée des courants d'air et laisse une odeur étrange derrière elle ? C'est une histoire de fous ! Si je parle, c'est moi qu'on prendra pour une cinglée.

Dans l'après-midi, je décide de chasser ces souvenirs angoissants et de me focaliser sur des tâches concrètes. Je termine mon devoir de maths et me rends ensuite sur le site de *Planet Reboot* pour y lire le compte-rendu de notre action de la veille. Celle-ci s'inscrivait dans « une nouvelle optique de rassemblement de la population ». La fille qui a écrit l'article se déchaîne contre « ces imbéciles qui ont gâché la fête ». Heureusement, beaucoup de membres ou de sympathisants justifient ou soutiennent nos « débordements » et regrettent que l'organisation veuille devenir plus consensuelle. « Je suis rentré à *Planet Reboot* pour participer à ses actions coups de poing qui réveillaient les consciences endormies », écrit un gars. Une militante regrette « qu'on se contente maintenant de se balader sagement avec des pancartes comme des vieux. Et ce n'est pas ça qui fera bouger le pouvoir ».

Je découvre aussi un appel à participer à un week-end de formation et de réflexion à Saint-Malo. Ce serait l'occasion de débattre des orientations futures du mouvement. J'avoue que depuis quelque temps, ça me tente de m'investir davantage dans *Planet Reboot*. Je vais essayer de rallier Nangaï et nos nouvelles copines du groupe. Je leur envoie un message sans tarder.

30 AVRIL, 23 HEURES

JE SORS DU RER A AVEC NANGAÏ ET NOUS REGAGNONS À GRANDS PAS NOS DOMICILES. Mon amie est inquiète. Elle avait négocié sa sortie en semaine en échange de la promesse de rentrer avant 22 heures. Elle a refusé d'appeler ses parents pour leur expliquer que son retard était dû à un « incident de voyageur » à la station des Halles. Elle ne leur ment jamais, m'a-t-elle assuré. Par conséquent, elle s'attend à trouver son père juste derrière la porte de l'appartement, prêt à lui passer un savon. Elle a le visage fermé.

– C'était super quand même, dis-je avec enthousiasme. Retrouver Léonor, Rose, Fiorella et Samantha ! Voir un super film, manger des galettes au beurre salé...

– On en reparle demain si je suis encore vivante, lance ma copine.

– Demain c'est férié. Donc, c'est moins grave que tu te couches tard, non ? Tu veux que je t'accompagne ? Je pourrai témoigner en ta faveur ?

– Laisse tomber, soupire-t-elle. Il jouerait le père compréhensif devant toi, et après, il m'engueulerait encore plus fort. La seule chose qui pourrait me sauver, c'est si une de mes sœurs rentre après moi. Mais je ne dois pas rêver, ce n'est pas trop leur genre. Et Tess, oublie les trois jours à la mer avec *Planet Reboot*, ça, ça va devenir carrément non négociable !

– Ce n'est pas tout de suite, Nangaï. D'ici là, il aura oublié.

– On voit que tu ne le connais pas.

En passant à la hauteur de la pharmacie, je me sens soudain bizarre. Mon corps frissonne. Je m'arrête de marcher. J'ai le souffle coupé. Nangaï se tourne vers moi, d'abord agacée :

– Tess, qu'est-ce que tu fous ? Il faut qu'on trace, là ! Qu'est-ce que tu as ? Tess ??

Elle revient sur ses pas et me saisit les mains. Ses traits sont marqués par l'inquiétude.

– Tu trembles ! Et tu as l'air paniquée ! Qu'est-ce qui t'arrive ? Tess, parle-moi ! Tess, s'il te plaît !

Je parviens bientôt à desserrer mes lèvres et à faire entrer tout doucement un peu d'air dans mes poumons. Je réussis à articuler :

– Laisse-moi, Nangaï... Je sens que ça va mieux. Mais... j'ai besoin de faire une pause, là. Je... je gère, rassure-toi. Toi, rentre vite chez toi ! T'es déjà en retard ! Je t'enverrai un texto.

Je vois qu'elle hésite encore à me laisser. Alors, je me force à lui sourire en reprenant mon souffle. Je lève la main pour lui dire au revoir.

– OK, comme tu veux, finit-elle par lâcher à regret. Je t'appelle dans un quart d'heure si je n'ai pas de message...

Elle repart en courant et disparaît assez vite de mon champ de vision. L'odeur, toujours la même, s'insinue dans ma bouche et mes narines. Mon corps se réchauffe progressivement. Mes membres se désengourdissent et je peux à nouveau me déplacer. Mes pas me portent vers la pharmacie. Il faut que je comprenne ce qu'il se passe. Je scrute par la vitrine du magasin, seulement éclairé par des veilleuses. Et là... les lourds tiroirs des rangements s'ouvrent et se referment tout seuls les uns après les autres, sous mes yeux écarquillés. Ma vue se brouille. Je sursaute en apercevant, quelques secondes à peine, une longue masse floue qui ondule comme un serpent. Qu'est-ce qu'il m'arrive ? Est-ce une hallucination ? Mon cerveau me joue-t-il des tours ? J'ai pourtant la sensation que tout cela est bien réel. Quand je regarde de nouveau, tout est calme et immobile. J'ai besoin d'au moins une minute pour me remettre de cette étrange vision. Je ne dois pas traîner ici plus longtemps. Il est temps de rentrer. Je marche vite, puis, comme Nangaï cinq minutes plus tôt, je me mets à courir. Sentir ma respiration s'accélérer et mes muscles chauffer me fait un bien fou. J'arrive en nage à la maison. Je découvre ma mère dans la cuisine, assise devant une infusion.

– T'as couru, ma chérie ! me lance-t-elle l'air inquiet. Tu as eu des problèmes sur le chemin du retour ? Quelqu'un t'a...

– Non... C'est juste Nangaï qui stressait parce qu'il était tard. Alors on a piqué un sprint.

Je me sers un grand verre d'eau sous le regard bienveillant de ma mère.

– Et c'était bien, votre film ?

– Oui, génial... Absolument génial. Ça s'appelle *Portrait de la jeune fille en feu*, c'est sorti en 2019, je crois.

– Avec tes joues bien rouges, c'est toi la jeune fille en feu, plaisante ma mère.

Après avoir vidé mon verre, je ne peux m'empêcher de déclarer :

– Mais il n'y a vraiment que moi qui trouve que l'eau du robinet a un goût différent depuis quelque temps ? Un goût plutôt agréable, d'ailleurs.

– Je ne sais pas, Tess. J'avoue ne pas sentir de différence. Pourtant tu connais mon rituel matinal : un grand verre d'eau fraîche dès le saut du lit.

1er MAI, 3 H 56

AVANT DE DORMIR, J'AI PRIS UNE DOUCHE TRÈS CHAUDE PUIS JE ME SUIS GLISSÉE SOUS MA COUETTE. J'étais complètement vidée et j'ai été tout de suite engloutie par un sommeil épais et sans rêve. J'ai dormi presque quatre heures de suite : un record.

Là, maintenant qu'être chez moi a calmé mes émotions, je dois essayer d'analyser ce qui m'est arrivé. Si je reprends chronologiquement, c'est d'abord ma respiration qui s'est emballée puis mes poils de bras qui se sont dressés. Le plus perturbant et le plus flippant, c'est que Nangaï n'a ressenti aucune de mes sensations. Elle, elle n'a vu que les symptômes sur mon organisme, mon souffle coupé et mes mains tremblantes. Serais-je la seule à ressentir le phénomène quand il apparaît ? Et je ne parle même pas de la créature qui a jailli de mon cerveau devant la vitrine de la pharmacie, ni de l'odeur bizarre.

Mes yeux se ferment d'un coup et je sens mes larmes couler. C'est trop pour moi, tout ça : ces secrets que je ne peux partager et cette peur qui s'insinue par tous les pores de ma peau.

Il faut que je me reprenne, que je me force à penser à un moment de la journée où je me suis sentie bien. Pour ça, je dois remonter un peu avant l'évènement. Repartir plus tôt dans la journée, quand on a retrouvé les filles dans un café place de l'Odéon. Tassées à six dans un coin de la grande salle, l'ambiance était très joyeuse. J'avais l'impression qu'on se connaissait depuis toujours et qu'on ne pouvait plus se passer les unes des autres alors que notre rencontre ne remontait qu'à quelques jours. Vu de l'extérieur, on devait ressembler à des gamines un peu trop bruyantes. La discussion s'est assagie quand il a fallu choisir un film. Rose et Fiorella qui prennent des cours de théâtre semblaient avoir déjà tout vu, Samantha voulait un blockbuster, Nangaï, plutôt un anime japonais. Léonor et moi étions prêtes à nous rallier docilement à l'avis majoritaire. Rose a proposé *Portrait de la jeune fille en feu*, qu'elle et Fiorella avaient pourtant déjà vu plusieurs fois.

– Les filles, c'est un chef-d'œuvre dont on ne se lasse pas. Et c'est essentiel que vous le voyiez !

– OK, a soupiré Samantha, depuis le temps que tu nous bassines avec... Au moins, ça sera fait !

– C'est pas un film en costume un peu intello ? a demandé Nangaï en grimaçant. Je suis pas sûre d'aimer ce genre de truc.

– Nangaï, a tranché Fiorella, si tu n'aimes pas, je te rembourse et la prochaine fois, c'est toi qui choisis.

La salle était minuscule et nous composions la moitié du public. Moi, j'ai été conquise dès les premières secondes par l'ambiance du film, les costumes, la Bretagne battue par les vents et par l'héroïne, belle et intelligente. J'ai été bouleversée par la relation amoureuse qui se tisse subtilement entre la peintre et son modèle. J'avais les larmes aux yeux en sortant. Léonor a remarqué mon état, et m'a spontanément serrée contre elle en me caressant doucement le bas du dos. Ce geste de tendresse a produit des picotements inédits au niveau de mon ventre. L'espace de quelques secondes, j'étais encore l'Héloïse de l'histoire dans les bras de Marianne, pleine de désir et d'amour.

– Qu'est-ce qui vous arrive, les filles ? a plaisanté Fiorella, bien fort. Vous avez été chauffées par le film, c'est ça ? Vous ne pouvez pas attendre d'être dans un lieu plus intime pour vous sauter dessus ?

On a toutes rigolé mais je me suis sentie rougir. Heureusement, personne n'a poursuivi sur le même sujet et j'ai pu tranquillement me remettre de mes émotions.

– Alors je te rembourse, Nangaï ? a demandé Fiorella, toujours sûre d'elle.

– Non, tu avais raison, a concédé ma copine, je ne me suis pas du tout ennuyée.

Ensuite, nous sommes allées dans une crêperie bretonne déjà bien remplie. L'ambiance était chaleureuse mais le service un peu lent, ce qui a fait flipper Nangaï. À cause d'elle, nous sommes parties comme des voleuses sans prendre le temps de nous dire au revoir. J'avais eu l'occasion de leur parler du stage *Planet Reboot*. A priori, elles semblaient toutes partantes. J'étais ravie.

Me remémorer cette soirée me soulage. J'essaie ensuite de détendre mes muscles au maximum et de respirer les yeux fermés. J'essaie aussi de me souvenir de l'odeur de Léonor et de ses mains posées sur mes reins. Le sommeil me cueille quelques minutes plus tard.

2 MAI, 17 H 30

JE SORS DU LYCÉE, ACCOMPAGNÉE DE NANGAÏ ET D'ABEL. À l'instar de beaucoup d'autres élèves de ma classe, ce dernier ne prend conscience de mon existence que quand il a besoin de mes services. Il pense avoir planté son devoir sur table et me demande si je peux le rassurer. Je lui tends la feuille qui m'a servi de brouillon. Il est persuadé avant même de l'avoir lu que c'était exactement ce qu'il fallait faire. Mon statut de très bonne élève ne m'apporte pas que des sympathies. Mais, depuis toute petite, j'ai toujours voulu comprendre le mieux possible ce qu'on m'expliquait. Et encore aujourd'hui, quand je n'y arrive pas, je m'acharne. C'est dans ma nature et je n'en tire aucune fierté. Je trouve que mes résultats scolaires m'offrent une vraie tranquillité. Jusqu'à peu, mes parents me faisaient confiance pour tout, car ils ne concevaient pas que leur fille, aussi sérieuse dans les études, puisse mener une vie parallèle plus risquée. Voire parfaitement déraisonnable. Je le vois tour à tour souffler puis grimacer. Son verdict tombe :

– Si tu as tout bon, mais c'est presque toujours le cas, hein, Tess ? Alors, j'évalue ma note entre 11 et 14.

– Moi, je préfère ne pas regarder, déclare Nangaï, catégorique. Comme ça, je peux rêver à un miracle jusqu'à la semaine prochaine.

– Abel, tu sais que je ne suis pas à l'abri d'erreurs de calcul. Je n'ai pas la note maximale à chaque fois.

Il me sourit et se penche vers moi pour me faire une bise rapide. Je suis contente qu'il s'éloigne pour pouvoir enfin reparler du stage de *Planet Reboot*.

– Nangaï, la date limite pour s'inscrire, c'est dimanche à minuit. Tu crois que ça va être possible ?

– Je ne peux rien te garantir, Tess. Je vais essayer. Je t'avais dit que mercredi, mon père avait été retenu au restaurant et qu'il ne m'avait pas vue rentrer. Mais comme elle lui dit tout, ma mère, hier soir, s'est sentie obligée de lui signaler mon retard.

– Oh non ! et alors, il a dit quoi ?

– Il a lâché « Très en retard ? » avec son air sévère. Ma mère lui a fait signe que non. Ensuite, il n'en a plus reparlé. J'essaierai d'aborder le sujet durant le week-end.

Nous marchons côte à côte jusqu'au coin de sa rue. Au moment de nous quitter, elle me fait discrètement signe qu'elle a repéré quelque chose derrière moi. Lorsque je vais pour me retourner, elle claque sa langue pour m'en dissuader. Elle annonce à voix basse :

– Un couple qui fume les vitres ouvertes dans une caisse pourrie. Ils nous matent. Ma main à couper que ce sont des flics !

– Tu crois que… c'est pour nous ?

– Je ne sais pas. On dirait qu'ils attendent.

Nangaï a l'air très inquiète, alors je lui réponds :

– Je n'ai rien à me reprocher alors ça va être rapide. Toi, tu ne dois pas te faire remarquer de tes parents. Faut assurer pour le stage. À cet instant précis, ta gentille maman te surveille peut-être depuis sa fenêtre.

Ma copine fait mine de me sourire tout en jetant un œil à la façade de son immeuble. Elle sait que ça arrive parfois. Maintenant qu'elles sont grandes, sa mère s'inquiète pour ses filles et leur réputation. Nangaï supporte mal la situation et ne rêve que de partir, elle aussi. Je prends une grande inspiration avant de faire face aux inconnus. Ils sont à une dizaine de mètres de moi. Et comme prévu, la passagère qui vient de salement jeter sa cigarette sur le trottoir me fixe avec intérêt. Je relève la tête et fais mine de les ignorer.

– Tess Renard ? lance-t-elle en ouvrant sa portière au moment où je passe devant.

Je sursaute un peu exagérément et me protège le visage comme si je m'attendais à subir une agression.

– Mademoiselle, calmez-vous, tempère-t-elle, nous sommes de la police. Vous n'avez rien à craindre.

Je me garde de lui répondre qu'on a déjà vu certains de ses collègues user de violences sur des personnes désarmées. Elle me plaque sa carte professionnelle sous le nez.

– Nous avons quelques questions à vous poser, explique le chauffeur au crâne rasé. Pourriez-vous, s'il vous plaît, vous installer quelques instants à l'arrière du véhicule ?

Comme il voit que j'hésite, il enchaîne sur un ton un peu menaçant :

– Ou préférez-vous qu'on se rende dans nos locaux ? Ça prendra beaucoup plus de temps et nous serons obligés de prévenir vos parents.

– Ce n'est pas nécessaire, dis-je. Je ne voudrais pas les inquiéter.

La policière m'ouvre la portière arrière et je me glisse sur la banquette. Son collègue pivote son torse pour me faire face. Il va droit au but :

– Vous étiez où, mercredi 30 avril vers 23 heures ?

– Avant-hier vers 23 heures ? Avec une amie. On rentrait chez nous à pied depuis la gare RER. Pourquoi ?

– Et vous n'avez rien remarqué durant le trajet ?

– Non.

– Pourtant, à la hauteur de la pharmacie du centre, vous avez marqué un arrêt de plusieurs minutes. Vous avez laissé votre amie s'éloigner et vous avez fixé l'intérieur de l'officine. Vous cherchiez quelque chose ?

Je suis sous le choc. Comment savent-ils ça ? Comme je tarde à répondre, il enchaîne :

– On vous a identifiée grâce aux caméras de surveillance. Vous ne le savez peut-être pas, mademoiselle Renard, mais vous êtes fichée. Le logiciel de reconnaissance faciale n'a mis que quelques secondes à vous retrouver. C'est vrai qu'avec votre allure de lycéenne modèle, on a du mal à imaginer que vous militez dans un groupe radical, pour ne pas dire plus.

J'avale ma salive et prends le temps d'accuser le coup. Depuis des années, de nombreuses sources sur les réseaux alertent la population sur ce fichage systématique des militants. J'ai eu la naïveté de croire que j'étais passée au travers. Cela renforce ma conviction que la France est de moins en moins démocratique.

– Je défends la planète ! Je le fais pour vous aussi, et vos enfants, et pour les générations futures. Nos actions sont non violentes !

Le gars ricane avant de reprendre sur un ton plus sec :

– Vous voulez que je vous montre de jolies photos de vous en pleine bagarre, prises il y a six mois devant le siège parisien d'une multinationale de la pétrochimie, mademoiselle la « sauveuse pacifique », ou bien on passe directement au sujet qui nous occupe ? Il se trouve que la pharmacie du centre a été pillée cette nuit-là et on vous soupçonne d'être venue faire un repérage pour des complices.

Je laisse passer une vingtaine de secondes pour reprendre le contrôle de mes émotions, puis je raconte d'une voix que j'espère posée :

– J'ai fait une sorte de... malaise devant cette pharmacie. Nangaï était pressée et moi, j'avais besoin de reprendre mon souffle, alors je me suis appuyée sur la vitrine du magasin et je suis rentrée chez moi. C'est tout !

Je fais une pause puis reprends, en insistant bien sur chaque phrase :

– Ça, ce sont les faits. Et vos caméras vous le confirmeront. Le reste, c'est uniquement des soupçons qui vous arrangent mais qui ne reposent sur rien de concret.

– Arrête de nous prendre de haut, ma petite ! prévient le gars soudain très énervé, ou tu vas passer un sale quart d'heure !

– Josselin, le tempère sa collègue, un peu gênée, calme-toi. Et vous, rentrez chez vous. Mais attendez-vous à être convoquée un de ces jours. On n'en restera pas là !

Je quitte le véhicule et presse le pas jusqu'à la maison. Je m'écroule sur le canapé, les bras en croix. Que d'émotions depuis une semaine ! Je suis épuisée.

2 MAI, 22 H 39

J'AI TOUT RACONTÉ À MES PARENTS. Je voulais éviter que les policiers les informent avant moi. Ils seraient tombés des nues et auraient peut-être remis en cause nos relations de confiance renouvelée. J'ai repris la version édulcorée de l'évènement servie aux flics. J'en ai rajouté un peu sur l'interrogatoire plein de menaces et d'insinuations, et j'ai fait mention de mon fichage en tant que militante écolo. Mais je me suis gardée d'évoquer l'existence de photos compromettantes dans les ordinateurs du ministère de l'Intérieur. Ils ont d'abord montré de l'inquiétude mais assez vite, c'est plutôt le sentiment d'indignation qui s'est imposé. Ils étaient de mon côté, cette fois, et ça m'a réconfortée. Ma mère a critiqué « ces technologies qui mettent en danger nos libertés les plus fondamentales », et mon père s'est indigné contre « cet état d'urgence permanent qui justifie toutes les dérives antidémocratiques ». J'étais à la fois fière et un peu surprise de ces prises de position bien tranchées contre les autorités. En fait, ce qui était surtout inédit, c'est qu'on parle de politique à table tous les trois.

Mon téléphone vibre. C'est Nangaï. Elle est surexcitée et veut que je lui raconte tout. Quand j'ai terminé, le ton a changé.

– Tu crois qu'on y reste combien de temps, dans ces fichiers de signalement ? C'est les mêmes que pour les djihadistes ?

– Oui, sauf qu'on doit être rangées dans une autre catégorie. J'ai fait des recherches en rentrant et ce n'est pas rassurant. Même quand tu as arrêté de militer, ça reste longtemps dans leurs dossiers. Il y a des gens qui témoignent d'emmerdements dans les aéroports des années après la fin de leur engagement ! Ça va de réflexions désagréables ou humiliantes devant les autres passagers à des fouilles poussées ou à des détentions de plusieurs heures dans les locaux de la police des frontières !

Ma copine ne parle plus. Elle digère la pilule amère que je viens de lui administrer.

– Imagine que les fachos arrivent au pouvoir ! reprend-elle. Ils nous mettraient directement en prison ou en camp de travail !

Je la sens ébranlée. Moi qui ai eu le temps d'accuser le coup, j'essaie de lui remonter le moral.

– Il ne faut pas systématiquement penser au pire, Nangaï. Sinon, on ne ferait plus rien dans la vie. Et puis, nous sommes de plus en plus nombreux à résister. C'est normal. C'est nous qui avons raison.

3 MAI, 10 H 45

LES SAMEDIS SE SUIVENT SANS SE RESSEMBLER. Le dernier, c'était la lutte, son euphorie et ses débordements, les copines parisiennes. Celui-ci, ce sera tranquille, en famille et à la campagne. Ça tombait bien parce que plusieurs d'entre nous six n'étaient pas disponibles. Nous nous sommes juré de nous rattraper le week-end prochain. Et moi, j'ai l'impression de vouloir me mettre en retrait pour ne pas risquer d'attirer encore l'attention de la police.

Mes parents et moi effectuons le trajet en voiture, une pratique appelée à se raréfier encore plus qu'avant à cause du rationnement de l'essence. Chacun doit maintenant bien réfléchir avant d'utiliser son véhicule individuel. Et c'est très bien comme ça. Mamie habitant en pleine campagne et près d'une petite ville toujours très mal desservie par le train en fin de semaine, nous n'avions pas vraiment le choix. Mon père a branché la radio sur France Info. Il veut s'assurer qu'aucun barrage n'a été installé sur notre parcours. A priori, nous avons choisi un bon jour : pas de déversement de fumier au péage ou de filtrage sur un des ronds-points que nous devons emprunter. Cela ne m'étonne pas trop parce que j'ai entendu dire que ces manifestations étaient moins fréquentes depuis quelques semaines. Les journalistes se demandaient si tout le monde commençait à s'adapter à la nouvelle situation.

Moi, j'ai fait l'erreur, ô combien fatale, d'oublier mes écouteurs. Je consulte mon portable, échange quelques mots avec Nangaï et les autres filles. Le trajet pour le Perche dure un peu moins de deux heures, je devrais survivre. Et j'aurai sans doute l'occasion d'en acheter dans le centre-ville quand mes parents s'occuperont de faire composer leur bouquet de fleurs pour Mamie. C'est ma grand-mère du côté maternel, une ancienne institutrice ex-syndicaliste, féministe, altermondialiste et artiste à ses heures. La conversation avec elle est très agréable, surtout durant nos « apartés rigolos entre filles », comme elle les appelle. Elle est tellement gentille, et en plus, ouverte à tous les sujets. Et, ce qui ne gâche rien : c'est une excellente pâtissière.

Soudain, mon père monte le son et annonce :

– Ils reparlent des pharmacies. Tess, c'est un sujet qui t'intéresse, ça ?

Je ne sais pas si son intention est de faire de l'humour et dans un premier temps, j'ai envie de lui répondre par réflexe « Non merci, je m'en fous, papa ! », mais je me rends compte qu'il est sérieux, et je suis très vite captivée par ce que ça raconte :

« – Monsieur le président du Conseil national de l'Ordre des pharmaciens, vous avez alerté le gouvernement sur la crise que traverse votre secteur, pourriez-vous nous détailler les grandes lignes du message que vous avez fait parvenir au ministre de la Santé ?

– Tout le monde sait que nos officines ont connu des vols importants et toujours inexpliqués. Je ne vais pas revenir sur ce point parce que ce n'est pas le sujet du jour, mais nous ne comprenons pas pourquoi les services de police et de gendarmerie, avec les moyens techniques dont ils disposent, n'ont toujours pas éclairci ce mystère de vols sans effraction ni preuves sur les enregistrements de vidéosurveillance visiblement défectueux au moment des faits. Nous allons certes être indemnisés mais nous voudrions des explications.

– D'autres commerces ont été pareillement touchés par le phénomène. J'aimerais qu'on aborde avec vous les autres problèmes spécifiques à votre branche d'activité, pourriez-vous les lister ?

– Nous observons des pénuries d'anxiolytiques comme de nombreux antibiotiques au niveau de nos fournisseurs, en France comme à l'étranger. Les laboratoires eux-mêmes évoquent des vols sur les lieux où sont produites les matières premières.

– Et donc vous subissez, j'imagine, une forte pression de la part des malades qui ne peuvent se passer de ces produits. Même si, ce n'est un secret pour personne, les Français consommaient trop d'antibiotiques. Il n'empêche que pour certains, la situation doit être dramatique, non ?

– En fait, curieusement, pas tellement. Nous observons, parallèlement à cette baisse dans l'offre, une baisse dans la demande.

– Vous suggérez que les gens n'en auraient plus besoin ?

– C'est ce qui remonte des observations des médecins, en effet.

– On parlerait ici de véritable miracle, donc !

– Je n'irai pas jusque-là, mais en tout cas de phénomène pour l'instant inexpliqué.

– Vous voulez dire : encore un mystère ? Décidément, la période actuelle semble riche en mystères. »

Ma mère se tourne vers moi en souriant. Nous n'avons pas encore retrouvé notre degré de complicité d'avant, mais je sens qu'on en prend le chemin.

3 MAI, 13 H 06

NOUS ARRIVONS CHEZ MA GRAND-MÈRE POUR LE DÉJEUNER. J'ai réussi à acheter des écouteurs. Pas de super qualité, mais pas chers non plus. Mon retour sera plus agréable. Les odeurs dans la cuisine donnent faim. Il y a du poulet rôti avec des patates gorgées de beurre. Mamie passe près de moi et me chuchote à l'oreille :

– Le poulet, c'est pour faire plaisir à tes parents qui adorent la tradition. Moi, j'élimine de plus en plus la nourriture carnée de mon alimentation et je m'en porte très bien. Je vais bientôt devenir comme toi.

– C'est un bon geste pour la planète, en plus, dis-je.

– Nous sommes l'avenir, Tess.

– Absolument, Mamie !

– Tu sais que ta décision de devenir végétarienne ne m'a pas surprise ? Depuis que tu es toute petite, tu aimes les animaux. Et quand tu avais six ou sept ans, je me rappelle que tu faisais des sortes de prières au-dessus de ta tranche de jambon.

– Et je disais quoi dans ces prières ? je demande en souriant à l'évocation de ces pratiques dont je ne garde qu'un très vague souvenir.

– Tu t'excusais de la manger, tu la remerciais et tu terminais en disant : « Mais tu es tellement bon, petit cochon ! » Ça me faisait toujours rire.

Je vais déposer mon sac dans ma chambre dont la déco exotique n'a jamais changé. Jusqu'à il y a peu, ma grand-mère était une grande voyageuse et elle a rapporté beaucoup d'objets et de tissus des pays qu'elle a visités. J'adore les tentures marocaines et indiennes qui recouvrent les murs. Petite, j'avais l'impression de dormir dans une tente au milieu du désert.

Après le repas qui se termine par un clafoutis aux poires divin, nous allons faire une promenade digestive dans la campagne alentour. Je marche à côté de ma grand-mère tandis que mes parents nous précèdent d'une dizaine de mètres. Ils se donnent la main, ce qui est complètement inédit.

– Ta mère va beaucoup mieux, commence Mamie sur le ton de la confidence.

– Oui, tu as vu ? Elle a plus ou moins arrêté ses antidépresseurs. Nos rapports se sont beaucoup améliorés. C'est tout récent. J'espère que ça va durer...

– Espérons. Et toi, comment va la vie ?

– Je suis de plus en plus engagée pour *Planet Reboot*. Je sors à Paris avec des nouvelles copines très sympas. Et toi, tu continues tes activités artistiques ?

– Oui, toujours. Je te montrerai mes dernières œuvres en rentrant, si tu veux.

– Oui ! Et Agathe, elle va bien ?

– Agathe est morte il y a dix-neuf jours, m'annonce-t-elle tristement. Ta mère ne te l'a pas dit ? Tu sais qu'elle avait des problèmes de santé depuis longtemps. Ça s'est soudain aggravé. Les médecins n'ont rien pu faire. Je suis restée auprès d'elle pendant sa dernière nuit. Je lui ai tenu la main.

Je sens l'émotion envahir ma mamie dont le corps se met à chanceler. Je la prends par l'épaule. Je m'aperçois que je la dépasse en taille. C'est à mon tour maintenant de la consoler quand elle a du chagrin. Agathe et elle, c'est au moins cinquante ans d'amitié. Une relation qui s'est renforcée après la mort de mon grand-père. Elles se voyaient tous les jours. Elles parlaient souvent de leur envie d'habiter sous le même toit mais ne s'étaient jamais décidées.

– J'aimais bien Agathe, dis-je. Surtout quand elle parlait de ses combats féministes. Elle était forte et très cultivée. Je me souviens de sa bibliothèque qui recouvrait des murs entiers de son salon.

– Elle et ses livres, sourit ma grand-mère. C'est à cause d'eux qu'elle n'a jamais emménagé ici. Elle ne savait trop comment faire le tri. Son enterrement a eu lieu il y a deux semaines. Depuis, je n'ai pas trouvé la force d'aller sur sa tombe.

– Si tu veux, demain matin, on pourra y aller ensemble.

– Oui, ce serait bien, dit-elle simplement.

Nous longeons des champs de céréales dans lesquels je repère des coquelicots. Nous traversons aussi plusieurs nuages d'insectes. Des oiseaux chantent autour de nous. On se croirait dans un film du passé, quand la campagne n'était pas devenue silencieuse. Je ne peux m'empêcher de sourire dans cet environnement enfin vivant. La Terre respire à nouveau !

– Jean-Yves s'est enfin converti au bio, on dirait.

– Presque. Par la force des choses. Cette année, il a été obligé de se passer d'engrais, de pesticides, de désherbants à la suite des pénuries de matières chimiques. Ces séries de catastrophes d'origine accidentelle dans les mines de potasse du Canada, ajoutées à la raréfaction du phosphore, ont bloqué toute la filière.

– Oui. Sur les réseaux, certains disent que c'est la Nature qui se venge enfin des hommes qui la pillent et l'empoisonnent.

– Pour Jean-Yves et les autres agriculteurs qui étaient restés en traditionnel, le changement est brutal. Ils subissent aussi le rationnement de l'essence et ne peuvent plus utiliser leurs machines autant qu'ils le voudraient. Jean-Yves essaie de s'adapter à la nouvelle situation. Il a réduit sa surface cultivée et se concentre sur son élevage de vaches laitières.

– Je sais que c'est dur à dire, Mamie, mais il faut des catastrophes dans ce genre pour que les gens changent.

Le système conventionnel allait droit dans le mur. Il était temps de passer à autre chose.

– Tu as raison mais tu comprends bien que ce n'est pas simple.

Cela fait quelques années que je ne suis pas allée rendre visite à Jean-Yves. Il nous salue toujours chaleureusement quand il nous croise en tracteur. S'il a cinq minutes, il s'arrête prendre un café chez ma grand-mère et reste un peu discuter. À chaque fois, il s'extasie sur le fait, pourtant très banal, que je grandis, que je change, que je deviens une adulte. Lui ne pouvait avoir d'enfant et sa compagne l'avait quitté. Ma grand-mère avait entendu dire que certains pesticides qu'il épandait déjà au temps de son père avaient causé des cas de stérilité masculine et qu'il en avait peut-être été victime. Quand j'étais toute petite et que je passais un mois ici, il me prévenait quand un veau venait de naître. Et un peu plus tard, j'ai pu assister, grâce à lui, à plusieurs vêlages. C'est un type adorable.

3 MAI, 20 H 36

NOUS SAVOURONS LE DESSERT, UNE SPÉCIALITÉ LIBANAISE AU GOÛT DE FLEUR D'ORANGER QUE J'ADORE. Je profite de chaque bouchée. En rentrant de promenade, Mamie m'a montré ses peintures. Elle se spécialise dans les fruits et légumes. Elle a été tout étonnée que je lui demande si je pouvais accrocher dans ma chambre celui qui représente « des petites pommes un peu pourries ».

– T'es sûre ? m'a-t-elle dit. C'est parce que tu n'as plus le modèle sous les yeux. Sinon, tu verrais que j'ai encore beaucoup de progrès à faire.

– Qui peut savoir que ce n'est pas ressemblant, maintenant que tu as cuisiné les pommes en compote ? L'essentiel, c'est que je trouve ça beau, non ?

– Si tu le dis, a-t-elle consenti, pas complètement convaincue.

Avant le dîner, j'ai passé une heure plongée dans *L'Éducation sentimentale* de Flaubert que je dois lire pour le lycée. J'ai découvert que ce n'était pas si mal.

Au moment où je m'apprête à débarrasser, mon téléphone vibre et je lis discrètement le texto sous la table. C'est Léonor.

Tu fais quoi ? J'ai très envie de te voir !

Je suis à la fois surprise et touchée qu'elle pense à moi. J'ai beaucoup repensé à notre étreinte à la fin de la séance à Odéon et à l'effet que ce geste avait produit sur moi. J'avais ensuite essayé de lire dans son regard, durant le reste de la soirée, si mon trouble était partagé. Elle m'avait souri chaleureusement mais sans y mettre d'intention particulière. Pour ce genre de fille, plus âgée et plus sûre d'elle, ce geste doit être habituel, voire anodin entre copines. Pour moi, il avait signifié davantage. Et rien qu'en y repensant, je sens mes joues chauffer. Ma grand-mère a dû lire mon émotion sur mon visage parce qu'elle me lance :

– De bonnes nouvelles, Tess ?

Je lui souris mais ne sais pas trop quoi répondre.

– Ne me dis pas que tu n'as pas coupé ton téléphone ? m'interroge ma mère en fronçant les sourcils. À table, on est ensemble. C'est la règle !

– Va répondre, intervient Mamic. Nous avons fini de manger. Et toi, Séverine, sois plus cool ! Elle est drôlement chouette, ma petite-fille !

En me levant, j'entends mon père chuchoter :

– Je n'ai pas rêvé ? Elle avait les joues toutes rouges.

Je grimpe l'escalier rapidement et vais m'enfermer dans ma chambre. Je réponds sans attendre :

Toi aussi, tu me manques.
Je suis à la campagne
chez ma grand-mère jusqu'à demain.

On se voit un soir en début de semaine ?

Oui.

Sans les autres...

OK.

Je reste un long moment en silence à regarder l'écran noir. Je suis contente parce que j'ai laissé parler mon instinct et que je n'ai pas eu peur. Mais je dois garder la tête froide parce que je ne connais pas bien cette fille. Je ne l'ai rencontrée qu'avec le reste du groupe, nous n'avons échangé que quelques mots en aparté. Je me dis aussi que, dans le même contexte, si c'était un gars qui m'avait lancé cette invitation de façon aussi directe, j'aurais certainement refusé. J'aurais eu l'impression qu'il décidait pour nous deux et que moi, « faible femme », je me laissais faire en disant oui à tout. Parce que c'est une fille et parce que c'est Léonor, ça change tout. Je ferme les yeux et fais remonter en moi le souvenir de la séance, et je me sens étrangement bien.

4 MAI, 4 H 16

J'AI DÉCIDÉ DE LÂCHER FLAUBERT ET D'ESSAYER DE FORCER LE SOMMEIL À REVENIR EN RELAXANT MES MUSCLES ET EN CONTRÔLANT MA RESPIRATION. Mais ça ne fonctionne pas. Pourtant, mes yeux rongés par la fatigue sont presque douloureux. Dans ces moments-là, l'attente paraît interminable.

Jusqu'à présent, j'avais réussi à ne pas repenser aux phénomènes mystérieux auxquels j'ai été confrontée. Mais voilà que leur souvenir remonte à la surface et je me sens soudain mal à l'aise. Je frissonne malgré le gros édredon. Et du fond de mon ventre monte un liquide amer et corrosif. Je bondis hors de mon lit, enfile un gros pull plus un peignoir en éponge. J'ouvre en grand la fenêtre et écarte le volet. L'air frais au parfum de campagne atténue un peu ma nausée. La pleine lune éclaire les champs jusqu'à l'horizon. Quelques chouettes hululent dans le lointain. Je sursaute en entendant craquer les brindilles sur ma gauche, près d'un bosquet d'arbrisseaux. J'attends un long moment sans plus percevoir le moindre son. Je reporte mon attention sur la masse brumeuse qui flotte juste au-dessus des cultures. En fixant les premiers plants de maïs situés à une trentaine de mètres, je repère brusquement dans l'obscurité un flux de matière qui monte le long des tiges. Cela pourrait s'apparenter à l'effet d'un gigantesque aspirateur invisible qui extirperait du sol des particules de poussière. Je suis totalement fascinée par ce phénomène étrange et inédit. J'ai du mal à maintenir mes paupières ouvertes. Mon corps tout entier se met à trembler lorsque je distingue une sorte d'organisme géant qui se rapproche de moi en ondulant à grande vitesse. Il ressemble à la bête repérée il y a quelques jours derrière la vitrine de la pharmacie. Cette fois, sa forme se précise : il s'agit d'une... d'une murène, qui me tourne autour et me frôle à chaque passage. Comme les fois précédentes, je suis tout à coup enveloppée par l'odeur entêtante. Je me cramponne à la poignée de la fenêtre et la referme brutalement. Comme un petit animal paniqué par l'arrivée d'un prédateur, je simule la mort en m'immobilisant, avec l'espoir stupide que cela fera disparaître le danger. Comme les fois précédentes, l'urgence, pour mon organisme au bord de l'évanouissement, c'est de faire rentrer de l'oxygène dans mes poumons. Au bout d'environ une minute, j'entrouvre les yeux et je ne vois rien d'autre que la campagne endormie. Je recule en traînant les pieds jusqu'à mon lit et m'y laisse tomber, épuisée par cette nouvelle épreuve.

La porte s'ouvre sur mon père en caleçon et tee-shirt d'une autre époque. Il a pris le temps de chausser ses lunettes.

– Un problème, ma fille ? demande-t-il doucement.

Ça faisait des années qu'il ne m'a plus appelée « ma fille ». Avant c'était sa façon de souligner qu'il était fier de moi.

– Ça va, dis-je. J'ai dû faire un cauchemar super intense, au point de tomber de mon lit. Désolée.

– Mais tu es fiévreuse ? ajoute-t-il en s'approchant. Ton visage est cramoisi et tu transpires !

– Je t'assure que je me sens déjà mieux, papa, tu peux retourner te coucher ! Et excuse-moi de t'avoir réveillé.

– Ne t'excuse pas. Ça me rappelle tes terreurs nocturnes quand tu étais toute petite. Tu t'accrochais à moi comme un naufragé à sa bouée. Ton volet est ouvert. La lumière de la pleine lune éclaire comme en plein jour. Tu ne veux pas que je le referme ? Tu dormiras mieux.

– Si tu veux, dis-je en le regardant faire.

Va-t-il apercevoir lui aussi les étranges phénomènes qui peuplent la nuit ? Visiblement, non. Mon père quitte la pièce en m'envoyant un baiser, avant de refermer la porte. J'attends le silence pour sortir du lit, quitter le pull et le peignoir que je ne supporte plus. La sueur plaque mon pyjama sur ma peau. Puis je me glisse dans la salle de bains. La lumière crue me fait cligner les yeux. Je me contemple dans le miroir. J'ai des cheveux collés sur le front et les joues. Je ressemble à une femme possédée par le diable, comme celles qu'on rencontre dans les vieux films d'horreur en noir et blanc. Je me rafraîchis le visage et j'en profite pour boire aussi. Si je ne craignais pas de réveiller les autres, je prendrais bien une douche. Cela me débarrasserait peut-être aussi de la vision de la murène qui me hante. De retour dans ma chambre, je retire mon pyjama trempé pour enfiler un tee-shirt. Je me sens déjà mieux. Étrangement, la peur m'a quittée. Le sommeil m'envahit à peine ai-je posé la tête sur l'oreiller.

4 MAI, 10 HEURES

J'ATTENDS DEPUIS UNE HEURE QUE MES PARENTS AIENT FINI LEUR PETIT DÉJEUNER ET QU'ILS AILLENT FAIRE UN TOUR ENSEMBLE. D'habitude, c'est comme ça qu'ils procèdent et moi, je reste tranquillement à papoter avec ma grand-mère. Mais ce matin, on dirait qu'ils font exprès de prendre leur temps. Ou alors, parce que ma mère va mieux, elle est, du coup, beaucoup plus bavarde. Comme la faim commence à me tordre l'estomac, je me décide à apparaître. Mes parents m'accueillent en bas de l'escalier.

– On allait faire un tour, annonce mon père. Ça va, ma fille ? tu as bien récupéré de ta nuit agitée ?

– Très bien, merci. Bonne promenade !

Cette complicité retrouvée avec mon père me fait beaucoup de bien. Quel changement, en si peu de temps ! Dès qu'ils quittent la pièce, Mamie commente :

– Je préfère vous voir comme ça. Les dernières fois, je vous trouvais si tristes tous les trois. C'est toujours dommage de ne pas s'entendre. Au fait, il faut que je te raconte : hier, quand tu es montée répondre au téléphone, ton père était tout excité. Il imaginait que tu avais reçu un appel de ton amoureux. Ce matin, il attendait de te voir pour essayer de te tirer les vers du nez. Finalement, il s'est dégonflé.

– Il a bien fait. Mes affaires personnelles ne les regardent pas.

– Mais, à moi, tu peux le dire, demande-t-elle en m'envoyant un sourire complice. Je sais garder un secret, tu m'en as déjà confié, et je ne juge jamais les choix des autres.

– Je n'ai pas d'amoureux en vue. Et si tu veux tout savoir, hier, c'est une fille qui m'a appelée.

– Une fille, c'est bien aussi, Tess.

Je ne relève pas ses dernières paroles. Je ne suis pas certaine de comprendre ce qu'elle veut dire exactement : que l'amitié, c'est aussi bien que l'amour, ou que l'amour entre deux filles, c'est aussi bien que l'amour entre une fille et un garçon ? Je n'ai pas trop envie d'être obligée de me dévoiler davantage en lui demandant de s'expliquer. Et que pourrais-je lui dire ? Je ne sais pas ce que Léonor a en tête et moi-même, je ne suis pas complètement sûre de savoir ce que je ressens pour elle. C'est si nouveau pour moi, quelqu'un qui me fait un tel effet. Nous n'en sommes qu'au commencement... du commencement. Alors, pour changer de sujet, je demande à ma grand-mère ce qu'elle a prévu pour déjeuner et propose de lui filer un coup de main.

Une heure plus tard, nous prenons les vélos pour nous rendre au cimetière. Mamie a accroché sur son porte-bagages un bouquet de fleurs coupées dans son jardin. Cela fait très longtemps que je n'ai pas mis les pieds dans cet endroit. Dans mes souvenirs, c'était plus vaste et les murs d'enceinte étaient plus hauts. La tombe d'Agathe se réduit à une simple stèle avec ses nom et prénom, ses dates de naissance et de décès. Mais mon regard est attiré par une photo en couleur de la copine de grand-mère sur un support de porcelaine. Je suis troublée par l'âge d'Agathe sur la photo. Elle doit avoir à peine vingt ans et lève le poing au milieu d'une foule. Elle porte un jean et un tee-shirt noir.

– C'est ma photo préférée d'elle, m'explique ma grand-mère. C'est moi qui l'ai prise. C'était pendant une manif du MLF, en 1971. À cet instant-là, on ne se connaissait même pas, mais elle m'a vue prendre la photo. Une heure plus tard débutait une amitié qui a duré jusqu'à sa mort.

– Le Mouvement de libération des femmes, c'est ça ? C'est drôle de la voir comme ça. Mais je la reconnais bien.

Je n'ose pas le dire à ma grand-mère, mais j'ai l'impression de vivre à cinquante ans d'écart un peu la même aventure. Est-ce que ma relation avec Léonor durera aussi longtemps ?

Ma grand-mère dispose ses fleurs dans un vase en laiton fiché dans le sol, puis elle se plante devant la tombe.

Elle a fermé les yeux. Je m'écarte quand je l'entends chuchoter des confidences à sa copine, sinon j'aurais l'impression de m'immiscer dans leur intimité. Je vais attendre sur un banc durant plus d'un quart d'heure. Quand elle me rejoint, elle me sourit et semble apaisée.

5 MAI, 2 H 58

JE VIENS TOUT JUSTE DE ME RÉVEILLER ET JE DOIS M'ATTENDRE À UNE BONNE HEURE DE VEILLE AVANT D'AVOIR LE DROIT DE FINIR MA NUIT. Nous avons quitté Mamie après le déjeuner. Je lui ai promis de revenir aux grandes vacances, sans mes parents. Le retour a été rapide. Aucune attente au péage. Moins d'essence, moins de bouchons et moins de pollution ! Quand je m'en suis réjouie, mon père m'a fait remarquer que la situation était loin d'être idyllique pour tout le monde.

– La population en général s'appauvrit, précise-t-il. Pour nous, ce n'est pas encore le cas, mais si ça ne revient pas à la normale, on sera aussi impactés.

Mes parents travaillent tous les deux dans le secteur public. Mon père donne des cours d'histoire en fac et ma mère est chercheuse en médecine. Ils se sentent protégés mais si l'économie s'effondre, l'État n'aura plus de recettes et ils ne seront plus payés.

– Cette crise a du bon, papa. À long terme, les gens s'en rendront compte et seront plus heureux.

– Avec moins d'argent ?

– Il faut arrêter de nous bourrer le crâne avec l'idée que l'écologie rend les gens moins riches et moins heureux. Mais de quelles richesses et de quel bonheur parle-t-on ?

Devant ma conviction, mon père a cessé d'argumenter. Mes parents n'aiment pas tellement parler de politique et je trouve que c'est dommage.

De retour à la maison, je m'avance dans mon travail pour le lycée afin de me rendre disponible un prochain soir.

Dans la soirée, j'ai repris ma lecture de *L'Éducation sentimentale*, lorsque je reçois un message de Nangaï :

Tu fais quoi ?

Je suis au lit avec Frédéric.
Et j'avoue qu'il est un peu décevant...

C'est qui ce Frédéric ?
Tu as rencontré quelqu'un au milieu des champs !!!
Et tu l'as ramené chez toi ! ?

Je ne viens pas de le rencontrer.
Notre relation a quelques semaines déjà.

Et tu ne m'as rien dit ? Et tes parents t'autorisent ?

Ils m'obligent, tu veux dire.

?????

T'as pas commencé à lire Flaubert, toi !
C'est le personnage principal du bouquin.

Ah ça ? Non. Tess, je suis hyper déçue !

Tu vas être obligée de t'y mettre, Nangaï !

Non, je trouverai un résumé
ou une version allégée sur Internet...
C'est trop gros, ce truc !

Je repense à la discussion du retour. Cette bactérie qui bouffe et pourrit le pétrole me donne de l'espoir pour l'avenir. Mais je suis aussi très préoccupée parce que la situation n'a rien de rationnel. Ont surgi en même temps que la maladie du pétrole trop de phénomènes inexpliqués. Et si d'autres peuvent se voiler la face en se disant que ce n'est pas grave de ne pas comprendre, que l'essentiel, c'est que ça change vraiment, qu'on s'en fout des causes, de qui est derrière tout ça, pour moi, c'est impossible. Moi, je suis confrontée à des événements étranges. Moi, je sens des odeurs, et je suis prise de malaises. Moi, je fais face à une murène géante !

Ou bien, est-ce que pendant ces longues veilles nocturnes, il ne m'arrive pas de confondre la réalité et mes rêveries ? Ou suis-je en train de développer une maladie mentale en réaction à ce qui se passe autour de moi ? Il paraît que le cerveau humain peut avoir ce genre de réaction chez certaines personnes, et que face aux situations qu'elles ne peuvent maîtriser, elles ont absolument besoin d'avoir une explication, même si elle paraît complètement illogique aux autres. C'est pour ça que beaucoup ont besoin de croire à une vie après la mort parce qu'ils ne supportent pas que ça reste pour eux un mystère absolu.

Je me force à me concentrer sur Flaubert pour arrêter de gamberger. Finalement, j'abandonne au bout d'une vingtaine de minutes. Elle a raison, Nangaï. Il est beaucoup trop long et lent, ce bouquin. Je ne vais pas, pour autant, le lâcher définitivement et céder à la facilité d'Internet. Ce n'est pas dans ma nature de m'avouer vaincue. Je le reprendrai demain. Je consulte mon téléphone. Pas de nouvelles de Léonor. Et pourquoi ce ne serait pas moi qui prendrais l'initiative ? Pourquoi devrais-je attendre qu'elle décide pour nous deux ? Je lui envoie :

Mardi soir, je peux être à Paris
à partir de 17 h si tu es libre. Dis-moi où.

Je passe l'heure qui suit tantôt à essayer de faire le vide, tantôt à vérifier mes messages. Il faut que je me fasse une raison : à 3 heures du matin, les filles normales dorment.

5 MAI, 7 H 15

J'AI RETROUVÉ LA GIGANTESQUE MURÈNE. Là, c'est dans mon rêve qu'elle me traquait. Nous étions au cœur d'une épaisse forêt. Elle se faufilait entre les arbres et les buissons, ignorant les règles de la gravité et, au passage, son absence de poumons. Et moi je courais, je trébuchais, me relevais pour courir encore, jusqu'à tomber d'épuisement. À cet instant, elle est venue tout près, et sa peau, au contact de la mienne, m'a gelée jusqu'à la moelle. Elle m'a craché au visage son odeur chimique. Soudain, sa gueule garnie de deux rangées de dents acérées s'est ouverte en grand pour m'engloutir.

Je me suis réveillée fiévreuse et essoufflée, ma couette rejetée sur le sol. J'ai saisi mon portable pour regarder l'heure, je n'avais devancé le réveil que de quelques minutes. C'est là que j'ai vu que j'avais un message de Léonor :

17 h 30 sur les marches de l'Opéra Bastille.
Trop hâte d'être à demain !

Moi aussi.

Je devrais sourire à l'idée de la retrouver bientôt, mais les images de mon cauchemar matinal continuent à me hanter. Je pressens une catastrophe dans un futur proche. Dans mon cerveau, elle a pris l'apparence d'un poisson allongé comme une anguille, doté de mâchoires terrifiantes qui menacent tous ceux qui passent à sa portée.

Après une douche un peu longue pour une écolo consciente de la raréfaction de l'eau douce sur la planète, je me sens beaucoup mieux. Mes parents petit-déjeunent paisiblement. Je les préviens pour demain soir en leur précisant que je ne rentrerai pas trop tard. Je saisis le clin d'œil que mon père adresse à ma mère. Ça a l'air de les réjouir. Et de les rassurer sans doute. Jusqu'à maintenant, ils devaient penser que je n'étais pas normale.

6 MAI, 17 H 23

JE SUIS EN AVANCE. La prof de maths a rendu nos copies. Abel a eu 11, Nangaï 10 et moi 19. Il s'est planté devant moi à la fin du cours et m'a déclaré, sur un ton bizarrement agressif :

– Tu vois que j'avais raison !

– Et quoi ? lui ai-je demandé un peu sèchement.

– Bah... rien, a-t-il lâché en tournant les talons.

– Il a un problème, Abel ? a demandé Nangaï.

– On s'en fout, non ? Il n'est pas très intéressant comme gars.

– Il est plutôt pas mal, non ? Et j'ai l'impression qu'il n'est pas insensible à mon charme.

– Ce type est peut-être beau, comme tu dis, mais il n'est pas sympa. Tu perdrais ton temps avec lui.

J'ai senti que Nangaï n'était pas convaincue. Depuis des mois, elle me répète qu'elle aimerait avoir enfin un petit copain, qu'elle est aussi bien que certaines filles qui sont déjà en couple. J'ai abandonné ma copine à son célibat devant chez elle et je suis rapidement passée à la maison pour poser mon sac. J'ai embarqué Flaubert et j'ai foncé à la gare.

Je suis assise sur les marches de l'Opéra et j'observe les gens. Beaucoup affichent un air détendu, bien loin du cliché qui décrit les Parisiens comme des êtres rouspéteurs et impolis. J'imagine que c'est dû au beau temps qui a fait son retour ces jours-ci. Je repère de loin Léonor qui avance à grandes enjambées, le regard caché par des lunettes de soleil. Je l'avais remarqué dès la manif, elle est toujours élégante. Nous étions toutes sales et trempées, mais elle, elle avait un peu arrangé ses habits, plaqué ses cheveux en arrière et parvenait à conserver une certaine classe. À côté d'une fille comme elle, je me trouve insignifiante. Je me lève pour l'accueillir. On s'embrasse rapidement sur les joues. Elle me propose qu'on se promène un peu pour profiter de la météo ensoleillée. Nous marchons côte à côte, d'abord en silence, et parfois nos corps se frôlent. Heureusement qu'elle ne fixe pas mon visage parce que j'ai l'impression de rougir souvent : je suis si bien avec elle. Au moment de traverser un boulevard, elle me prend par la taille l'espace de quelques secondes. J'apprends qu'elle prépare des concours pour des écoles d'architecture.

– C'est vrai que tu n'es qu'en première, me glisse-t-elle. Même pas majeure, alors. Et tu as des idées pour après le bac ?

– Rien de précis. Je sais ce qui ne m'attire pas. Mais de là à pouvoir dire ce qui m'intéresse, il y a un immense fossé. Je me verrais bien vivre quelques années à l'étranger, apprendre plusieurs langues, peut-être travailler un peu aussi pour être indépendante financièrement et continuer à militer.

– C'est un beau programme. Tu as raison, prends le temps de réfléchir avant de t'enfermer dans un parcours bien tracé. Moi, j'ai erré dans différentes filières avant de m'orienter vers l'architecture. Ah, c'est Samantha qui m'envoie un message !

Léonor sourit et répond, puis coupe son téléphone.

– Elle a retrouvé Camélia, sa jumelle. Elle est heureuse, et moi, je suis soulagée pour elle.

– Qu'est-ce qui s'est passé ?

– Camélia devait passer hier midi à l'appart et elle n'est pas venue. Elle était injoignable. Ni ses parents ni ses amis ne savaient où elle était. Samantha croyait que sa sœur avait eu un accident et qu'elle gisait inconsciente sur un lit d'hôpital. Et là, elle m'annonce que tout va bien. J'espère que Camélia a une bonne explication à lui donner parce que Samantha n'en dormait plus. J'en saurai davantage en rentrant. Mais reparlons de toi. Tu es du genre à être bonne en classe, je me trompe ?

– Non...

Je devrais être fière de mes résultats mais depuis le lycée, j'ai l'impression que c'est presque mal vu de réussir aussi bien. Pourtant, je n'envie pas du tout ceux qui rencontrent des difficultés. Ma meilleure copine à l'école primaire cumulait des tas de handicaps dont les dénominations commençaient toutes par « dys », et sa vie ressemblait à un cauchemar permanent. Parfois, elle en pleurait. Et à mon grand désarroi, j'étais très souvent incapable de lui venir en aide. Alors, je la laissais copier sur moi. Je dois me réjouir d'avoir des facilités et surtout le goût d'apprendre.

– Et tu es de quelle origine ?

Là encore, c'est la question inévitable qui pèse des tonnes. Tout ça parce que je n'ai pas l'apparence d'une

Française « normale », que je suis trop brune, trop mate et que mes yeux sont noirs. Surtout qu'étant adoptée, je vais être obligée de raconter ma vie de manière imprécise, et ça amènera d'autres questions. Je n'avais pas imaginé que notre rendez-vous commencerait d'une façon aussi prévisible. Je lui réponds :

– En fait, je n'en sais rien. J'ai été adoptée quelques semaines après ma naissance. Mes traits montrent un peu de métissage mais personne n'a le même avis sur l'origine de ce métissage. Un jour, j'essaierai de savoir.

Je suis surprise d'avoir sorti ça alors que je ne suis pas certaine d'en avoir jamais envie. Mes parents sont persuadés que mon besoin de connaître mes parents biologiques finira par arriver. Jusqu'à maintenant, j'avais plutôt décidé de faire comme si j'étais une fille « comme les autres », sans histoire particulière. Léonor, qui a perçu mon malaise, m'enlace doucement et dépose un baiser sur mon front.

– Excuse-moi, dit-elle. Je suis lourde parfois.

– C'est pas grave. Au moins, tu t'intéresses à moi. Ça me rend...

Je sens mes joues chauffer et je n'arrive pas à finir ma phrase.

– En tout cas, tu es très belle... Et encore plus quand tu rougis.

Je mets bien quelques minutes à me remettre de son compliment. J'ai raté l'occasion de lui dire que moi aussi, je la trouve belle, plus que belle même, impressionnante. Peut-être que c'est ce qu'elle attendait et que j'ai tout gâché. Et maintenant, je n'ose plus : j'ai trop tardé et ça ne paraîtrait pas sincère. Mais on passe aussitôt à autre chose, et Léonor m'entraîne joyeusement vers une pizzeria végétarienne. Nous nous installons sur une petite table placée sur le trottoir. Nous nous racontons nos week-ends. Elle a surtout bossé parce que les premières épreuves de ses concours approchent à grands pas. Moi, je parle surtout de ma grand-mère et de la mort d'Agathe. Je n'évoque évidemment pas mes visions nocturnes. J'apprends que ses parents habitent à Limoges, une ville située au milieu de la France. Vers 20 h 30, elle me raccompagne Gare de Lyon. Léonor est impressionnante et belle, mais aussi chaleureuse et drôle, et je passe un très bon moment avec elle. De son côté, elle semble ravie aussi et me propose qu'on remette ça très vite.

– Lundi prochain, à la même heure, si ça te convient. J'aurais bien voulu avant, mais mercredi soir, je vais voir mes parents et je reviens dimanche. Je devais les rejoindre à la Pentecôte mais j'ai avancé mon voyage à cause du week-end de *Planet Reboot*.

– Pas de problème. Lundi prochain, c'est parfait, dis-je en souriant.

Au moment de me faire la bise pour me dire au revoir, elle m'entoure de ses bras en se plaquant contre moi. Je ne sais pas si elle se rend compte de l'effet que ça produit sur moi.

Dans mon RER, je suis frustrée. J'avais imaginé un autre genre de rendez-vous. Je m'attendais à une expérience plus inédite, qui m'aurait procuré d'autres émotions. J'avais envie d'être mise à l'épreuve, peut-être qu'elle m'embrasse vraiment. Elle a eu plein d'occasions de le faire. C'est la manie qu'a Léonor de rechercher le contact physique, en me frôlant sans cesse, en me prenant la taille, les épaules, en se collant furtivement à moi, qui m'a fait espérer que cette rencontre prendrait une autre tournure.

J'ai toujours dans un coin de ma tête le souvenir de Rachel et du séjour à Londres il y a trois ans. Le dernier soir, mon amie d'enfance avait osé sauter le pas en m'avouant son attirance pour moi. Et moi, complètement surprise, je n'avais pas trouvé les mots pour lui dire que je ne l'aimais pas de la même manière, mais qu'elle comptait beaucoup pour moi. À partir de ce moment-là, plus rien n'avait été pareil entre nous. On s'était vite éloignées l'une de l'autre. Et, encore aujourd'hui, je suis triste d'avoir perdu mon amie.

En quittant la gare, je me sens moins déçue. Ce soir, Léonor et moi avons appris à mieux nous connaître et je verrai par la suite ce que notre relation deviendra. Je dois bien m'avouer que de mon côté, je me suis sentie flattée qu'une fille plus âgée, sûre d'elle, s'intéresse à moi, mais cela ne signifie pas pour autant que je suis amoureuse. Tout ça, c'est à cause du câlin un peu appuyé à la fin de la séance de ciné. Si ça se trouve, j'ai tout simplement affaire à une fille « tactile », qui a besoin de toucher les gens pour les connaître, mais qui n'y met pas d'intention séductrice. Un soir, ma mère avait parlé d'une de ses collègues qui mettait ainsi les autres mal à l'aise d'une façon tout à fait innocente. J'arrive à la maison, un peu confuse. Et je ne vois pas qui pourrait m'aider à y voir plus clair.

– Tu rentres tôt, me lance mon père quand je traverse le couloir. Tu as mangé ?

– Oui, une pizza végé. T'as pas fait de dessert ce soir, par hasard ? J'ai encore un peu de place.

– Non. Mais tu trouveras bien un truc dans le congélo. C'était sympa ton rendez-vous ?

– Oui, dis-je sobrement en refermant la porte de la cuisine.

7 MAI, 15 H 28

MON PORTABLE EST ÉTEINT DEPUIS DEUX HEURES. J'ai décidé d'être d'une efficacité maximale en me débarrassant de tous mes devoirs. Je veux me libérer du temps pour demain, qui est férié, et pour le week-end. Le téléphone sonne au milieu du salon. Plus personne ne l'utilise pour nous joindre, à part peut-être mes grands-parents, mais ils n'appellent que le soir ou le week-end. Je parie que c'est un appel commercial. Le silence revient, mais seulement pour quelques secondes. Ainsi s'enchaînent quatre appels avant que je ne me lève pour faire taire cet appareil du diable. Je décroche, prête à lâcher les pires insultes.

– Enfin, souffle une voix de femme au bout du fil, Tess Renard ? Je suis de la police.

Je respire un bon coup avant de répondre sobrement :

– Oui.

– Bonjour, Tess.

La personne laisse un blanc assez long. Visiblement, elle s'attend à ce que je respecte les règles de politesse en lui rendant son « Bonjour ». Mais je n'en ai pas envie. Je me souviens de l'interrogatoire menaçant de ses collègues il y a moins d'une semaine. Et puis, tout simplement, je ne suis pas dans le même camp.

– Je suis la capitaine Jennifer Marchal. Je vous appelle au sujet de la soirée du 30 avril.

Ils me l'avaient promis, ils ne vont plus me lâcher. J'avoue que sur le moment, j'avais pris ça pour des paroles en l'air, celles d'une policière qui ne voulait pas perdre la face devant une gamine qui lui tenait tête.

– Mademoiselle ? reprend l'autre. Mademoiselle, vous êtes toujours là ?

– Oui.

– Je vous sens méfiante. Rassurez-vous, je ne vous soupçonne pas du cambriolage de la pharmacie et je ne suis pas là non plus pour vous interroger sur vos engagements politiques, ni même sur les méthodes répréhensibles que vous utilisez pour les promouvoir.

– Vous voulez quoi, alors ?

– Vous rencontrer pour vous parler de la soirée du 30, mais... différemment.

– Je ne comprends pas.

– Laissez-moi vous rencontrer, je vous expliquerai. Peut-être qu'on pourrait se voir… aujourd'hui ? Ce serait fait. Qu'en pensez-vous ?

J'en pense rien de bon et j'ai bien envie de lui raccrocher au nez. Cette manière d'insister m'inspire plutôt de la méfiance. Je décide de me taire en espérant qu'elle finira par lâcher l'affaire.

– Bon. Je comprends. Vous préférez sans doute être accompagnée par un de vos parents et vérifier de votre côté qui je suis. Dans ce cas, je peux rappeler en fin de journée ? Comme ça, vous serez rassurée ? Qu'en dites-vous ?

Je n'ai aucune envie de mêler mes parents à cette histoire et je suis pressée de me débarrasser rapidement du problème. J'hésite encore… Quelque chose dans sa voix me dit que je ne cours pas de danger. Peut-être vais-je bientôt regretter d'être si confiante. Je soupire profondément avant de lâcher :

– Venez maintenant. Vous serez là dans combien de temps ?

– Je suis juste devant chez vous. Je devine votre silhouette derrière les voilages de votre baie vitrée.

J'écarte discrètement le rideau et aperçois une femme menue d'une trentaine d'années aux cheveux bruns coupés court qui lève la main vers moi en souriant. De loin, elle paraît plutôt inoffensive.

Je lui propose le canapé du salon, et moi, je m'assois sur un des fauteuils. Je reste sur l'avant de l'assise, bien droite et sans m'enfoncer dans le dossier, prête à réagir en cas de danger. Elle sort sa tablette et l'allume. Elle me la tend. Sur l'image, c'est moi, dans la rue. L'extrait commence alors que je marque l'arrêt devant la pharmacie, que je discute avec Nangaï puis que, seule, je me rapproche de la vitrine. Les lampadaires éclairent suffisamment la scène pour qu'on distingue les expressions de mon visage. J'ai du mal à me reconnaître tant je semble agitée, presque en transe ou sous hypnose. Je lui rends son appareil lorsque la vidéo se coupe. Je suis très troublée.

– Vous vous souvenez de cette scène, j'imagine ? J'aimerais que vous me décriviez précisément ce que vous avez ressenti, vu, pensé même à ce moment-là. C'est important. S'il vous plaît, Tess.

– Pourquoi ?

– Pour être franche avec vous, dit-elle en me souriant, les investigations classiques sur les cambriolages ne donnent aucun résultat. De même que les images de vidéosurveillance n'ont, jusqu'à présent, rien révélé. Nous essayons d'adopter une nouvelle approche. On perçoit clairement que vous avez ressenti quelque chose, que vous avez même peut-être vu ce que la technologie n'a pas pu saisir. Je me trompe ? C'est cela que je voudrais que vous partagiez avec moi.

J'avoue que je ne m'attendais pas à me retrouver dans cette situation. Quand cette policière s'est pointée, j'étais déterminée à ne pas coopérer, à juste la laisser parler et à me débarrasser d'elle au plus vite. À cet instant, j'hésite. Oui, c'est une flic, et ceux que j'ai croisés dans ma vie jusque-là ne m'ont inspiré que de la crainte ou de la méfiance. Cependant, je crois voir en elle quelqu'un de bienveillant. Et ce serait enfin l'occasion de me libérer d'un poids trop lourd que je porte depuis quelques semaines.

– Imaginons que je vous raconte. Qu'est-ce que vous ferez ensuite de mon témoignage ? Ça va venir compléter ma fiche S ! et à côté des rapports sur mes agissements supposés violents durant des manifs vous allez ajouter que je suis victime d'hallucinations, et peut-être bonne à être internée !

– Je vous promets que ça n'arrivera pas, déclare-t-elle, visiblement choquée par mon discours. Je vous en donne ma parole. Je n'ai aucun lien avec les services qui surveillent les activistes politiques. Moi, je suis en quête d'indices pour résoudre un problème important, qui dépasse largement votre cas personnel et votre combat politique. Si vous le voulez, je m'engage à ne jamais citer votre nom, pour être sûre que mon rapport n'atterrisse pas un jour entre de mauvaises mains.

Je prends le temps avant de répondre. Elle me fixe en essayant de me sourire. Je crois que je vais prendre le risque.

– OK, dis-je. Mais je ne suis pas sûre que ça fasse avancer votre enquête.

Pendant le quart d'heure qui suit, je lui raconte en détail toutes mes sensations et mes visions vécues à ce moment précis. Elle m'enregistre, prend quelques notes et ne m'interrompt pas. Jamais je ne sens de sa part la moindre trace de moquerie ou d'ironie. Elle est très concentrée et me regarde sans ciller. Quand j'ai terminé, elle réclame quelques précisions.

– Merci beaucoup, Tess. Je crois que ça va beaucoup nous aider.

– J'imagine que vous avez déjà recueilli d'autres témoignages du même type. Qu'est-ce qu'ils décrivaient ?

Je la sens gênée pour me répondre. Elle ne dit plus rien. Comme elle a eu ce qu'elle voulait, à présent, elle se fout visiblement de moi, de mon besoin de comprendre, et de ce qui risque de m'arriver. Je lui balance, énervée et déçue :

– Je vois qu'avec vous la confiance ne fonctionne que dans un sens. Que vous en avez rien à foutre de moi ! Bien, je crois que vous pouvez partir maintenant. J'ai pas mal de travail pour le lycée.

– Bon, soupire-t-elle, je veux bien vous en dire plus si vous me promettez de ne pas l'ébruiter. C'est très important, Tess. Alors ?

– Je vous le promets, dis-je, soulagée.

– Depuis quelques semaines, des chercheurs en psychologie et neurosciences ont été sollicités par les autorités nationales pour venir en aide à la police. Les données collectées sont mutualisées au niveau mondial. J'ai eu l'occasion de lire quelques témoignages ainsi que les premières analyses. Il en ressort que de très rares individus perçoivent ces « présences » que vous avez évoquées, indétectables pour la très grande majorité d'entre nous. Et il se trouve qu'à l'instant où ça leur arrive, disparaissent des marchandises, des objets. Ils ne voient pas précisément ce qui se passe mais peuvent dire : « Ici, en ce moment, “ils” sont là. » Sans pouvoir préciser ce que ce « ils » pourrait être. Tous voient se former des images mentales dans leur cerveau, particulièrement lorsqu'ils se concentrent sur leurs sensations en fermant les yeux. Un voit voler un dragon, un autre des nuées d'insectes, un troisième se sent submergé par des vagues. Tous ont fait part de réactions physiques incontrôlables au moment même, ou juste avant leurs visions, mais là encore, les réactions diffèrent selon les individus : sensations de chaud, de froid, nausées, malaises vagaux, les poils qui se dressent, le corps qui se charge en électricité... Enfin, tous décrivent une odeur « chimique », terme qui ne signifie rien en lui-même, mais que tous ont nommé ainsi au moment des phénomènes. Aucun n'a fait mention de violence lors de ces apparitions.

Je n'en reviens pas de faire partie de cette minorité. Je marque un temps avant de reprendre :

– Mais... mais en quoi nos témoignages peuvent-ils vous aider à élucider les disparitions de nourriture ou de médicaments, par exemple ?

– Les gens comme vous, qu'on pourrait qualifier d'« extralucides », de « voyants » ou de « médiums », seraient capables, par exemple, de nous aider à localiser ces phénomènes. Nous pourrions, dans ces moments-là, déployer des capteurs de chaleur, des enregistreurs à très basses ou très hautes fréquences. Cela nous permettrait peut-être d'en savoir davantage sur ceux qui font peser une vraie menace sur un monde déjà très fragile. Il se peut que d'ici quelque temps, je vous sollicite pour participer à des expériences. Vous serez parfaitement libre de refuser, bien entendu.

Sans trop réfléchir, je lui propose de prendre un thé, ce qu'elle accepte en souriant. Pendant que je suis dans la cuisine, je la vois consulter son téléphone, puis prendre des notes sur sa tablette. Lorsque je dépose sa tasse devant elle, je sens qu'elle n'en a pas complètement fini :

– Tess, nous n'avons évoqué que la soirée du 30 avril. Je ne vous ai pas demandé si depuis cet évènement, ou même avant celui-ci, vous n'aviez pas vécu des expériences similaires.

J'hésite quelques secondes avant de céder à sa demande. Quand je termine mon récit, je jette un œil sur la pendule de la cuisine. Il est plus de 17 h 30, et ma mère risque d'arriver dans la demi-heure. Elle me tend sa carte en me précisant :

– Je vous ai ajouté mon numéro de portable perso. N'hésitez pas à me joindre si vous êtes de nouveau confrontée à des phénomènes étranges. Vous pouvez aussi m'appeler si vous avez besoin de parler ou si je peux vous être utile.

Elle me remercie, attrape ses affaires et quitte l'appartement. Je me sens épuisée mais aussi soulagée d'avoir pu enfin partager mon fardeau avec quelqu'un qui ne m'a pas jugée mais m'a appris que je ne suis pas seule. Je n'ai rien inventé… Quand je rentre dans ma chambre, je referme mon ordi et mes bouquins du lycée. Je n'ai plus la tête à ça. Je reprendrai demain.

12 MAI, 17 H 10

JE SUIS DANS LE RER POUR PARIS. Le week-end m'a paru long. Samedi, j'ai décliné l'invitation de Fiorella et Rose à venir passer la soirée avec elles. Sans Nangaï ou Léonor, je n'en avais pas trop envie. Hier, Léonor m'a envoyé une vidéo, elle a filmé pour moi les murs de sa chambre d'adolescente. Il y a plein de posters de chevaux et de chanteuses, et des dessins avec des cœurs. Je trouve que ça ne lui ressemble plus du tout. On doit beaucoup changer quand on quitte le lycée… j'ai failli lui faire la même vidéo mais j'ai trouvé ma déco vraiment minimaliste et, au final, pas tellement intéressante. Je suis contente de la revoir aujourd'hui. Je crois que cette fille peut m'apporter beaucoup.

Un homme et une femme distribuent des tracts aux passagers. J'interromps ma lecture de Flaubert pour tendre la main et en prendre connaissance.

Tu vois le Monde s'enfoncer dans les crises !
Et tu as peur !
Les hommes ont gâché le cadeau que Dieu leur a fait.
La Terre allait mourir. L'Humanité allait disparaître.
Mais le Seigneur revient mettre de l'ordre sur la Terre.
Il sait ce qui est bon pour nous et Il nous sauvera.
Rejoins Dieu et ses disciples !

Suivent l'annonce d'une réunion d'information et de prières, l'adresse postale d'une église en banlieue, celle d'un site Internet et de divers comptes sur les réseaux sociaux.

Je relève la tête pour observer les personnes qui m'entourent. Une femme âgée plie le papier avant de le ranger soigneusement dans son sac à main. Peut-être ira-t-elle à ce rendez-vous pour donner un sens à la situation étrange et dramatique que traverse notre époque. À côté d'elle, un homme a déjà chiffonné la feuille. Il la garde dans sa main serrée en attendant de pouvoir s'en débarrasser. Une fille de mon âge qui tapote frénétiquement sur son portable sans jamais prendre une seconde pour lever la tête l'a laissé tomber à ses pieds sans y jeter un regard. Il y a une jeune femme qui a posé le tract à côté d'elle comme on le fait avec un journal gratuit dont on a fini la lecture. Elle ressemble vaguement à Jennifer, la policière qui m'a rendu visite il y a quelques jours. J'ai beaucoup cogité après cette rencontre. À la réflexion, ce qu'elle m'a révélé me paraît plausible. Je crois que j'avais déjà plus ou moins clairement saisi ce qui m'arrivait. Ce qui m'a rassurée, c'est de savoir que je ne suis pas un cas isolé et que des gens essaient de comprendre ce que je traverse. Par contre, me qualifier de voyante ou de médium, j'ai trouvé ça assez débile. Mais je ne saurais le dire autrement. Finalement, la nuit dernière, pendant mon heure d'insomnie habituelle, je lui ai envoyé un message pour qu'elle puisse me joindre si elle a de nouvelles infos à me communiquer. Si je racontais ce soir à Léonor que j'ai dans mon répertoire le numéro d'une certaine Jennifer qui est flic, je ne crois pas qu'elle apprécierait.

Elle m'a fixé rendez-vous à la sortie de son école, qui est implantée dans une petite rue entre Bastille et République. J'arrive au moment où les portes de son établissement s'ouvrent et qu'un flot d'élèves se répand sur les trottoirs. Beaucoup s'arrêtent pour fumer et discuter avant de se séparer. Certains ont des looks très originaux, d'autres parlent très fort, sans doute pour qu'on les remarque. Léonor apparaît seule quelques minutes plus tard et s'excuse :

– Désolée, Tess. J'ai été retenue par un prof. Sympa mais un peu trop bavard.

– Et c'était bien, Limoges ?

– Moyen. Je suis toujours partagée entre le plaisir de retrouver les gens que j'aime et l'envie de repartir au plus vite. Je ne m'y sens plus trop à ma place. C'est un peu mon passé là-bas. J'ai repensé à toi qui rêves de voyager. Je crois que tu as bien raison. Dans la vie, il faut bouger pour avancer. Sinon, ça va, chez toi ?

– Oui. À part mes parents qui s'étonnent de me voir sortir davantage le soir. Comme je ne raconte que le minimum, ils s'imaginent que je leur cache un grand amour naissant. Ça leur plaît parce que ça leur prouve que leur fille est comme les autres mais ça les inquiète forcément un peu aussi.

– Et ils ont besoin que tu leur prouves que tu es normale ?

– J'ai toujours l'impression qu'ils me regardent bizarrement parce que je suis une enfant adoptée. Je pense qu'ils s'attendent à ce que je me comporte autrement, par exemple que je fasse une crise d'adolescence hyper violente, peut-être même que je fugue. Ils ont lu trop de bouquins de psycho, je crois. C'est vrai aussi que je n'ai jamais ramené personne à la maison.

– Je sens que ça va venir très vite.

– Pourquoi… pourquoi tu dis ça ? je demande en me sentant rougir.

– Je le sais, c'est tout.

Sa réponse me trouble forcément par son assurance, mais je n'essaie pas de lui faire préciser : je ne suis pas certaine qu'elle en ait envie. Je ne sais pas où elle m'emmène mais je la suis le long des petites rues étroites.

– Tu as entendu parler de cette histoire de disparitions d'adolescents ? me demande-t-elle soudain, lorsqu'on peut marcher côte à côte. J'ai regardé leurs portraits, consulté leurs profils. Figure-toi qu'une des disparues est née exactement le même jour que moi. Je me suis dit que ça aurait pu être moi. Vingt ans à peine, ta vie s'arrête… peut-être pour toujours.

– Des milliers de mineurs disparaissent chaque année. Heureusement, dans leur grande majorité, ils réapparaissent assez vite.

– Là, c'est différent ! ce sont deux équipes de basket au complet. On a retrouvé leur bus abandonné sur le bord d'une route.

– J'ai vu passer ça cette nuit. C'est aux États-Unis, c'est ça ? Je me suis dit que ces jeunes s'étaient fait un délire pour quelques jours et qu'ils devaient rigoler du tapage médiatique autour de leur affaire.

– Non, Tess, je crois que c'est plus grave que ça. Parce que depuis quelques heures, les médias évoquent des cas similaires dans d'autres parties du monde, dont la banlieue nord de Paris, t'imagines ? À chaque fois, ce sont des groupes de sportifs. Moi, je commence à flipper. Parce que si tu rajoutes à ça toutes les affaires super bizarres que les policiers du monde entier sont incapables d'élucider en ce moment, ça commence à faire beaucoup, non ? Toi, ça ne te fout pas la trouille ?

– J'avoue que ça m'inquiète, oui.

J'hésite à poursuivre. Ça me fait du bien d'aborder avec elle ces évènements qui bouleversent ma vie mais j'espérais que la discussion s'orienterait plutôt sur nos sentiments. Je reprends :

– Surtout qu'à la maison, on a été visités deux fois la nuit : aucun bruit, aucune effraction, juste des trucs volatilisés, des médocs, de la bouffe dégueu...

– Hein ? s'étonne-t-elle en arrêtant de marcher. Mais tu m'as rien dit ! Raconte !

Je résume mes mésaventures au strict minimum sans évoquer mes prétendus dons de « voyance ». À la fin de mon récit, je la sens étonnamment admirative. Elle me serre contre elle en plein milieu du trottoir. Puis elle me glisse à l'oreille :

– Mais t'as peur de rien, alors ?

– Si, rassure-toi.

Elle me dépose un baiser dans le cou qui me fait l'effet d'une délicieuse petite décharge électrique. Comme elle ne me lâche pas, je pose mes mains sur son dos et je ferme les yeux, toute concentrée sur ces agréables sensations. Va-t-elle se décider à m'embrasser ?

– Ça fait du bien, les câlins, dit-elle en se détachant lentement sans me regarder. Bon, on se cherche un endroit où manger ? Je commence à avoir faim, pas toi ?

Dans mon RER pour rentrer, je me retrouve assise face à un couple de jeunes adultes. Ils se tiennent la main et se sourient. Ils sont beaux. Elle a de longs cheveux roux et un visage laiteux, lui une tignasse noire bouclée qui tombe sur ses épaules. Je me cache derrière mon Flaubert quand ils commencent à s'embrasser.

– Arrête de m'inspecter la tête ! dit le gars en rigolant, on est en public, là ! On dirait une maman babouin qui épouille son petit !

– Merci pour la comparaison ! fait semblant de s'insurger la fille. Tu me traites de babouine maintenant !

– On se calme... je me suis aussi comparé à un petit babouin ! Lâche un peu mes cheveux, s'te plaît !

– Mais j'adore tes bouclettes !

– Toi, ma jolie, tu t'es grattée derrière l'oreille, et tu as une petite cicatrice...

– N'importe quoi !

– Tu veux que je te montre ? lui propose-t-il en lui déposant sans attendre un baiser.

– Je ne sens rien du tout ! Tu peux le refaire ?

J'envie leur tendresse et leur complicité. Lorsque nous quittons la rame, je marche derrière eux. Soudain, ils se retournent en rigolant. Ils ont dû remarquer que je les espionnais. Est-ce qu'un jour, moi aussi, je marcherai à côté d'une personne qui m'aimera ?

14 MAI, 13 H 30

ÇA DOIT FAIRE VINGT MINUTES QUE JE DISCUTE AVEC NANGAÏ AU TÉLÉPHONE ALORS QUE NOUS NOUS SOMMES QUITTÉES IL Y A À PEINE UNE HEURE. Elle n'a visiblement pas osé me faire ses confidences face à face : dimanche, pendant un barbecue chez des amis de ses parents, elle a rencontré un garçon et a senti qu'il se passait « quelque chose de très fort » entre eux. Depuis, ils s'échangent des messages, discutent sur Skype la nuit et doivent se revoir très vite. En bref, c'est le bonheur. En plus, il est originaire, comme elle, de la Réunion. Je trouve ça vraiment super pour elle, mais j'attends à tout moment un message de Jennifer que je dois rejoindre dans l'après-midi. Je n'ai pas envie de couper trop brutalement notre conversation pour ne pas vexer ma copine enfin amoureuse. Mais je n'ai pas non plus le temps de tout lui déballer.

– Eh bien, dis-je, c'est génial tout ça. Je suis contente pour toi. Tu vas enfin vivre le grand amour dont tu rêvais. Tu vas le présenter à tes parents ?

– Oh là là, c'est quoi cette question... Tu le ferais, toi, à ma place ?

– Non, je déconne.

– En plus, c'est pas dit qu'ils le trouvent à leur goût, hein ! il n'appartient pas à la même communauté que moi. Mes parents se disent modernes et ouverts depuis qu'on vit en métropole, mais ce n'est pas garanti que pour leur fille ils ne trouvent rien à redire, tu les connais...

Je laisse passer un blanc en espérant qu'elle raccrochera assez vite. Elle reprend plus timidement :

– Et toi, j'ai l'impression que tu vois aussi quelqu'un, non ? Lundi soir, tu avais l'air pressée après le lycée.

– Non, dis-je sobrement.

– Tu me le dirais, si ça t'arrivait ?

– Tu serais la première au courant, Nangaï.

Comme il y a un nouveau silence, j'annonce à ma copine que je vais couper pour retrouver « mon Frédéric ». Elle me traite d'élève modèle en rigolant et elle raccroche.

Est-ce que j'ai été honnête avec Nangaï ? Oui, je crois, surtout si je compare ma relation et la sienne avec Hugo. Eux se sont clairement dit ce qu'ils ressentaient, ont évoqué leur attirance physique réciproque. Ils ont même peut-être scellé le début de leur aventure sentimentale en s'embrassant en cachette. Léonor et moi n'avons franchi aucune de ces trois étapes. De mon côté, je me sens prête. Cette fille occupe de plus en plus mes pensées et mes rêves, et le seul fait de me trouver près d'elle me trouble. Je suis donc au clair sur ce que j'éprouve pour elle. Ce qui renforce mes sentiments, c'est que je me sens aimée en retour même si dans les faits, Léonor se retient de l'exprimer directement. Je l'ai sentie sur le point de le faire à plusieurs reprises, mais, pour une raison que j'ignore, elle s'est retenue au dernier moment. Je me promets que la prochaine fois, je prendrai l'initiative.

C'est moi qui ai demandé à Jennifer de la revoir. J'ai besoin de parler avec quelqu'un qui pense, comme moi, que tous ces phénomènes inexpliqués sont liés. Et qu'ils sont sans doute les prémices d'un grand changement. Nous avons en commun le besoin de comprendre. En fait, j'aimerais bien rencontrer des gens qui ressentent la présence de ces « autres ». Quand je formule ça, j'ai l'impression d'évoquer des fantômes ou des extraterrestres, des concepts complètement idiots auxquels je n'ai jamais cru. Mais je ne sais pas comment nommer ça autrement. Je veux aussi en savoir plus sur les disparitions de jeunes, Jennifer est forcément au courant. Après les cours, j'ai lu des communiqués de presse émanant de la police où on ne semble retenir que l'hypothèse d'une fugue collective. Des témoignages de parents semblaient les contredire. Ils ont tous dit : « Jamais ma fille ou mon fils ne ferait une chose pareille. » Mais les parents connaissent-ils si bien leurs enfants ?

14 MAI, 16 HEURES

NOUS SOMMES INSTALLÉES DANS UN CAFÉ, UN PEU À L'ÉCART DES AUTRES CONSOMMATEURS. Jennifer m'a remerciée de l'avoir contactée et m'a demandé d'emblée si nous pourrions nous tutoyer. Je n'ai pas osé refuser. Moi, ça va quand même me faire bizarre de copiner aussi facilement avec une personne qu'il y a peu j'aurais considérée comme une ennemie. Disons que je vais faire une exception pour elle parce que je la sens assez différente de ses collègues, du moins de ceux auxquels j'ai dû faire face depuis que je milite.

– Pourquoi voulais-tu me voir ? commence-t-elle. Tu as vécu d'autres expériences en relation avec notre affaire ?

– Non. Mais je me demandais si vous aviez réussi à faire un lien entre tous ces faits inexpliqués et la crise du pétrole.

– Tess, il est impossible, à l'heure actuelle, d'être certain que des phénomènes tels que les vols et l'apparition d'une bactérie destructrice aient un lien, à part le fait de surgir simultanément, en effet. Il peut s'agir d'évènements exceptionnels qui ne sont pas liés, pour lesquels on trouvera bientôt une cause spécifique.

Elle doit lire sur mon visage que je suis dubitative. Elle reprend :

– Toi, tu penses à quelque chose ? Je t'écoute.

– Depuis quelques jours, je n'arrive pas à me défaire d'une sorte d'intuition. Je... je... me suis dit que je devais la partager avec vous... enfin, avec toi. En fait, j'y réfléchis depuis des semaines. C'est comme si des « êtres » voulaient... nettoyer, enfin, assainir notre planète en réduisant la pollution mais aussi assainir les humains, en les privant de ce qui nuit à leur santé. Comme ma mère, avec sa tonne de médocs pour aller mieux. Peut-être « qu'ils » veulent nettoyer notre monde avant de... de... le coloniser ? Je sais que ça paraît dingue, hein ! Mais avouez... avoue que c'est assez cohérent, tu trouves pas ?

– Une hypothèse extraterrestre pour le dire clairement, c'est ça ? Tu crois aux extraterrestres, toi ? demande-t-elle, le visage grave.

– Non ! Non. Pas vraiment. Enfin, je... réfléchis. J'essaie d'imaginer un peu toutes les solutions, même les plus folles.

– Tu as raison. On n'a pas le droit de rejeter une hypothèse avant d'être absolument certain qu'elle n'est pas valide.

À cet instant, je ne sais pas si elle est sincère mais sa remarque me fait du bien. Je décide de poursuivre :

– Et tu sais quoi sur la disparition des sportifs de Beauvais durant le week-end ?

– Figure-toi qu'ils sont réapparus en fin de matinée aujourd'hui à quelques kilomètres du lieu de leur disparition, dans une clairière de la forêt de Compiègne. La presse n'a pas encore été mise au courant, mais ça sera le cas dans quelques heures. Les autorités avaient besoin de temps pour interroger ces jeunes et leur faire passer un examen de santé avant de les rendre aux familles.

– Et tu sais ce qu'ils ont dit ?

– Rien ! Ils vont bien mais ne se souviennent de rien.

– Et la police a une idée de ce qui a pu se passer ?

– Non, pendant deux jours, on a interrogé toutes les familles, les amis, les relations. On a fouillé les domiciles, les comptes personnels sur les réseaux sociaux. On a vérifié les images de vidéosurveillance. On a essayé de récupérer les données GPS des téléphones des passagers du car. On a passé le véhicule à la loupe. On...

– Vous avez pensé à analyser le tissu des sièges ? je demande en la coupant.

– Sans doute. Je peux me renseigner. Pourquoi cette question ?

– Je pense à l'odeur qui flottait dans l'air quand j'ai croisé la... murène. Dans les films, les experts scientifiques sont capables de détecter d'infimes traces de produits dans les fibres des tissus. Enfin, c'est juste une idée comme ça...

– Soit. Admettons qu'on la retrouve sur les sièges. Cette odeur, si je te la faisais respirer, tu pourrais la reconnaître ?

– Je pense. Jennifer, tu as l'impression d'avancer un peu dans ton enquête en général ?

– Franchement ? Non. Pour moi, ma seule vraie avancée depuis le début, c'est de t'avoir rencontrée.

– À ce propos, tu m'as dit qu'on était plusieurs. Tu pourrais m'en faire rencontrer d'autres ?

– J'aimerais bien. Pour l'instant, tu es la seule dont j'ai entendu parler en France. À l'échelle mondiale, aux dernières nouvelles, vous ne seriez qu'une dizaine.

– Pourquoi si peu ?

Jennifer m'explique qu'à son avis, on n'a pas encore pu identifier les porteurs de ce don. En général, les gens dorment la nuit, au moment où les phénomènes se déroulent, et ne peuvent en être les témoins. Elle me rappelle que pour me trouver, il a fallu une série de circonstances exceptionnelles. Que je passe dans le champ d'une caméra de surveillance pile dans les quelques secondes où la pharmacie était pillée. Que des collègues m'identifient grâce à ma fiche S et cherchent à me mouiller dans une affaire de cambriolage, alors qu'ils ne détenaient aucune preuve. Enfin, il a fallu que leur rapport passe sous ses yeux à elle, par le plus grand des hasards, au moment où il allait être classé sans suite, elle, une des quelques gradés à qui on a demandé d'enquêter discrètement sur ces phénomènes, d'une façon non conventionnelle.

Lorsque nous nous quittons une heure plus tard, je suis un peu déçue. Je m'étais mise à espérer que j'allais faire la connaissance d'autres « voyants » dans les prochains jours et partager mes expériences avec eux. Jennifer m'a promis de me rappeler dès qu'elle aura du nouveau. Elle a dû voir que j'étais préoccupée parce qu'elle s'est forcée à me sourire en m'assurant que très bientôt, on y verrait plus clair. En retour, je ne suis pas parvenue à lui faire croire que je partageais son optimisme.

17 MAI, 14 H 01

IL FAIT TRÈS BEAU. Nous sommes très nombreux à attendre dans la bonne humeur que le cortège démarre. Aujourd'hui, c'est une promenade revendicative, à vélo et en maillot de bain, contre le nucléaire et les voitures électriques qu'ils qualifient de « propres ». Ce qui est faux. Leur construction est très énergivore, les batteries utilisent des terres rares pour leur fabrication et ne sont pas recyclables. Et on ne parle pas de la dangerosité des centrales et des déchets radioactifs qu'on enfouit dans le sol pour des millions d'années. Quand l'annonce est tombée, Nangaï m'a appelée tout de suite. Elle n'était pas très motivée et énumérait tous les inconvénients qu'entraînait le mode de manifestation imposé. D'abord, elle n'a pas de vélo, et même si on lui en prêtait un, elle ne se sentait pas le courage de pédaler jusqu'à Paris. Ensuite, porter un maillot de bain dans la rue la rendait mal à l'aise, m'a-t-elle dit. « Et mes formes ? Et mes poils sur les jambes ? » Je l'ai écoutée sans pouvoir m'empêcher de sourire, elle est tellement prévisible.

J'ai essayé de la convaincre car même si j'allais retrouver nos Parisiennes, je tenais à ce que mon amie soit avec nous.

– Pour les vélos, je vais appeler les filles mais je crois qu'il faudrait en louer sur place parce que tu as raison, les selles ne sont pas adaptées à toutes les fesses. Je me souviens d'une rando interminable avec mes parents où j'ai souffert le martyre. Pour le reste, tu sais déjà ce que j'en pense. Je ne me suis jamais épilée et je ne compte pas commencer. Je crois que personne ne va spécialement nous observer ni faire de remarques sur notre physique, tout simplement parce que les gens s'en foutent, de nous, comme des autres en général, tu ne crois pas ?

Je l'ai entendue soupirer avant de me répondre :

– Avec toi, on ne peut pas discuter. Tu as réponse à tout.

Nangaï a besoin de me sentir sûre de moi pour me suivre. Alors, si je veux l'avoir à mes côtés, c'est l'image que je dois lui donner. Mais en privé, seule devant le miroir de la salle de bains, quand je contemple mon corps, je lui trouve bien des défauts. Je voudrais être plus grande, avoir plus de poitrine et de hanches, des cuisses plus fines, des genoux plus jolis, des mollets moins musclés... La liste est encore longue. Depuis quelques années, je vois beaucoup de témoignages d'adolescentes ou de femmes qui ont appris à aimer leurs imperfections. L'énergie qu'elles dégagent les rend séduisantes. Je sais aussi que beaucoup de filles en vue sur les réseaux retouchent leurs photos ou usent de beaucoup de maquillage pour se fabriquer un visage très éloigné du vrai. Si je veux être une écolo sincère, je dois m'accepter comme la Nature m'a faite.

Je retrouve Léonor avant l'arrivée des filles. Autour de nous, tous les gens se déshabillent. Nous quittons nos jeans et nos tee-shirts. Elle me regarde dans les yeux intensément, puis subitement m'enlace au milieu de la foule. Le contact de nos deux peaux me bouleverse. Et je sens que l'émotion est partagée. Nos lèvres s'effleurent à peine qu'elle annonce en soufflant :

– Les autres arrivent. On reprendra ça plus tard. Enfin, si tu es d'accord.

– Bien sûr que je suis d'accord.

Mon cœur bat à tout rompre. Et Nangaï me demande en nous rejoignant si je vais bien ou si, au final, ma « tenue déplacée » sur ce trottoir parisien ne me rend pas nerveuse.

Je me reprends vite et souris en lui lançant :

– Je vais très bien et je me sens parfaitement à l'aise. Allez, Nangaï, en maillot tout de suite. Et toi, c'est Hugo ? Bienvenue !

Le départ se fait attendre et Fiorella se lance dans la comparaison de nos carnations. Chacune de nous se prête au jeu en tendant son bras. Aucune, en cette période, n'a vraiment commencé à bronzer. Il s'agit donc de nos couleurs originales. On va de Rose, au teint très clair, au brun sombre de Nangaï, avec au milieu toutes les nuances.

– Tess, déclare Fiorella, j'envie ta peau perpétuellement... comment on dit, déjà...

– Basanée ? je propose en souriant.

– Non... hâlée... ton teint hâlé... méditerranéen. Tu es de quelle origine, au fait ?

Je sens que Léonor veut intervenir, peut-être pour m'éviter cette discussion. Je pose ma main sur son poignet pour qu'elle n'en fasse rien. Finalement, je me dis qu'après on n'aura plus à aborder la question. Je lance en souriant :

– Devinez !

Et là, toutes y vont de leur idée, même Hugo s'y risque. Nangaï et Léonor sourient. Comme je n'interviens pas, ils croient qu'ils doivent encore chercher. J'ai le droit à « marocaine », « espagnole », « tunisienne », « algérienne », « libanaise », « arabe », « kabyle », « turque », « kurde », « italienne », « iranienne », « antillaise ». Je mets fin au jeu quand les vélos devant nous bougent enfin.

– En fait, je n'en sais rien, je crie presque. Je suis née sous X.

C'est la première fois que je le dis si fort et curieusement, ça me fait plutôt du bien. Pas de fierté à avoir mais pas de honte non plus.

Nous pédalons pendant près de deux heures en hurlant « Nucléaire ! Non merci ! » ou « Guerre ! Guerre ! Guerre au nucléaire ! ». Heureusement, le cortège s'arrête plusieurs fois à cause des flics qui nous bloquent certains axes. On en profite pour faire quelques pas et soulager nos fesses endolories. La manif se disperse sans heurts. Nous sortons nos affaires de nos sacs à dos pour nous rhabiller. Nous déposons nos vélos de location à une borne. Hugo et Nangaï nous embrassent avant de partir de leur côté.

– Quand je vais raconter à mes copains ma première manif en si bonne compagnie, ils vont tous vouloir militer, plaisante-t-il.

– Je crois, fait remarquer Samantha en souriant, qu'il faut d'autres motivations que celle de vouloir séduire des filles pour être un vrai militant.

– Surtout qu'avec nous, ils seraient déçus, on est presque toutes lesbiennes ! rigole Rose.

– Arrête un peu de dire des conneries, Hugo, ordonne Nangaï en faisant mine de le frapper. Allez ! On y va !

Je l'entends demander à ma copine en s'éloignant :

– Mais Tess aussi, elle préfère les fem...

– Mais non, pas Tess ! affirme mon amie.

Je passe chez les filles prendre un thé. J'en profite pour me débarrasser du haut de mon maillot de bain. Je n'ai pas l'habitude de porter quelque chose sous mes tee-shirts et ça commençait à me gratter. Je comprends assez vite que chacune a prévu une occupation pour la soirée. Samantha doit rejoindre Jordan, Fiorella et Rose vont assister à un spectacle où jouent plusieurs de leurs connaissances. Léonor annonce :

– Moi, il faut absolument que je travaille. Mon premier concours a lieu mardi et je ne me sens pas prête. Je regrette presque d'avoir participé à cette manif.

– Ne dis pas ça, c'était génial, argumente Samantha.

– C'est vrai, mais je risque de le payer cher dans deux jours.

Les filles se lèvent presque en même temps. Je m'occupe de rincer les mugs avant d'aller dire au revoir à Léonor dans sa chambre. Je suis forcément déçue.

Je frappe doucement à sa porte et l'entends m'inviter à entrer. Léonor se lève brusquement, je me rapproche, et elle m'attire à elle avant de coller ses lèvres sur les miennes. Notre premier baiser dure plusieurs secondes.

L'effet qu'il produit sur mon organisme est au-delà de ce que j'avais pu rêver.

– Voilà, déclare Léonor, ça, c'est fait.

Me voilà seule dans mon RER. Mes parents vont être surpris de me voir revenir si tôt. Peut-être seront-ils déçus, s'ils se sont imaginé que j'allais passer la soirée avec l'amoureux qu'ils m'ont inventé. Moi, jc me sens mieux maintenant. Vraiment mieux. Ça a été dur de nous quitter mais il le fallait bien. Je me projette déjà au week-end prochain, quand nous irons ensemble au stage à Saint-Malo. Léonor m'a proposé de partager sa tente.

21 MAI, 16 HEURES

J'AI CHOISI LA MÊME PLACE DU MÊME CAFÉ QUE LORS DE NOTRE PRÉCÉDENT RENDEZ-VOUS. Cette fois, c'est Jennifer qui m'a sollicitée. Elle veut me faire inhaler un produit que la police scientifique a prélevé à sa demande sur les sièges du car des disparus. Je suis un peu en avance et je consulte mon portable. Léonor m'envoie des messages plusieurs fois par jour. Elle me détaille les sujets d'examen sur lesquels elle vient de plancher, la nourriture qu'elle ingère à toute vitesse, ses rares moments de sommeil. J'ai aussi le droit à des mots d'amour qui me font monter le rouge aux joues et auxquels je ne sais quoi répondre. Je me sens près d'elle, au moins par la pensée.

Jennifer arrive, essoufflée. Elle se penche vers moi comme si elle avait l'intention de me faire la bise, mais se reprend in extremis en me serrant la main.

– Le service est débordé. Je me suis éclipsée pour une demi-heure et j'ai coupé mon portable. Je prendrais bien un café.

Elle se retourne pour faire signe au barman qui lève son pouce en l'air. Il doit bien la connaître. Nous attendons ensuite une trentaine de secondes qu'elle soit servie. Elle avale quelques gorgées de sa boisson brûlante.

– Et toi, Tess, tu as l'air en pleine forme !

– Oui, ça va très bien.

– Bon, on ne perd pas de temps ! dit-elle en ouvrant son sac.

Un homme d'une cinquantaine d'années entre dans le café et me fixe. Je comprends que c'est plutôt Jennifer qu'il a repérée. Je préviens la policière en posant la main sur la sienne. Elle referme son sac et se retourne au moment où le gars se plante devant nous.

– Je te cherchais. Qu'est-ce que tu fous ? demande-t-il sèchement.

– Je prends une pause d'un quart d'heure. J'ai l'impression qu'on va y passer la nuit, j'ai besoin de souffler.

– OK. Tu me rassures. Je te croyais repartie sur la piste de tes petits hommes verts, lance-t-il en esquissant un sourire moqueur. C'est qui, cette gamine ?

Jennifer m'adresse un regard embarrassé. Elle prend sur elle, je le sens, pour ne pas s'énerver. Elle détache bien ses mots et son ton est autoritaire.

– Katia, ma cousine. Max, maintenant, tu nous laisses.

Le gars soupire et lève les sourcils. Puis, enfin, tourne les talons en maugréant :

– Traîne pas trop, on a du taf !

Dès qu'il a quitté les lieux, je demande à Jennifer :

– C'est qui, ce con ?

– Un collègue dont je dois me méfier. Je ne tenais pas à ce qu'il connaisse ton identité.

– J'ai vu. Katia, c'est pas terrible comme prénom !

– Ma meilleure amie au collège s'appelait Katia, répond-elle en souriant.

– En quoi ce mec pourrait-il être dangereux ?

– La thèse privilégiée actuellement, c'est celle d'un complot à l'échelle mondiale qui regrouperait des hackers de génie et des terroristes de la mouvance écolo. L'ensemble de ces gens travailleraient, pour l'argent ou pour la cause, au service de puissances financières étrangères encore mal définies. En fait, cela ne repose sur rien, hormis les rumeurs qui courent sur le Net. Mais ma hiérarchie aimerait beaucoup avoir des coupables à présenter à l'opinion, histoire de calmer l'inquiétude générale. À ce stade, certains seraient prêts à choper n'importe qui. Au moment où je te parle, des collègues sont plongés dans les fiches à la recherche de coupables qui pourraient faire l'affaire.

– C'est flippant... c'est pour ça qu'on se rencontre au café et pas dans ton bureau.

– Évidemment. Bon, revenons aux choses sérieuses. Tu l'as compris, mon temps est compté. Tu vas d'abord enfiler ça pour que les effluves des produits ne se propagent pas dans le café.

Le masque qu'elle me donne ressemble à celui que montrent les hôtesses dans les avions avant le décollage. Je le fixe à l'aide des élastiques pendant que Jennifer vérifie qu'il est bien mis. Elle place devant moi cinq petits flacons en verre aux étiquettes numérotées. Tous renferment quelques gouttelettes d'un liquide transparent, semblable à de l'eau. Elle vient ensuite enfoncer un par un chaque flacon dans un boîtier relié par un tube de plastique à mon masque. Les trois premiers me rappellent des odeurs chimiques croisées dans le garage de l'immeuble ou dans des magasins de bricolage. Mais dès que me parvient celle du quatrième flacon, mon corps tout entier s'emballe : bouffées de chaleur, frissons de la tête aux pieds. Je croise le regard inquiet de Jennifer. Je la rassure d'un signe de la main. Je teste le dernier flacon pour le principe. Nous savons déjà toutes les deux que j'ai bien reconnu l'odeur. J'enlève le masque avec soulagement. Je croise le regard du barman qui nous observait discrètement en fronçant les sourcils. Jennifer s'empresse de ranger son matériel dans son sac.

– Le 4, c'est évident, annonce-t-elle triomphante. Le liquide qui t'a fait réagir est le seul que nous avons relevé dans le car. C'est un produit très volatile dont il ne restait que des traces infimes. Le labo m'a donné sa formule chimique. Elle n'est pas complète. Au moins un de ses composants nous est inconnu à ce jour. Je me dis que quand on aura trouvé ceux qui sont capables de fabriquer ce produit, on trouvera forcément les responsables.

– Mais pourquoi prendre toutes ces précautions pour me faire inhaler ces produits ?

– Le fameux n° 4, parfaitement inodore pour la plupart d'entre nous, est un sédatif d'une puissance incroyable. Les gars du labo qui ont travaillé sur les prélèvements pourtant infimes en ont fait l'expérience malgré leurs protections. Leurs collègues les ont retrouvés endormis sur leurs paillasses et incapables ensuite de raconter ce qui s'était passé.

Jennifer m'explique qu'à sa connaissance, je suis une fois de plus la seule à détecter cette odeur et à y être quasi insensible. Pendant les vols de produits ou de matières premières, personne ne percevait ni les déplacements d'air ni les tiroirs qui s'ouvraient tout seuls, parce que les potentiels témoins dormaient. Et au réveil, aucun n'avait même conscience d'avoir dormi.

– Tess, reprend-elle gravement, tu es une des clefs qui va nous permettre de percer ce mystère, qui hante toutes les polices du monde depuis des semaines. Tu es une fille exceptionnelle et je remercie la chance qui nous a fait nous rencontrer. Ça y est, grâce à toi, j'ai enfin un élément qui me permet d'avancer.

Je rentre à la maison à pied parce que j'ai trop besoin de respirer à l'air libre et surtout de réfléchir. Je comprends son enthousiasme, mais en ce qui me concerne, ces révélations sont une nouvelle source de questionnements. Le fait d'être insomniaque depuis l'enfance ne justifie pas que je ne réagisse pas à un somnifère visiblement très puissant ?! Pourquoi faudrait-il que je sois différente des autres ? Pourquoi faut-il que ça me tombe dessus ? Où ces recherches vont-elles m'entraîner ? Mon destin va-t-il en être bouleversé ? Je n'ai rien demandé. Je veux juste être normale et profiter enfin du bonheur nouveau qui s'ouvre à moi et qui se résume à un prénom : Léonor.

6 JUIN, 19 H 14

BIENTÔT UNE SEMAINE QUE J'EN RÊVAIS ET ENFIN, ÇA Y EST : JE SUIS COLLÉE TOUT CONTRE LÉONOR. Nos retrouvailles sur le quai de la gare Montparnasse ont été dignes d'une comédie romantique. Nous nous sommes littéralement jetées dans les bras l'une de l'autre. L'étreinte a duré de longues minutes. Fiorella et Rose sont montées dans le train à la dernière seconde. Elles nous sourient et Rose glisse à sa copine en nous lançant un clin d'œil :

– Elles sont pas trop mignonnes, ces deux-là !

– Vous avez pris vos maillots, j'espère ! déclare Fiorella, complètement excitée. J'ai de la crème solaire. Il paraît qu'il va faire un temps splendide ! On va s'éclater !

– Sur le programme, ajoute Rose, ils annoncent une soirée techno sur la plage le samedi soir. On va danser toute la nuit !

– Je ne voudrais pas jouer les rabat-joie mais on va surtout bosser, tempère Léonor.

– Pas seulement ! Tess et toi, vous avez programmé des activités moins intellos... plus physiques, je me trompe ?

Nous refusons de commenter. Nangaï et Hugo n'arriveront que demain dans la matinée et Samantha a finalement renoncé à venir. Hier, Léonor a mis ses copines au courant de notre relation. Ces dernières lui ont assuré qu'elles s'en doutaient depuis notre tout premier échange de regards. J'ai trouvé leurs propos très exagérés : cela signifierait qu'elles s'en seraient aperçues bien avant moi.

Hier soir, j'ai appelé mon amie pour lui annoncer que moi aussi j'avais rencontré l'amour. J'ai senti qu'elle était vraiment surprise de découvrir que c'était Léonor. Il y a eu entre nous un silence si long que j'ai cru que la communication avait été coupée.

– OK... OK, a-t-elle fini par dire. Alors, c'était elle que tu voyais le soir après le lycée et le mercredi après-midi ?

– Pas le mercredi, ai-je répondu sans trop réfléchir.

– Tu en vois une autre le mercredi ?

– Laisse tomber, Nangaï, le mercredi, c'est autre chose, je t'expliquerai. Ça a l'air de... t'étonner que je sorte avec une fille ?

– Oui... enfin, non. Disons que je m'étais faite à l'idée qu'on était pareilles, qu'on avait les mêmes goûts. Et tu le sais depuis longtemps, que tu es... lesbienne ?

– Pas vraiment. Ce que je sais, c'est que je suis amoureuse et que c'est la première fois que ça m'arrive.

Cette discussion avec Nangaï m'a troublée parce qu'elle me mettait face à une réalité. Ma relation faisait de moi un être à part, différent, appartenant à une minorité sexuelle pas toujours bien acceptée par la société. Personnellement, je ne vois pas où est le problème.

Nous occupons un « carré » toutes les quatre, ce qui nous permet de nous faire face et facilite la discussion. Le sujet qui passionne mes copines, c'est bien entendu la disparition et la réapparition des basketteuses et basketteurs de Beauvais. Je n'ose pas rentrer dans les débats parce que j'en sais plus qu'elles. Le leur avouer m'obligerait à leur parler de mes visions et de ma collaboration avec une flic. Ça pourrait tout gâcher et je tiens trop à ce que ce week-end sous le signe de l'amour et de l'écologie soit en tout point idyllique. Je les écoute reprendre la version officielle relayée par la plupart des journaux. Ces jeunes auraient volontairement disparu pour se droguer, d'où les traces d'un produit de synthèse inconnu dans leur sang qui les aurait rendus amnésiques. Certains journalistes y vont de leur couplet réducteur et tellement cliché sur la jeunesse pour justifier la thèse des autorités. On entend et on lit en boucle les mêmes phrases : « Les jeunes, on ne les comprend plus », « Ils ont leurs propres règles », « Ils ont besoin de tester leurs limites, c'est classique à leur âge »... Mes copines sont sur la même longueur d'onde que moi.

– C'est impossible, ce que racontent les médias, explique Rose. Des délires entre jeunes, ça arrive, un soir, je veux bien, mais là, c'était plus de deux jours ! Quand tu redescends de ton trip, tu es rarement en état de remettre ça tout de suite. Et t'as le temps de réfléchir et de décider d'arrêter les frais. Et puis, dans les équipes de sport, tu as tous les profils. C'est comme ailleurs, il y a des vrais déjantés, mais aussi des raisonnables et des trouillards ! Fatalement, tu en aurais plusieurs qui auraient refusé ce genre de fête débridée, ou auraient réagi bien plus tôt !

– Et puis, ajoute Fiorella, avec toutes les techniques de flicage d'aujourd'hui, les images satellite, les trackers GPS, ils seraient soi-disant incapables de retrouver le lieu isolé où ces jeunes sont restés planqués près de soixante heures ? J'y crois pas une seconde. Sans parler du fait que des trucs similaires se sont passés ailleurs et au même moment. Des journalistes ont dit que les jeunes des différents pays se seraient coordonnés pour disparaître et réapparaître en même temps. Mais dans quel but ? Et comment ils auraient fait ?

– Les réseaux sociaux, ma vieille, ironise Léonor. Les « jeunes », ils sont toujours sur leurs écrans à imaginer les pires conneries au niveau planétaire. Tout ça, c'est pour avoir des likes et qu'on parle d'eux ! Les jeunes sont tous narcissiques, c'est bien connu !

– Tu ne dis rien, Tess ? me demande Rose.

– Je vous écoute et je suis tout à fait d'accord avec vous. On veut nous faire croire n'importe quoi. Mais si cette thèse ne tient pas, le problème reste entier : comment ils ont fait pour disparaître et qu'est-ce qu'ils ont réellement vécu durant ces deux jours ?

– Et ces questions, conclut Fiorella, elles font vraiment flipper !

7 JUIN, 8 H 10

JE SUIS RÉVEILLÉE DEPUIS PLUS D'UNE HEURE. Et je savoure ce moment. Est-ce que je pourrai rester encore longtemps à ce niveau de bonheur ?

J'avais tellement peur de décevoir Léonor, peur qu'elle s'aperçoive que finalement mon corps n'était pas fait pour s'unir au sien… Je craignais aussi d'être déçue, de ne pas ressentir de plaisir, de ne pas être prête ou pire de ne pas être « normale ». Mais j'avais tort, tellement tort. C'étaient le moment et l'endroit parfaits pour une première fois.

Ce moment tant espéré et redouté s'est fait beaucoup attendre. À la sortie du train, nous sommes montées dans des voitures chargées de conduire les militants dans un grand camping hors de la ville. Nous avons planté notre tente puis avons rejoint d'autres participants et assisté à une présentation de l'organisation et du planning du week-end. Nous nous sommes inscrites pour assurer le repas et la vaisselle du lendemain avant de manger et discuter puis de chanter autour d'un feu. Ce n'est que vers minuit que nous avons pu nous échapper et rejoindre notre nid. Léonor a été merveilleuse de tact et de douceur. Elle saisissait l'enjeu que ce moment représentait pour moi, alors nous avons d'abord beaucoup parlé tout en nous rapprochant et en nous découvrant.

Ce matin, je me sens différente. Plus accomplie, plus complète. Je regarde Léonor dormir, sa chevelure odorante, son dos nu. Elle est si belle. Merci Léonor ! Merci d'exister ! Merci de me faire exister !

Je souffle doucement sur les petits poils blonds qui tapissent sa nuque. Elle commence à bouger et remonte son duvet. Puis elle se retourne et m'offre ses lèvres :

– Quelle heure il est ?

– L'heure de se lever. Le petit déjeuner est à 9 heures, et tu avais parlé de prendre une douche. J'imagine qu'on n'est pas les seules à avoir cette idée et il risque d'y avoir la queue.

– On la prendra ensemble. Ça ira plus vite et on gâchera moins d'eau. Il ne faut pas oublier que c'est un week-end écolo !

7 JUIN, 10 HEURES

TOUS LES PARTICIPANTS SONT RASSEMBLÉS DANS LA SALLE DE RESTAURATION. Nous sommes plus d'une centaine, majoritairement des jeunes de quinze à vingt-cinq ans. Nangaï est présente. Hugo, lui, fait du tourisme dans la vieille ville. Peter, un Anglais d'une quarantaine d'années, cofondateur du mouvement, nous souhaite la bienvenue dans un français parfait. Il est immédiatement interrompu par un certain Milan qui s'énerve direct parce qu'il a repéré des flics en civil sur le parking, « sans doute venus nous espionner ». Peter fait alors part à l'assemblée de menaces de mort très préoccupantes qui circulent sur les réseaux à l'encontre des militants présents. Elles émanent principalement de groupes de soutien à des agriculteurs en détresse qui rendent notre mouvance responsable de la crise qu'ils traversent. Le débat s'anime alors entre ceux qui veulent maintenir la protection de la police et ceux qui la rejettent. On passe au vote et on décide à une écrasante majorité qu'on assurera notre sécurité nous-mêmes. Comment ? Personne ne le précise. Je jette un regard vers mes copines. Aucune ne semble inquiète, ce qui me rassure.

Ensuite, Peter annonce le thème de la journée : « Quelles contributions notre mouvement peut-il apporter dans la situation actuelle ? » Nous nous répartissons dans différents groupes de travail. Léonor et moi allons traiter des problèmes agricoles, mes autres copines vont plancher sur la ville et les transports, d'autres sur les actions du mouvement à l'international.

Nous nous installons sous de grands arbres. Valentine, une fille d'une vingtaine d'années, coordonne nos débats. Elle propose de commencer par le thème de l'élevage. Elle fait un court exposé dans lequel elle explique que les élevages industriels ont été impactés lourdement par la disparition des stocks d'antibiotiques chez les fabricants. Les poulets, lapins et porcs vivant enfermés, dans une grande promiscuité, ont développé des maladies graves et des infections faisant courir des risques de nouvelles pandémies. De plus, la nourriture industrielle qui sert à l'engraissement a vu ses prix flamber à cause de la crise des transports et des importations. De nombreuses exploitations ont fermé. Celles qui survivent essaient de s'adapter en limitant les nouvelles naissances, en remettant les bêtes dans les prés quand c'est possible bien sûr. En conclusion, le secteur se désindustrialise à marche forcée et beaucoup se tournent vers le bio.

Une opposition apparaît immédiatement entre les partisans d'une transition des élevages industriels vers des élevages traditionnels, plus respectueux des animaux et de l'environnement, et ceux qui veulent interdire purement et simplement toute forme d'exploitation animale.

– Il n'y a pas d'asservissement qui soit acceptable, explique vivement une certaine Maia de Bordeaux, ni de méthodes acceptables pour tuer des êtres vivants.

– Mais il faut être réaliste, argumente un barbu aux yeux verts nommé Elias, on ne peut pas stopper brutalement une filière qui fait vivre des millions de gens, et forcer le monde entier à devenir végétarien ! On a besoin de phases de transition !

– Moi, s'énerve Milan, mon voisin de droite, je suis vegan à 100 % depuis deux ans. C'est ça la vraie écologie, celle qu'on doit défendre au sein de ce mouvement ! Putain ! Honte à vous si vous bouffez encore des cadavres !

– Nous débattons, Milan, précise Valentine, d'une voix ferme. On respecte les opinions contraires !

– Ce n'est pas en étant aussi radical, critique une petite brune nommée Maureen, qu'on va rallier des gens et faire évoluer notre cause sur le long terme. Je ne mange plus de viande pour des raisons écologiques, mais je pense qu'un élevage bio et plus respectueux du bien-être animal est possible. Et c'est cette voie-là, à mon avis, qu'on doit encourager, au moins dans un premier temps.

Mon voisin fulmine. Il est au bord de l'explosion. Valentine ignore ces signes et passe la parole à Mathilde, une fille à qui je donne à peine quatorze ans.

– Je pense comme les autres que les éleveurs sont des tueurs.

– Il faut dialoguer avec eux, coupe Elias, et les convaincre. Ils ne vont pas disparaître spontanément ou tous se reconvertir en cultivateurs de lentilles et de quinoa ! Ces gens sont victimes d'un système et on doit les aider à en sortir.

Je trouve les arguments de chacun défendables mais je ne vois pas quelle idée pertinente apporter à ce débat. D'abord parce que je ne me suis pas encore forgé une opinion aussi claire que ceux qui interviennent. Moi, je ne me sens pas prête à passer à un régime vegan, parce que j'aime trop le miel et le fromage. Et quand Mathilde qualifie les éleveurs de tueurs, ça me choque forcément : je pense immédiatement à Jean-Yves qui parle à ses vaches et caresse ses petits veaux. Lui, si gentil, un tueur ? Certainement pas. Et pourtant, au final, il envoie ses veaux et ses vaches, quand elles sont trop vieilles, à l'abattoir. Objectivement, je dois au moins le considérer comme un complice de meurtres. À ce moment, Léonor réclame la parole.

– Visiblement, aucun des deux camps en présence ne parviendra à convaincre l'autre. Pourrait-on simplement faire remonter les deux propositions opposées à l'ensemble de l'assemblée qui tranchera ?

– On peut faire ça, acquiesce Valentine, si on est d'avis, comme... tu t'appelles ?...

– Léonor, précise ma copine.

– ... comme Léonor, que le débat tourne en rond. Je propose donc à chacun des courants de préciser sa pensée et d'expliquer comment il envisage de faire appliquer ses idées.

Tout le monde semble d'accord. Les gens se divisent en deux groupes. Léonor m'interroge en faisant de petits gestes discrets : « À droite ou à gauche ? ».

– Réalistes ou radicaux ? me chuchote-t-elle à l'oreille. Les réalistes sont plus sympas, plus gentils et... plus beaux, non ?

– Si tu veux, je murmure en souriant. Je constate que mademoiselle a de sérieux arguments pour faire ses choix. En tout cas, grâce à toi, on va gagner du temps.

– C'est que je nous ai prévu une petite séance de bécotage dans la tente avant le déjeuner…

– J'approuve totalement cette initiative ! je réponds, ravie.

8 JUIN, 00 H 08

LA MUSIQUE A ÉTÉ COUPÉE, AU GRAND DAM DE ROSE QUI SE SERAIT BIEN VUE SE TRÉMOUSSER JUSQU'AU PETIT MATIN. Pour moi, c'était largement suffisant. Je n'ai jamais été très à l'aise pour danser en public. Devant mon miroir, toute seule dans ma chambre, c'est beaucoup plus facile. Lors de mon séjour en Angleterre, c'était la première fois que je me mêlais à d'autres sur une piste. Mes amis de l'époque avaient tous consommé de l'alcool et semblaient d'entrée plus à l'aise alors que la plupart dansaient plutôt mal. Moi, je m'étais un peu forcée pour ne pas paraître trop bizarre ou coincée à leurs yeux. Au final, j'étais fière d'avoir survécu à cette épreuve mais je n'y avais pris aucun plaisir. Ce soir, c'était très différent parce que Léonor me regardait, me souriait, me tournait autour ou me serrait contre elle. J'en oubliais parfois tous les autres danseurs qui nous entouraient et je me sentais bien, un peu ailleurs, dans notre bulle, juste elle et moi.

Peter fait une annonce au micro pour tenter de calmer la déception qui s'exprime par des cris et des sifflets revendicatifs.

– Mes amis, c'était super, mais il faut penser à reprendre des forces. Demain, notre programme de travail est chargé. Bonne nuit à tous. Merci de regagner vos tentes.

Les gens se calment un peu mais hésitent à obéir aux conseils raisonnables de l'organisateur. La température est douce et la lune bien visible permet d'y voir presque comme en plein jour.

– Et, ajoute Valentine, ceux qui se sont inscrits pour faire des tours de garde cette nuit, n'oubliez pas de vous présenter selon le planning établi, au bureau d'accueil. Merci !

Je ne me sens pas particulièrement fatiguée malgré la journée bien remplie. Le débat de l'après-midi a été très houleux grâce à la contribution toujours en nuance de notre « ami » Milan. J'avais pourtant pensé que parler maraîchage bio, permaculture, agroforesterie donnerait moins matière à s'affronter que la viande. Tout est parti d'une intervention d'Elias qui insistait sur la nécessité d'aller travailler dans les champs cet été auprès des agriculteurs en détresse pour pallier le manque de main-d'œuvre, et les aider à faire évoluer leurs modes de production. Milan a immédiatement répliqué qu'il ne fallait pas collaborer avec ces « agriculteurs-empoisonneurs » mais qu'on devrait plutôt les expulser par la force pour filer leurs terres à des paysans vraiment écolos.

– Je te suis à 100 % pour prôner la disparition de tous les élevages, a précisé Maia, mais là, ta position est trop radicale, et même carrément débile.

Milan a pété un câble et nous a alors traités en bloc de « petits bourgeois bobos, sans couilles ». On était tous soufflés par la violence des propos. Valentine était complètement dépassée et c'est là que je suis intervenue, je n'en pouvais plus de l'attitude de ce type.

– Quand je t'entends, Milan, je suis bien contente de ne pas avoir de couilles. Je préfère de loin avoir un cerveau et un cœur !

Ma réplique a fait rigoler presque tout le monde et « notre excité - coupeur de têtes », comme le qualifie Léonor, a quitté le groupe en nous lançant des insultes. Sur le moment, j'étais contente d'avoir réagi, mais assez vite je me suis reproché de ne pas l'avoir fait de manière plus intelligente. Après tout, je ne faisais que rajouter des insultes aux insultes. Léonor m'a serrée contre elle en proclamant devant tous les autres :

– Elle est trop belle, ma Tess, quand elle est en colère !

Vers 18 heures, nous avons effectué notre part de travail pour la communauté en participant à l'élaboration du repas, pendant que d'autres se prélassaient sur la plage ou se baignaient dans une eau, paraît-il, à la température plutôt agréable pour la région et la période. Après avoir épluché puis coupé une tonne de carottes et de concombres, nous avons installé le buffet tout en papotant entre nous. C'est là que j'ai appris que Nangaï passerait la soirée dans la vieille ville avec Hugo. J'avoue que j'ai envié mon amie qui allait profiter d'un long moment, seule avec l'être aimé.

– Est-ce que l'eau est potable ici ? a demandé une fille derrière nous.

J'ai tendu l'oreille parce que cette interrogation m'a surprise.

– Bonne question, a répondu une autre. Oui, dans l'agglomération de Saint-Malo, c'est bon. Dans les campagnes plus à l'ouest, c'est moins garanti. Les nappes phréatiques sont gorgées de nitrates. C'est aussi à cause d'eux que se développent les algues vertes sur les plages. Du coup, beaucoup de gens dans ces coins font bouillir l'eau avant de la consommer.

– Y en a qui proposent d'aller piquer une tête dans l'océan, ça vous dit ? lance Rose sur le chemin du retour.

– Et c'est là, rigole Fiorella, que celles qui n'ont pas emporté leur maillot commencent à avoir des regrets...

– Parce que tu crois qu'on a besoin d'un maillot pour se baigner, répond Léonor en riant à son tour. Tess, t'es d'accord qu'on peut y aller sans ?

Elle me prend de court mais je ne veux pas la décevoir, alors je réponds en surjouant un peu l'enthousiasme :

– Aucun problème. C'est même beaucoup plus naturel ! Comme le bébé dans le ventre de sa maman qui nage dans le bonheur !

– T'as vraiment peur de rien, toi, me déclare Fiorella, admirative.

Nous suivons la petite quinzaine de personnes qui ont opté pour le bain nocturne. À mesure que nous approchons du lieu choisi, je ralentis le pas et baisse un peu la tête. Je commence à me demander si je vais assumer ma décision. Léonor se serre alors contre moi et me chuchote à l'oreille.

– Tu l'as déjà fait ? Tu vas voir, c'est génial !

– Me baigner toute nue dans la mer ? Jamais. En plus, les autres auront des maillots, ils vont tous nous regarder.

– Je suis sûre qu'on ne sera pas les seules. Normalement, un bain de minuit, c'est tout le monde à poil. Fiorella et Rose, elles trichent !

Ceux qui nous précèdent semblent pressés d'y aller. On entend des rires et des cris. Comme l'avait prédit ma copine, il n'y a pas plus de deux ou trois personnes qui, comme Fiorella et Rose, ont enfilé un maillot. Deux filles y vont en sous-vêtements, un garçon qui avait gardé son caleçon s'en débarrasse finalement juste avant de rentrer dans l'eau. Personne ne s'intéresse à nous. Quand nous sommes prêtes, nous nous donnons la main et courons vers les vagues. L'eau est froide mais nous restons sur notre lancée et plongeons rapidement dans l'écume. Après quelques brasses, nous nous rejoignons pour nous serrer l'une contre l'autre. Nous sommes euphoriques et à l'instar d'autres baigneurs de minuit, nous poussons quelques hurlements sauvages. Nous nageons plusieurs minutes côte à côte. Léonor a raison, la sensation est très différente quand on est totalement nues. Comme des poissons, nous faisons corps avec l'environnement liquide. C'est très grisant et vraiment sensuel. On entend certains qui repartent déjà vers la plage. On s'embrasse avant de suivre le mouvement et d'enfiler tant bien que mal nos vêtements sur nos corps ruisselants. Je renonce à faire glisser mon pantalon sur mes jambes mouillées. Heureusement, mon tee-shirt est assez long pour couvrir ma culotte. Nous repartons bras dessus bras dessous avec les filles quelques minutes plus tard. Que ma vie est belle et intense depuis quelque temps ! Est-ce que ça peut durer toujours ou vais-je un jour prochain replonger dans la monotonie de mes années passées ?

Nous prenons une douche rapide au camping puis enfilons des habits secs. Léonor me propose d'aller contempler quelques minutes le ciel étoilé au bord de l'eau avant de se coucher. Comme elle, j'ai envie de faire durer ce moment.

Le bruit des vagues nous apaise. Nous ne parlons plus. Je m'appuie contre son épaule et elle passe son bras derrière mon dos. Soudain, je sens son corps s'affaisser sur moi. Sa tête vient se poser doucement sur mes genoux. Au moment où je m'apprête à lui parler, l'odeur maintenant reconnaissable entre mille me parvient. Mon corps se raidit à cause de la surprise. Léonor dort profondément, d'une respiration paisible qui me calme. Je caresse ses cheveux. Une brume épaisse s'est formée sur l'horizon et rend floue la limite entre le ciel et la mer. J'ai moins peur que les fois précédentes. Peut-être parce qu'à cet instant, je dois veiller sur mon amoureuse. La murène ne doit pas être loin. Il suffirait que je ferme les yeux pour la voir. Ce soir, je me sens forte. Et la baignade m'a tonifiée et grisée. Et puis, je sais désormais qu'il n'y a pas que moi qui visualise ces phénomènes étranges. Mes paupières s'abaissent lentement. Elle est là et semble danser devant moi. Nos regards se croisent et je la contemple quelques instants avant de rouvrir les yeux et de la laisser repartir.

8 JUIN, 8 H 48

LE RÉVEIL EST TRÈS DUR CE MATIN. L'alarme de mon téléphone me surprend en plein rêve. Je mets plusieurs secondes à localiser mon appareil et à l'éteindre. Léonor ne réagit pas du tout. Je la secoue parce que la manière douce n'a aucun effet sur elle. Soudain, plusieurs détonations nous font sursauter. Peut-être des pétards allumés pour faire sortir ceux qui ne parviennent toujours pas à émerger du sommeil ? Drôle de procédé ! Pour Léonor, en tout cas, c'est efficace. Nous nous habillons en vitesse et partons aux nouvelles. Le bruit vient du parking, où sont déjà regroupés une bonne centaine de militants. Une odeur pestilentielle envahit bientôt l'atmosphère. Il y a un tracteur qui manœuvre pour vider une pleine remorque d'une sorte de boue, sans doute du lisier de porc. Des gens en tenue de chasseur surveillent l'opération. Une fille de notre âge en combinaison kaki gueule dans un mégaphone : « Le chouette cadeau de ce matin, c'est pour vous, les petits bobos des grandes villes ! Vous qui ne comprenez rien à notre réalité. Pour que vous partagiez un peu notre quotidien ! On vous emmerde. Et là, c'est pour de vrai ! » Elle sourit à sa plaisanterie. Les gars qui l'encadrent ont des fusils de chasse. Lorsqu'ils repartent sous nos cris de colère, ils tirent plusieurs cartouches en l'air. Certains de nos militants s'échauffent et veulent les poursuivre. Les organisateurs, dépassés, tentent de calmer le jeu. Léonor me glisse à l'oreille :

– Laissons-les gérer. Moi j'ai très faim, pas toi ? Si on traîne trop, la cafétéria va fermer et je ne tiendrai jamais jusqu'au déjeuner.

Nous retrouvons Nangaï, qui évoque à peine les agriculteurs en colère parmi lesquels elle a dû slalomer en vélo pour nous rejoindre. Ce matin, ce n'est pas ça qui remplit ses pensées.

– J'ai passé une soirée merveilleuse, me glisse-t-elle tout sourire à l'oreille. Hugo est un romantique, un sensible, un artiste. J'en suis folle. Ça change de mon machiste de père ! Et toi, tu as fait quoi hier soir ?

– La fête, et puis un bain de minuit à poil sous la lune, je réponds en souriant. Connaissant ton envie de toujours t'exhiber, on s'est dit que tu allais regretter d'avoir manqué une pareille occasion !

– Très drôle ! Comme je suis contente d'avoir évité cette épreuve ! Mais vous l'avez vraiment fait ?

– Absolument.

– Tu es complètement dingue, Tess ! dit-elle en souriant.

L'ordre du jour de la réunion est modifié pour faire le point sur l'incident de la matinée. Peter explique que le gérant du camping va faire évacuer les déjections, mais l'odeur risque de persister jusqu'à la fin du week-end. Il va porter plainte et donner les enregistrements des caméras du parking et des militants qui ont filmé, pour que les coupables soient interpellés et qu'il puisse obtenir un dédommagement.

– Je pense que de notre côté, conclut-il, on va pouvoir reprendre assez vite nos travaux.

– De notre côté ? lance une fille. On va laisser passer sans réagir ?

– Tu voudrais qu'on fasse quoi ? demande Valentine.

– Qu'on se bouge ! Qu'on leur montre de quoi on est capables, merde ! Qu'on se venge !

– Oui, lance Maia, cette nuit, on n'a qu'à lancer une opération commando dans une des exploitations de ces connards pour libérer les porcelets !

– Le but de ce séminaire, précise Peter, c'est de réfléchir, pas d'agir, qui plus est dans la précipitation.

– J'en ai marre d'appartenir à une organisation de lâches ! hurle Milan.

– Alors, barre-toi ! crie un type derrière nous. Bon débarras !

Les deux gars se repèrent et se menacent à distance. Ceux qui sont près d'eux interviennent pour éviter une bagarre. Peter met plusieurs minutes avant de parvenir à se faire entendre de nouveau.

– Stop ! Écoutez-moi ! J'ai une super nouvelle à partager avec vous. J'étais cette nuit en conférence vidéo avec des scientifiques qui travaillent un peu partout dans le monde sur l'état des océans. Eh bien… Ils observent tous, depuis plusieurs mois, une très nette diminution de la pollution de l'eau de mer par les plastiques ! Le combat n'est pas encore gagné mais l'amélioration est spectaculaire.

Quelques cris de surprise, de joie, et des sifflets se font entendre. Il lève la main pour redemander le silence.

– Bien entendu, c'est surtout visible dans les deltas des grands fleuves, les grands pourvoyeurs de ces déchets. La raison est évidente : la production de plastique, très dépendante de la pétrochimie, vous le savez, a chuté au profit du carton et du verre. Mais ce qui est plus étonnant, c'est la quasi-disparition des « continents de plastique ». Pour rappel, il en existe principalement cinq, répartis dans les océans Atlantique, Pacifique et Indien. Inutile de vous préciser que ces microplastiques ont une durée de vie très longue !

Les gens applaudissent la nouvelle. Fiorella hurle et Rose siffle. On se regarde, ravies. Une fille au premier rang interpelle Peter :

– Et ils expliquent ça comment ?

– Les échanges ont essentiellement porté sur la comparaison des résultats. J'ai posé la même question que toi. Ils sont tous d'accord pour affirmer que cette disparition ne peut pas a priori avoir une cause naturelle, en tout cas, pas une cause naturelle connue. Une action humaine est plus vraisemblablement à l'origine du phénomène.

– Mais comment ? demande un gars derrière moi. Je comprends pas. Si, par exemple, des bateaux aspirateurs avaient été déployés sur place, ils auraient été repérés ? L'origine humaine dont tu parles, ça me paraît pas du tout crédible.

– Je suis d'accord. L'affirmation de ces scientifiques pose plus de questions qu'elle n'en apporte. Cela suggérerait l'existence d'une organisation qui agirait dans un anonymat absolu de manière très efficace, avec une technologie très en avance sur la nôtre. J'avoue que j'ai du mal à y croire. Mais si je me trompais et si une telle structure existait, je... je crois que notre planète lui devrait beaucoup.

Un long silence suit ses paroles. Nous sommes tous, à cet instant, plongés dans la même perplexité. Qui seraient ces gens ? À quelle « organisation » peuvent-ils appartenir ? Pourquoi ne revendiqueraient-ils pas leurs actions ? Et... où stockent-ils les immenses quantités de trucs dégueulasses qu'ils prélèvent ? Aujourd'hui, avec les milliers de satellites de surveillance qui survolent notre planète vingt-quatre heures sur vingt-quatre, c'est impossible à dissimuler !

Quand l'euphorie et les questions sont retombées, les rapporteurs des différents groupes viennent à leur tour lire leur papier. Tout le monde semble avoir bien bossé et les motions sont soumises aux votes. Les discussions sont passionnées mais sans agressivité. Je ne vois pas Milan et ses amis, et ça me soulage. Peut-être ont-ils renoncé à se faire entendre.

9 JUIN, 2 H 30

DEUX NUITS DE SUITE SANS INSOMNIE, C'ÉTAIT PLUS QUE BIEN, MAIS ÇA NE POUVAIT PAS DURER. Les activités intenses du séminaire, l'air marin, le bruit apaisant des vagues, les ébats passionnés avec Léonor m'auront offert une courte trêve. Je renoue déjà avec mes habitudes. La différence, c'est la présence à mes côtés de mon amoureuse. Je suis tellement heureuse d'avoir été là pour vivre ces instants magiques. Je souris en la sentant endormie contre moi, en l'entendant respirer. Je n'oublierai jamais ce week-end. Je vis ici une nouvelle naissance et rien ne sera plus comme avant.

Durant ces jours, Léonor et moi ne nous sommes pas lâchées et avons clairement été identifiées comme étant en couple. Au milieu de jeunes majoritairement ouverts et progressistes, je n'ai pas senti de regards hostiles, au contraire. Fiorella, pendant un repas, m'a glissé que je devais m'attendre à vivre des situations assez violentes à notre retour si je m'affichais ainsi avec Léonor dans la rue. J'en étais consciente, je suis informée depuis un moment sur ce que subissent ceux qui revendiquent une sexualité différente. Mais l'entendre le dire aussi franchement m'a fait perdre mon sourire jusqu'à la fin du déjeuner.

Cet aprèm, après le vote, nous avons fait des exercices sur des techniques de résistance passive, à employer dans les manifestations. Nous nous sommes accrochés en binôme dos à dos par les bras puis avons formé un cercle à plusieurs. Ceux qui jouaient les agents des forces répressives essayaient de nous faire lâcher prise. Ils nous saisissaient à plusieurs pour nous déposer quelques mètres plus loin. On devait tenir le plus longtemps possible en employant tous les moyens à notre disposition. Ensuite, nous avons interverti les rôles. On s'est pris des coups, parfois sévères pour certains, mais l'ambiance est restée très bon enfant.

Ensuite, nous avons débattu des prochaines manifestations en essayant de trouver des cibles et des modes d'action capables de marquer l'opinion. Nous n'avons pas échappé au sujet des débordements. Un consensus s'est dégagé sur le fait que la direction collégiale ne pouvait être tenue responsable des agissements de tous ses sympathisants, et qu'elle ne le souhaitait pas. À chacun désormais d'assumer ses actes en conscience. Le mouvement se refuserait dorénavant à commenter et à condamner les agissements non contrôlés de ses troupes. Ce dernier point a été le plus âprement discuté.

La deuxième soirée n'étant pas organisée, des petits groupes se sont formés pour aller dans les bars de la vieille ville, ou chanter autour d'une guitare sur la plage. Avec les filles et d'autres militants, nous avons fait une longue balade sur le sable mouillé, pieds nus. Comme il faisait chaud, nous n'étions pas seuls. Çà et là, des jeunes du coin étaient rassemblés pour se retrouver, écouter de la musique et boire des bières sans alcool. J'ai repensé à la fille en tenue de chasse qui nous insultait ce matin. Sur le coup, je l'aurais bien giflée pour faire disparaître son sourire énervant. Douze heures plus tard, sa haine à notre égard m'interroge. Que savons-nous d'elle et que sait-elle de nous ? Elle et ses copains ne sont pas les seuls à traverser des épreuves. Pourtant, les éleveurs des autres régions semblent réagir plus positivement en essayant de s'adapter à la situation. Si la production porcine diminue, il y aura moins de pollution chimique, ce sera forcément mieux pour leur santé et celle de leurs futurs enfants ? Je repense à l'idée d'Elias d'aller passer l'été auprès de paysans. Moi, je pourrais faire les récoltes avec Jean-Yves. J'habiterais quelque temps chez Mamie, je parie qu'elle serait ravie ! Il faut que j'en parle à Léonor, mais aussi à Nangaï et aux autres.

Je me défais tout doucement du bras de Léonor enroulé autour de mon cou. J'ai besoin d'aller aux toilettes. En traversant le camping, j'entends des gens discuter et rigoler. Au retour, je décide d'aller les saluer. Ils montent la garde. Je reconnais bientôt la voix de Maureen, qui participait à mon groupe sur l'agriculture. Elle m'accueille avec un grand sourire :

– Bienvenue, Tess. Viens voir comme on est bien équipés en cas d'attaque.

Elle me montre leurs « armes », des manches à balai et des couvercles de poubelle.

– Super, dis-je. Avec ça, vous ne craignez rien !

– Tu viens renforcer nos troupes ?

– Pourquoi pas, je ne me rendormirai pas avant une heure minimum.

– Dis donc, me lance un gars près d'elle, tu ne parais pas, comme ça, mais tu étais impressionnante cet après-midi dans les simulations de manifs. Tu retenais pas tes coups !

– C'est un compliment, j'espère. J'avoue que j'aime bien y aller à fond.

– J'en sais quelque chose, répond-il en me montrant un énorme hématome sur son flanc gauche.

– C'est moi, ça ? je demande, gênée. Excuse-moi… je ne…

– Laisse tomber, c'était l'exercice. Quand on se retrouve face aux flics, c'est mieux de savoir à quoi s'en tenir.

C'est vrai qu'avec Nangaï, on a déjà connu pire au début de notre engagement et on n'y était pas du tout préparées. La deuxième fois, les coups pleuvaient et j'ai bien cru que j'allais tomber dans les pommes. On nous avait d'abord gazé les yeux à bout portant avec un aérosol. Un vrai cauchemar ! J'ai alors compris les risques qu'on prenait. J'ai refusé de battre en retraite. J'étais tellement en colère ! Heureusement, ils n'avaient pas visé la tête avec leurs matraques et mes parents n'ont pas vu l'ampleur des dégâts sur le reste du corps. Je m'en étais remise. « On s'en remet toujours ! », m'avait lancé une fille qui nous a raccompagnées au métro, Nangaï et moi.

Je passe l'heure suivante avec eux à marcher et discuter. Maureen est fille de paysans convertis au bio depuis dix ans. Yacine vient de la région de Dunkerque, comme son pote Milo qui a des dreadlocks, celui qui s'est baigné avec Léonor et moi. Lorsque nous approchons du parking, nous entendons chuchoter des personnes autour d'une voiture. Nous nous approchons doucement pour vérifier que ce ne sont pas des intrus venus tout saboter. S'ils sont armés comme ce matin, la consigne est de réveiller tout le monde en criant. Nous soufflons en découvrant qu'ils sont des nôtres. Il y a parmi eux Maia, Mathilde et Milan. Ils sont cinq. Nous les regardons de loin monter dans une voiture. Ils démarrent sans se rendre compte de notre présence.

– En voilà qui ne vont pas être très frais demain matin pour la clôture du séminaire ! lance Maureen.

9 JUIN, 8 HEURES

LES FLICS ONT ENVAHI LE CAMPING. Ils intiment l'ordre à tous de sortir des tentes et de se rassembler au réfectoire. Des jeunes répondent par des insultes et tentent de résister. Ceux qui n'obéissent pas assez vite voient leur tente s'écrouler sur eux. Certains sont même tirés par les pieds et menacés de coups de matraque. Les policiers sont moins nombreux que nous mais beaucoup mieux équipés. La situation commence à dégénérer près des toilettes où nous accourons pour prêter main-forte à nos camarades. Valentine apparaît pour calmer les militants tandis qu'un gradé en civil fait de même avec ses troupes. La situation reste tendue, mais des deux côtés on semble avoir renoncé pour l'instant à l'affrontement physique.

Nous nous asseyons autour des tables dans le réfectoire. Les policiers en uniforme bloquent les différentes issues. Je pense à Nangaï qui a eu la bonne idée de repartir vers Paris, hier en fin d'après-midi. Le responsable des forces de l'ordre prend la parole d'une voix puissante :

– Cette nuit, des participants à ce séminaire se sont livrés à des exactions particulièrement graves dans un élevage porcin de l'arrière-pays. Leur méfait commis, ils se sont enfuis à bord d'une Fiat rouge immatriculée en région parisienne. Nous savons qu'ils ne sont plus parmi vous mais nous disposons de leur signalement. Nous avons absolument besoin de connaître leur identité afin de pouvoir les appréhender plus rapidement.

– Allez-vous faire foutre ! lance une fille.

– On n'est pas des balances ! renchérit un autre.

– Et ceux qui sont venus nous menacer avec des fusils hier, interroge Elias, et qui ont déposé leur merde devant l'entrée, vous les avez arrêtés ? Ça m'étonnerait !

– Calmez-vous, reprend le chef. J'ai une autorisation du Procureur pour vous garder ici le temps qu'il faut, tant que je n'aurai pas eu les informations que je cherche.

– On s'en fout ! crie Fiorella, on est bien à Saint-Malo !

– J'ai oublié de vous préciser, même si je vois que certains s'en sont rendu compte, que vous ne pouvez pas communiquer avec l'extérieur. Un brouilleur a été activé.

Léonor est soudain méconnaissable. Elle qui est toujours si sereine et sûre d'elle montre des signes d'angoisse. Je me demande pourquoi elle se met dans un tel état. La situation ne me paraît pas si grave ? Peter se lève et nous précise :

– Nous n'avons aucune liste des participants à ce week-end. Même si les policiers ici présents relèvent vos identités, ils ne pourront pas pour autant déduire celles de nos compagnons en fuite. La consigne pour tous, c'est de rester solidaires avec eux, même si nous n'approuvons pas leur initiative. Donc, on ne dit rien !

Nous applaudissons, sifflons et crions des bravos. Léonor se tait, elle n'est pas la seule.

– Si vous voulez la jouer comme ça, pas de problème ! rétorque calmement le flic. Grâce aux lois héritées de l'état d'urgence, je suis en droit de garder tout le monde quarante-huit heures pour suspicion de complicité pour des faits à caractère terroriste. Je vous signale qu'une compagnie de CRS est en train d'encercler le camping. Ils ont carte blanche pour prendre les mesures qui s'imposeront en cas de tentative de fuite ou de rébellion.

Les discussions s'engagent à chaque table. Ça s'énerve à plusieurs endroits. On entend voler des injures, puis bientôt, on est tous obligés de l'admettre : nous sommes piégés. Au bout d'une dizaine de minutes, quand le calme est revenu, quelques-uns se lèvent pour aller se servir au buffet du petit déjeuner. Comme les policiers laissent faire, nous suivons tous le mouvement. Je tente de faire sourire Léonor, lui frotte le dos, mais elle reste impassible. Fiorella nous glisse :

– Ils sont quand même cons, ceux qui ont fait le coup ! Ils nous gâchent notre fin de séjour. On n'avait plus qu'une courte réunion de synthèse et des numéros à s'échanger avant de choper le train de midi !

– Moi, annonce Léonor d'un ton grave, il faut absolument que je sois à Paris ce soir. Je suis admissible dans l'école de mes rêves ! Mon oral est demain à 9 heures. Si je ne me présente pas, c'est foutu. Ils me rayent de leur liste pour toujours !

– T'inquiète, tempère Rose. On l'aura, notre train. Les flics nous mettent la pression pour la forme mais ils n'ont rien contre nous, ils vont être obligés de céder.

Nous mangeons plus que d'habitude parce qu'on sait que rien n'est prévu pour le déjeuner. Ma copine, par contre, ne peut rien avaler. Je me serre contre elle. Elle est au bord des larmes et je ne peux rien faire.

10 JUIN, 0 H 37

DERNIER RER. Ce week-end de Pentecôte, je m'en souviendrai toute ma vie. Tellement riche en émotions de toutes sortes. Je suis épuisée et j'ai hâte de me glisser dans mes draps. Je suis entourée de gens qui ont voulu profiter jusqu'au bout de leur lundi férié. Certains ont pris des coups de soleil. Un enfant, près de moi, joue avec des coquillages qu'il vient de tirer de sa poche.

La journée a été longue et pénible. Le face-à-face avec la police s'est éternisé. Au début, aucun des deux camps n'a voulu montrer sa fébrilité. À certaines tables, des militants ont improvisé des jeux et riaient très fort. Dans d'autres coins, c'était plus calme, on lisait ou on somnolait. De leur côté, les flics plaisantaient entre eux en se tapant de gigantesques sandwichs. Mais imperceptiblement, la tension montait. Ceux qui venaient de loin et avaient des correspondances commençaient à s'inquiéter sérieusement. Peter et Valentine essayaient de parlementer un peu à l'écart du groupe mais le gradé qui leur faisait face se montrait inflexible. Léonor a craqué dans mes bras. Et là, j'ai eu une idée. Je l'ai embrassée et lui ai chuchoté à l'oreille :

– Attends. J'ai peut-être une solution pour toi.

– Ne fais pas de bêtises, surtout, m'a-t-elle répondu.

J'ai levé la main pour appeler un des policiers. Il a fini par venir après m'avoir laissée poireauter quelques longues minutes.

– Quoi ?

– Je suis mineure, ai-je dit en produisant ma carte d'identité. Vous nous avez fait rater notre train, je dois prévenir mes parents. C'est un droit !

– On baisse d'un ton, mademoiselle. Je vais voir.

La discussion avec le chef a été brève. Valentine et Peter s'en sont mêlés et j'ai senti que ça bougeait. Le responsable a réclamé le silence avant de déclarer :

– Nous allons autoriser les mineurs à prévenir leur famille. Ceux qui sont dans ce cas, signalez-vous et présentez votre pièce d'identité.

Nous n'étions qu'une dizaine. Je me suis penchée sur Léonor.

– C'est quoi, ton nom de famille ?

– Alvarès.

Ensuite, j'ai suivi les policiers à l'extérieur, jusqu'à l'endroit où nos portables captaient.

– Un seul coup de fil, a précisé celui qui nous accompagnait, et vous allez à l'essentiel !

J'ai appelé Jennifer, à qui j'ai rapidement expliqué la situation et donné le nom de ma copine.

– Rassure Léonor, je vais m'occuper d'elle. Et je vais aussi avertir ma hiérarchie de votre situation qui, à mon avis, relève de l'abus de pouvoir.

Lorsque je suis rentrée dans la salle, je ne pouvais retenir ma joie. Je souriais, à la limite de danser sur place, en faisant le signe de la victoire. En me faufilant entre les tables, j'ai entendu une fille qui commentait :

– Elle, elle va bientôt pouvoir se barrer d'ici parce que papa et maman ont des relations. Et elle s'en fout des autres. Petite bourgeoise à la con, va !

Je me suis retournée et l'ai foudroyée du regard. J'ai pris sur moi pour parler tout bas parce que je ne voulais pas montrer à nos adversaires que notre unité commençait à s'effriter.

– Tu ne sais même pas pourquoi je souris. Tu ne sais rien de moi. Alors, ferme ta gueule !

Une demi-heure plus tard, Léonor m'embrassait longuement avant que l'on se quitte.

Nous, nous avons encore patienté plus de trois heures avant que les flics ne se retirent sans rien dire et nous laissent enfin en paix. Nous nous sommes précipités à la gare pour faire changer nos billets. Des journalistes locaux nous y attendaient déjà, et ont interviewé Peter. J'ai raconté aux filles que j'avais une tante éloignée qui travaillait à la police scientifique et que c'était grâce à elle si notre copine avait pu rentrer plus tôt.

– Tu es vraiment précieuse, Tess, a déclaré Rose.

11 JUIN, 14 H 35

DIFFICILE DE ME RÉHABITUER À LA VIE NORMALE, LYCÉE LA JOURNÉE ET FAMILLE LE SOIR. J'aimerais tellement être avec Léonor n'importe où et tout le temps... Par chance, Nangaï est là et on se raconte tout. L'une comme l'autre, en évoquant nos souvenirs, nos émotions, nous nous sentons fragiles, parfois complètement euphoriques, à d'autres moments au bord des larmes. Mais souvent si heureuses. Ce que nous vivons, chacune de notre côté, nous semble exceptionnel. Nous restons souvent silencieuses de longues minutes après nos confidences. Les yeux clos, nous faisons revivre dans notre tête nos plus beaux moments passés avec l'autre. Je ne sais pas si, comme moi, elle se demande déjà ce qui se passera si l'aventure sentimentale que nous vivons chacune s'arrête un jour. Je n'ose pas. J'ai tout le temps envie de déclarer : « Pourvu que ça dure ! » mais je me retiens pour ne pas attirer le malheur sur ma relation naissante.

Nous nous posons également la même question : devons-nous en parler à nos parents ? Les siens comme les miens ont perçu un changement d'attitude et se doutent que l'amour en est la cause. Nangaï aussi a désormais droit à des allusions plus ou moins appuyées. Et elle a peur de leur réaction. Comment réagiront-ils en apprenant qu'Hugo n'appartient pas à la communauté des Malbars, issue de l'immigration indienne ? Elle sait que ce n'est pas ce dont ils ont rêvé pour elle. De mon côté, je m'attends à ce que les miens soient au moins surpris et peut-être même déçus que leur fille ne choisisse pas la voie la plus commune. Et je ne veux pas tout gâcher alors que ma mère va mieux, que mon père semble soulagé. Nangaï et moi avons décidé qu'il valait mieux attendre avant de nous lancer. La priorité du moment, c'est de profiter de ce que la vie nous offre.

En tout cas, depuis hier soir, mes parents, et c'est la même chose pour Nangaï, n'essayent plus de me tirer les vers du nez à propos de mes amours. Je suis bien le centre de leurs préoccupations mais pas sur ce sujet. Depuis l'après-midi, les chaînes d'info en continu font tourner en boucle leurs reportages à sensation sur l'attaque de l'élevage de porcs près de Saint-Malo par des militants de *Planet Reboot*. Certains chroniqueurs n'hésitent pas à nous qualifier d'« écolos-terroristes » ou d'« éco-terroristes ». Des policiers assurent très sérieusement que les perquisitions en cours dans les locaux de l'association apporteront la preuve que nous sommes responsables de pratiquement toutes les attaques de ces dernières semaines contre les exploitations agricoles. Visiblement, c'est une des premières fois que les forces de l'ordre réussissent à prendre des coupables en flagrant délit. Et en plus, cette fois-ci, les caméras de surveillance ont fonctionné et les visages à peine floutés passent très bien sur tous les écrans. Les autorités ont enfin trouvé des coupables, même si des éléments viendront certainement bientôt démontrer que nous ne sommes pour rien dans les autres affaires. Le mal est fait, et notre organisation discréditée pour longtemps aux yeux de l'opinion. Quel imbécile, ce Milan ! Et ceux et celles qui l'ont suivi ne valent pas mieux ! Je m'en veux de ne pas être intervenue quand je les ai vus partir. Mes parents sont très inquiets pour moi.

– Ils vont peut-être t'arrêter toi aussi, a déclaré ma mère, hier soir. Il faut qu'on joigne un avocat au cas où.

– Ta mère a raison, a ajouté mon père, ce serait dommage que cette affaire puisse nuire à ton avenir.

J'essaie de leur expliquer que la généralisation qu'opèrent les journalistes est malhonnête et sans fondement. Je ne nie pas les quelques actions militantes par un groupe d'idiots dans des élevages porcins. Mais je leur fais remarquer qu'elles ont été effectuées sans violence. Les assimiler à des attentats terroristes est complètement déplacé. Je vois bien que mes arguments portent et que mes parents ne sont pas complètement dupes de ces infox mais je sais qu'ils ne sont pas tranquilles.

– Il va quand même falloir que tu te calmes un peu, ma fille, m'a déclaré mon père ce matin, gentiment mais avec fermeté.

Je me suis tout de suite dit qu'il avait dû ressasser cette affaire une partie de la nuit, sans doute en compagnie de ma mère qui se remet à peine de sa grosse dépression. Cette histoire risque de la faire replonger. Il a repris :

– Il y a quelques semaines, deux policiers t'ont interrogée. Et puis, tu as été retenue plusieurs heures par des CRS. Aujourd'hui, l'organisation à laquelle tu appartiens est perquisitionnée et va être condamnée… Ça va s'arrêter où, tout ça ?

– Papa, ai-je répondu calmement, tu vois bien que le problème ne vient pas de nous mais des autorités qui ont besoin de désigner des boucs émissaires. Et dans ces cas-là, les jeunes des grandes villes et des banlieues sont toujours accusés en premier.

J'attends Jennifer à qui j'avais envoyé un message dès le lundi soir pour la remercier d'avoir fait sortir Léonor. Elle m'avait alors proposé qu'on se voie dans l'après-midi de mercredi. Ça devient un rituel. Je préfère qu'elle vienne ici. Ainsi, nous ne risquons pas de croiser un de ses collègues hostiles et suspicieux. J'ai l'impression de toujours apprendre quelque chose à son contact. Elle arrive pile à l'heure. Cette fois-ci, elle m'embrasse sur la joue. Je m'y attendais et je n'ai rien fait pour l'éviter. Elle a été tellement sympa ! Je ne pensais pas qu'une flic me ferait la bise un jour.

– Alors, tu t'es remise de ton week-end ?

– Oh, mais c'était très bien jusqu'au lundi, quand tes collègues sont venus gâcher la fête.

– Et l'oral de Léonor s'est bien passé ?

– Elle pense que oui mais elle n'est sûre de rien, ça reste un concours. En tout cas, elle m'a chargée de te remercier.

– Je suis contente que ça ait marché. Et chez toi, comment ça se passe après que la presse a monté en épingle la « libération des petits cochons malouins » ?

– Pas terrible, j'avoue. Ils se font du souci pour moi. J'espère que les journalistes vont vite passer à autre chose.

– Tu te doutes que dans nos services, l'action de tes camarades a été très appréciée. Enfin des arrestations avec des preuves !

Je préfère demander à Jennifer si elle a des nouvelles de l'enquête sur les sportifs disparus de Beauvais. Elle m'explique que bon nombre d'entre eux portent une micro-cicatrice derrière l'oreille droite. Sur certains, elle est à peine visible, pour d'autres, elle a l'aspect d'un gros bouton de moustique légèrement infecté. Je lui demande :

– La mémoire leur est revenue ?

– Toujours pas, malheureusement. Et les constatations sont les mêmes dans les autres pays où des faits similaires se sont déroulés.

18 JUIN, 13 H 34

LÉONOR A RÉUSSI SON CONCOURS. Moi, j'ai passé l'oral du bac de français ce matin. L'écrit ayant eu lieu avant-hier, je me considère comme complètement en vacances. Je n'ai pas eu de mauvaises surprises durant les deux épreuves et je vise des notes supérieures à quinze. Personne ne doutait de moi, ni mes parents ni mes copines, mais j'avais réussi à me mettre une pression totalement inutile. Maintenant que c'est fini, je me dis que c'était aussi une manière de moins gamberger sur les changements troublants que nous vivons chaque jour. J'ai complètement arrêté de consulter les sites d'information. J'ai aussi prévenu Jennifer qu'on ne devait plus se voir jusqu'à aujourd'hui. Les seuls loisirs que je m'accordais étaient consacrés à Léonor. La plupart du temps, nous restions enfermées dans le grand appartement, sur son lit, peau contre peau.

Dans deux semaines, Léonor et moi prendrons nos quartiers d'été chez ma grand-mère. J'ai eu Jean-Yves plusieurs fois au téléphone et il a été très touché que je lui propose nos services. Il a d'abord refusé parce que ça le gênait « d'exploiter des jeunes filles qui ont sans doute plein de choses plus intéressantes à faire pendant leurs vacances ». Il n'a pas fallu beaucoup insister pour le faire changer d'avis parce qu'il a vraiment besoin de main-d'œuvre et qu'il n'a plus d'argent pour embaucher des gens, même au noir.

Depuis une heure, je reçois des messages de toutes mes copines. Souvent, le texte se réduit à un seul mot : « Alors ? » auquel je réponds invariablement : « Super. Merci. »

Nangaï ne sera libérée de l'épreuve que demain. Elle révise en apprenant par cœur mes fiches personnelles. Je vais retrouver Léonor à Paris vers 15 heures. On doit sortir ce soir et je dormirai chez elle. Dans quelques jours, je vais l'accompagner à Limoges. J'avoue que ça m'ennuie un peu. On va forcément rencontrer plein de gens alors qu'elle seule me suffit amplement. Et l'idée de dormir sous le même toit que ses parents ne me réjouit pas du tout. On va forcément se sentir moins libres. Mais Léonor semble tellement tenir à ce voyage que je n'ai pas osé lui faire part de mes réticences. Un texto de Jennifer s'affiche soudain sur mon écran :

Tu as fini ? Ça s'est bien passé, je suis sûre.

Oui. Merci. Et toi, tu vas bien ?

Je n'ose pas aborder l'avancement de son enquête. J'aurais l'impression de lui tendre une perche. Elle me ferait replonger directement dans une réalité que j'évite depuis une quinzaine de jours.

Oui. Je peux t'appeler demain ?

OK. Plutôt dans l'après-midi.

Parfait. À demain.

À demain.

J'ai donc encore un jour devant moi pour jouer à l'autruche.

19 JUIN, 15 HEURES

JE VISIONNE DES VIDÉOS DÉBILES SUR MON TÉLÉPHONE DEPUIS UNE DEMI-HEURE, HISTOIRE DE M'OCCUPER L'ESPRIT EN ATTENDANT CE COUP DE FIL QUE JE REDOUTE. La probabilité qu'elle n'ait rien à me demander ou à m'apprendre de flippant est très faible. Mais on ne sait jamais. Elle veut peut-être simplement discuter avec moi, comme une bonne copine ? On dirait que je redeviens optimiste ! Je dois être encore sous l'influence du climat qui régnait dehors hier soir. Les gens semblaient détendus, ouverts, bienveillants. Je n'ai été témoin d'aucune dispute, croisé aucun regard lourd ou agressif, entendu aucun cri ni réflexion énervée envers qui que ce soit. Je me suis laissé contaminer par la légèreté ambiante, par l'insouciance générale. En déambulant dans les rues au bras de mon amoureuse, je trouvais même les passants très joyeux. Que se passe-t-il en ce moment pour que, malgré la crise, les gens aient le moral au beau fixe ?

– Je me demande, ai-je confié à Léonor, si les autorités ne vaporisent pas un gaz antistress dans les rues, pour détendre l'atmosphère ?

– Si c'est le cas, ils ont bien raison de le faire, a répondu ma copine. Le monde est plus cool comme ça.

Sur le coup, je me suis demandé si elle le pensait vraiment ou si elle essayait de s'en convaincre. Elle a planté son regard dans le mien, peut-être comme jamais elle ne l'avait fait avant, puis elle a dit :

– Tess, je t'aime. En ce moment, je ne respire vraiment que près de toi.

– Moi aussi, ai-je répondu, bouleversée par cet aveu.

– Ces moments sont précieux. On ne sait pas ce que la vie nous réserve. Alors, ayons le courage et la volonté de les vivre à fond. Tu es d'accord ?

– Je suis d'accord.

Les vibrations de mon téléphone me font sursauter.

– Bonjour, Tess. Tu vas bien ?

– Jusqu'ici, oui, Jennifer.

Je sens que ma réponse la déroute parce qu'elle laisse passer un court silence. Je l'imagine fronçant les sourcils dans son bureau. Je reprends :

– Je sors toujours de nos échanges avec des questions plus ou moins angoissantes sur le monde ou ma petite personne. J'imagine bien que tu n'appelles pas uniquement pour t'inquiéter de l'état de mon moral, je me trompe ?

– Ma chère Tess, je... J'essaie de ne pas trop perturber ta vie de jeune femme. Crois-moi. Je n'évoquerai les dossiers sur lesquels je travaille que si tu en as envie et que tu me le demandes expressément.

– Merci, Jennifer. C'est vrai qu'en ce moment, j'essaie de ne plus trop penser à ce qui me rend différente des autres. D'ailleurs, je voulais te dire que je n'ai pas revu la murène depuis Saint-Malo.

– Tant mieux si elle te laisse tranquille. J'ai constaté que la police non plus ne t'avait pas inquiétée de nouveau. Je voulais t'annoncer que les charges contre *Planet Reboot* vont être abandonnées prochainement : ton ami Peter va cesser d'être suspecté.

– Ils ont trouvé de nouvelles personnes à incriminer, je suppose...

– Tu supposes bien. Ces derniers temps, nos services étudient plusieurs revendications venues de groupes inconnus jusqu'ici. La thèse d'une « nébuleuse », plus simplement d'un « réseau » d'organisations techno-révolutionnaires, a le vent en poupe. Des arrestations sont en cours un peu partout dans le monde. Pour l'instant, les gens interrogés s'avèrent être des mythomanes en quête de célébrité, des geeks sans envergure ou des gourous de sectes qui se disent alliés à des extraterrestres. Les autorités ont décidé de faire fuiter quelques infos pas forcément fiables pour alimenter les médias et distraire la population.

J'hésite à lui demander si son enquête sur les sportifs avance. Ma curiosité naturelle essaierait-elle de reprendre la main ? Je me retiens in extremis.

– Et toi, ta hiérarchie ?

– Dans les hautes sphères, on apprécie mon travail. On m'a même affecté plusieurs personnes pour m'aider. Mais je dois rester discrète parce que beaucoup de mes collègues continuent de me prendre pour une illuminée. Bon, parlons un peu de toi. Tu as des projets pour les vacances, j'imagine. Tu vas rester en France, comme tout le monde ?

– Oui. Je vais aller filer un coup de main à un voisin agriculteur de ma grand-mère que je connais depuis toujours. Léonor vient avec moi.

– Cette Léonor, c'est plus qu'une simple amie, je me trompe ?

– Non, c'est beaucoup plus. En ce moment, c'est même presque tout.

21 JUIN, 2 H 40

LÉONOR DORT PROFONDÉMENT. Dans son lit d'adolescente, on est serrées comme dans la tente.

En début d'après-midi, à notre arrivée à Limoges, son père nous attendait, un grand sourire aux lèvres.

– Tess, je vais te tutoyer, si ça te va, a-t-il annoncé d'emblée. J'aimerais que tu en fasses autant. Moi, c'est Bertrand.

– Je vais essayer, ai-je dit sans trop de conviction.

Chez eux, sa mère, Coralie, m'a chaleureusement embrassée en me chuchotant :

– Ravie de faire ta connaissance. Léonor nous a beaucoup parlé de toi.

J'ai ensuite croisé son frère, Tom, qui m'a saluée brièvement. Après avoir déposé nos sacs, nous sommes parties faire un tour en ville. Nous avons retrouvé trois de ses amis dans un bar de la vieille ville. J'étais au centre des regards.

– Tu fais très jeune. Tu as quel âge ? m'a demandé sans détour une certaine Sylvana.

– Bientôt dix-sept ans.

– Léonor, tu les prends au berceau ! a rebondi une autre fille, Élise, en souriant.

– Qu'est-ce que trois ou quatre ans à l'échelle du cosmos ! s'est alors joyeusement exclamé le gars, Enzo, en prenant un ton un peu ridicule. Et surtout, chère Élise, qu'est-ce que tu en as à foutre ? Cette insignifiante différence d'âge n'est rien face aux vrais sujets de notre époque !

– Et c'est quoi, les vrais sujets, monsieur le philosophe qui a réponse à tout ? demande Sylvana.

– Mais ouvre les yeux, très chère ! Tous ces changements dans le monde, l'énergie qui vient à manquer, la Nature qui reprend ses droits, la bonne humeur générale malgré le manque de médocs et des chips saveur barbecue...

La conversation prend un tour intéressant. Cet Enzo s'avère bien sympathique, d'abord parce qu'il prend ma défense, ensuite parce qu'il va à l'essentiel. Léonor, qui rit franchement depuis le début, lui lance :

– J'ai sincèrement hâte de connaître ta théorie. Elle sera de toute façon plus originale que les conneries énoncées par des pseudo-spécialistes qui nous parlent de coïncidences troublantes et de hasards que la Science saura bientôt expliquer !

– Accrochez-vous, les filles, parce que c'est du lourd... ou peut-être n'importe quoi. Moi, j'ai l'honnêteté de ne rien affirmer. Bon. Il faut commencer par admettre, et certaines théories de la physique quantique l'envisagent, ou au moins ne rejettent pas cette idée a priori, qu'il existe plusieurs, voire une infinité d'univers qui se développent en parallèle au nôtre. On parle du... concept du multivers en opposition à celui de l'univers. Des univers dans lesquels nous existons peut-être mais où nous jouons des rôles différents, comme dans des rêves, mais qui existeraient vraiment.

– Je suis déjà larguée, intervient Élise.

– Ne cherche pas à le comprendre, admets-le.

– Moi, ça me rappelle des films de super-héros, commente Sylvana.

– Eh bien, imaginez qu'un de ces univers entre en contact avec le nôtre. Des êtres de ce monde agiraient sur le nôtre sans que nous en ayons conscience.

– Et pourquoi seulement maintenant ? interroge Léonor. Et jamais dans le passé, par exemple ?

– C'est sans doute déjà arrivé, mais comme on n'a pas su l'expliquer, les hommes ont parlé de miracles qu'ils ont attribués à des divinités, des esprits, des êtres fantastiques, des fantômes...

Lorsque nous quittons l'établissement une heure plus tard, Enzo me glisse à l'oreille :

– Tu as de la chance.

– Je sais, je murmure.

Sur le chemin du retour, Léonor me demande ce qu'il m'a dit. Elle m'explique :

– C'est un grand romantique, un peu compliqué à vivre, mais brillant et drôle. Nous avons été ensemble pendant presque six mois pendant la khâgne. On est restés très amis.

– Tu as d'abord été attirée par des garçons ?

– Disons... que la société nous fait croire que c'est la norme. Ne pas l'accepter, c'est risquer de passer pour différente et d'être exclue. Et à dix-sept ans, ça fait peur. Enfin, pas à tout le monde... pas à toi, Tess.

– Avec toi, je n'ai peur de rien.

Elle marque un temps puis me sourit avant de reprendre :

– Mon premier petit copain, c'était pendant les grandes vacances, avant la terminale. C'était plus une expérience qu'un véritable amour. Ensuite, je suis vraiment tombée amoureuse d'une fille, Shirine, qui m'a bien fait souffrir durant notre relation. Mais je ne regrette pas. Elle m'a beaucoup appris.

– Pourquoi tu as été... si longue à te déclarer ? Tu as dû sentir combien j'étais attirée par toi, dès notre rencontre ? Tu l'étais aussi ?

– J'ai compris que ce serait ton premier amour et je voulais être certaine d'être à la hauteur. Tu m'intimidais.

– Ah bon ? toi aussi.

Nous avons dîné en famille. Le repas était délicieux, à base de produits bio et locaux. Les parents de Léonor sont des militants depuis toujours de la cause écologique. Ils se sont rencontrés dans une manifestation contre le nucléaire. Comme nous ! Tout ça me paraît bien éloigné de mon milieu familial.

22 JUIN, 21 HEURES

AVACHIES DANS NOS SIÈGES DE TER, LES YEUX MI-CLOS, NOUS PARTAGEONS ÉCOUTEURS ET MUSIQUE. Le week-end est passé très vite. Ce matin, nous sommes allées, avec ses parents, dans une vieille maison perdue au milieu des champs. Eux ont jardiné pendant qu'on papotait, les pieds dans l'eau fraîche d'un ruisseau en contrebas. Léonor m'a montré les restes d'une cabane perchée dans un arbre que son père avait construite quand elle avait dix ans.

– Avec Tom, m'a-t-elle expliqué, on y passait l'été, parfois même nos nuits. On s'endormait au milieu des bruits étranges de la nature. On avait l'impression d'être des aventuriers au bout du monde.

J'ai alors senti que ma copine était vraiment heureuse ici, et encore plus que je sois là avec elle.

Je fixe le paysage en rêvassant quand soudain, des frissons me parcourent le corps. J'attrape ma veste, l'enfile et me recroqueville.

– Qu'est-ce qui t'arrive ? me demande Léonor, l'air soucieuse. Tu ne te sens pas bien ?

– Si, ça va, j'ai juste un peu froid.

Alors que je prononce ces mots, le train ralentit puis freine brutalement. Ma copine m'enlace d'un coup pour me réchauffer. Je tremble. Nous sommes totalement arrêtés en pleine campagne dans une zone boisée. Je reprends petit à petit une respiration normale et mon corps se désengourdit.

– Ça passe, dis-je en me redressant.

Ma copine me dépose un baiser sur le front.

– Tu m'as fait peur, Tess.

Je me force à lui sourire, bois un peu d'eau. C'est fini. À aucun moment, depuis l'arrivée de ce courant d'air, je ne me suis autorisée à fermer les yeux. Je n'avais pas envie que la murène me force à la regarder. Je dois apprendre à l'ignorer, à mieux maîtriser mon corps quand elle annonce sa visite. C'était elle, j'en suis sûre. Je ne veux plus dépendre de son bon vouloir.

Après presque une demi-heure, on redémarre. Le contrôleur fait une annonce :

« L'équipe de ce TER vous présente ses excuses pour cet incident. Un cerf était... couché sur la voie. Oui, messieurs dames, couché. Le conducteur et moi-même sommes descendus pour dégager le corps de l'animal. Alors que nous approchions, nous nous sommes rendu compte que le cerf était vivant mais qu'il dormait profondément. Le réveiller n'a pas été une mince affaire. Bonne nouvelle, il s'est ensuite lentement remis sur ses pattes et s'est enfoncé dans la forêt. J'espère que cette anecdote vous a plu et je vous souhaite au nom de l'équipe une bonne fin de voyage. »

Presque tous les voyageurs sourient. Un couple de personnes âgées et des enfants applaudissent. Léonor me murmure :

– C'est beau comme un conte de fées, tu trouves pas ? Ça ressemble à un truc de com pour éviter que des voyageurs ne demandent un remboursement !

– Non. Je suis certaine que c'est vrai.

– Ah bon ? relève-t-elle, étonnée.

– Enfin... euh... juste, je trouve ça beau.

27 JUIN, 19 H 38

JE VIENS DE VIVRE LES PIRES HEURES DE MON EXISTENCE. Jeudi, Léonor et moi avions prévu de passer l'après-midi ensemble à Paris, sans avoir défini de programme précis. Elle devait m'envoyer un texto dans la matinée, quand elle aurait fini ses formalités d'inscription. À 14 heures, je lui ai envoyé un premier message. Puis j'ai essayé de lire, en attendant qu'elle me réponde. Bientôt, c'est devenu impossible, alors je me suis allongée sur mon lit avec mon téléphone sur mon ventre. Je me suis assoupie. À mon réveil, vers 17 heures, elle n'avait pas appelé. Je suis directement tombée sur son répondeur et j'ai commencé à paniquer, si bien que je ne trouvais pas mes mots. Après de longues secondes de silence, j'ai seulement pu dire : « S'il te plaît, Léonor, ça va ? Appelle-moi ! » J'ai réessayé une vingtaine de fois. La tension montait, je faisais les cent pas dans ma chambre et je parlais toute seule. J'allais devenir dingue.

Vers 20 heures, j'ai appelé Rose, qui m'a déclaré :

– Je croyais qu'elle était avec toi... tu veux que je demande aux autres si elles ont des infos ? Attends, bouge pas. Je vais voir Fio, elle est dans la cuisine... c'est Tess qui cherche Léonor... Non... Elle ne sait rien, désolée... elle t'embrasse.

Puis je l'ai entendue toquer à une porte.

– Sam ! C'est Tess qui cherche Léonor. Elle ne t'a rien dit ?... OK... non, désolée. On ne peut pas t'aider. Mais ne t'inquiète pas. Elle a peut-être perdu son téléphone ? Ou alors, elle a eu une urgence dans sa famille et elle a dû repartir à Limoges ?

– Oui, oui. Merci, Rose. Je vais te laisser. Tu lui dis de m'appeler, si elle rentre ?

La soirée a été un calvaire. J'ai annoncé à mes parents que j'étais fatiguée et je me suis enfermée dans ma chambre le ventre vide. J'avais peur d'exploser en sanglots s'ils me demandaient quel était le problème. J'ai contemplé mon téléphone, l'ai encouragé puis insulté. Peine perdue. J'avais l'intuition que Jennifer pourrait m'aider mais je n'ai pas osé la réveiller en pleine nuit. Je me suis endormie vers 5 heures du matin après avoir beaucoup pleuré et passé en revue tous les scénarios imaginables. Elle m'oubliait dans les bras de quelqu'un d'autre ou bien elle avait été victime d'un accident ou d'une agression et elle était dans le coma, voire morte.

La sonnerie de mon portable m'a arrachée au sommeil vers dix heures du matin. C'était Samantha qui venait aux nouvelles.

– Rien du tout, ai-je soufflé d'une voix épuisée.

– Tess, elle va revenir. Ce n'est... qu'une question d'heures.

– Hein ? Mais qu'est-ce que tu racontes ? Comment tu peux en être sûre ?

– Ma sœur m'a fait le même coup il y a presque deux mois ! Pas de nouvelles pendant trente-sept heures, et puis elle est réapparue.

Je me suis souvenue de cette histoire : Léonor m'en avait parlé lors de notre premier rendez-vous. Je l'interroge sans faire allusion au fait que notre copine m'avait mise dans la confidence.

– Et... mais... elle avait fait quoi pendant tout ce temps ?

– Je ne l'ai jamais su, pour la bonne raison qu'elle-même n'en sait rien. C'est comme un blanc dans sa vie. Elle courait dans un parc. Elle se rappelle vaguement avoir ressenti une douleur au thorax, s'être assise sur un banc pour récupérer, puis s'être réveillée, le cerveau embrouillé, un jour et demi plus tard, exactement au même endroit.

– Je m'excuse d'être aussi cash avec toi, Samantha, dis-je en sentant mon cœur battre à tout rompre, mais... tu l'as crue ? C'est quand même très bizarre comme...

– Oui. On est très proches et incapables de se mentir. Depuis, on a fait des recherches et découvert que c'était arrivé à plein d'autres filles et d'autres gars dans nos âges, enfin, plutôt l'âge de Léonor et moi. Certains ont témoigné sur les réseaux parce que les médias n'en parlent pas, depuis les sportifs. À mon avis, les flics ne veulent pas faire paniquer tout le monde. Il ne leur est rien arrivé de grave, à eux non plus. C'est pour ça que pour Léonor, tu ne dois pas envisager le pire.

Pendant qu'elle me parlait, je me suis un peu détendue. Je pensais à Jennifer. J'étais sûre qu'elle aurait des informations.

– Tess, a-t-elle repris, il faut que tu me croies. Léonor va revenir. Les absences évoquées par ces disparus excédaient rarement quarante-huit heures.

– OK, Samantha. Merci beaucoup d'avoir appelé.

Dès qu'elle a coupé la communication, je me suis redressée et j'ai composé le numéro de Jennifer. Elle a décroché immédiatement. Je lui ai déballé tout en vrac : la disparition de Léonor, mes hypothèses, le coup de fil de Samantha.

– Tess, je... je ne peux rien te garantir car on n'est jamais sûr, mais ce que Samantha t'a raconté est vrai.

Je respirais déjà mieux. Elle m'a confirmé qu'on recevait de plus en plus de signalements de disparitions de jeunes personnes, tout juste majeures. Elle a précisé :

– Jusqu'à maintenant, il n'y avait pas de véritables enquêtes parce que la police considère qu'on est responsable de ses actes et donc libre de disparaître. Ces disparitions n'étaient pas considérées comme inquiétantes. De plus, les proches des victimes ne se sont plus manifestés ensuite parce que les jeunes réapparaissaient assez vite. Ce sont d'anciens collègues qui m'ont fait remonter l'info : il n'y avait jamais eu autant de signalements dans une période si courte. J'ai donc demandé à ce qu'on m'avertisse systématiquement de ces cas... et c'est là que j'ai découvert l'ampleur du phénomène. En fait, il y a eu des milliers de cas ces deux derniers mois. Du jamais-vu. Depuis, j'essaie quand c'est possible d'interroger directement les jeunes qui ont traversé ce... comment dire ? cette... épreuve.

– Et alors, ça a donné quoi ? je lui demande, au bord des larmes.

– Tess, ne pleure pas. Écoute-moi. Tu vas voir qu'il y a vraiment de l'espoir pour Léonor... Pour revenir à ta question, ils sont incapables de raconter ce qu'ils ont vécu pendant ce qu'ils nomment leur « amnésie », leur « blanc » ou leur « trou noir ». Pas le moindre souvenir de ces dizaines d'heures d'absence. On remarque qu'ils ont tous le même profil : ils sont jeunes, entre vingt et vingt-cinq, pour la plupart. Ils sont aussi clean, ne consomment ni alcool de manière déraisonnable ni drogues dures, et même, on s'est rendu compte qu'ils pratiquent souvent un sport de manière régulière. Des gens en bonne santé, quoi !

– Et ont-ils... des séquelles ?

– Aucune des personnes interrogées n'en a fait état. Tu sais, j'aurais pu te parler de ce phénomène lors de notre dernière discussion, mais j'ai senti que tu avais d'autres priorités. Ça va aller, Tess ? Tu vas tenir le coup ?

– Je crois. Je vais essayer de m'accrocher à cet espoir.

– Tu devrais appeler ton amie... Nangaï, c'est ça ? Ça te ferait du bien d'avoir quelqu'un près de toi. Et rappelle-moi en fin de journée, quoi qu'il arrive.

L'échange téléphonique m'a épuisée. Je me suis traînée sous la douche, me suis habillée puis forcée à manger. Je devais être prête quand Léonor allait appeler. Elle allait appeler. Nangaï m'a rejointe vers 14 heures. Je lui ai raconté tout ce que je savais, elle m'a posé toutes les questions qu'elle pouvait. J'étais tellement contente qu'elle soit là. Je me suis endormie dans le canapé.

C'est Nangaï qui m'a réveillée quand mon téléphone a sonné. C'était Rose :

– Elle vient de rentrer. Elle a l'air bien mais elle est très fatiguée. Elle a demandé après toi avant de s'écrouler sur son lit. Tu devrais venir.

Il était 18 h 06. Dans la rue, après avoir serré Nangaï dans mes bras, j'ai croisé ma mère et je l'ai prévenue que je découchais cette nuit. Elle m'a regardée d'un air inquiet.

– On dirait que tu as beaucoup pleuré, ma fille. Tu es sûre que ça va ?

– Beaucoup mieux, maman, ai-je répondu en m'éloignant, mais j'ai eu très peur.

Je suis blottie contre Léonor depuis une demi-heure. Elle n'a même pas ouvert les yeux, mais je surveille sa respiration. Elle a dû sentir ma présence, parce que sa main a cherché la mienne pour la poser sur son cœur. Je ne vais plus la lâcher.

29 JUIN, 22 H 08

DEPUIS NOS RETROUVAILLES, NOUS NE NOUS SOMMES PAS SÉPARÉES PLUS DE QUELQUES MINUTES. On se l'est interdit. Si un nouveau malheur doit arriver, nous voulons être certaines de le vivre ensemble, d'être là l'une pour l'autre.

Après quatorze heures d'un sommeil de plomb, Léonor s'est enfin réveillée samedi matin. Je ne lui ai posé aucune question. Nous avons pris un long bain ensemble, ce qui n'est pas dans nos habitudes, pendant lequel j'ai pu vérifier qu'elle ne portait sur le corps aucune marque apparente de violence. Puis nous avons préparé ses bagages, embrassé les filles et quitté l'appartement. J'ai décidé qu'elle dormirait chez moi cette nuit-là, veille de notre départ à la campagne, pour nous rendre ensemble à la gare le lendemain matin. Mes parents n'ont pas paru surpris par cette invitation et semblaient même contents de mon initiative.

– Léonor, nous sommes ravis de faire enfin votre connaissance, a déclaré ma mère. C'est dommage que vous partiez dès demain.

J'ai senti dans le regard bienveillant de mes parents qu'ils étaient sincèrement heureux de ma relation amoureuse et ça m'a touchée.

– On ne te voit pas beaucoup ces derniers temps ! a insisté mon père. Et demain, c'est ton anniversaire, je te rappelle. J'aurais pu te faire ma mousse au chocolat... et les cadeaux ?

– Ce n'est pas grave, papa. Je n'ai besoin de rien. Je suis très heureuse comme ça.

– Tu aurais pu me le dire, intervient Léonor, je t'aurais acheté un truc.

– Inutile, ai-je affirmé. On ne consomme plus rien si ce n'est pas indispensable.

Au fil de la journée, j'ai vu Léonor redevenir la personne volontaire et naturellement séduisante qui comble ma vie depuis près d'un mois. Le soir, dans ma chambre, nous avons retrouvé des fous rires dignes de ceux partagés lors du week-end à Saint-Malo.

Aujourd'hui, vers midi, Jean-Yves nous attendait devant la gare avec sa traditionnelle casquette à l'effigie d'une université américaine vissée sur la tête.

– Alors les Parisiennes, vous avez fait bon voyage ? Tu dois être Léonor. Tu ne me connais pas mais tu viens m'offrir ta force de travail et ton intelligence, je trouve ça très généreux de ta part.

– Merci. Je suis sûre que je vais beaucoup apprendre avec vous. Si je suis là, c'est grâce à Tess.

– Tess la princesse, qui embellit chaque année un peu plus.

– Ça me fait toujours drôle que tu dises ça, Jean-Yves, ai-je déclaré en l'embrassant. Pour pouvoir progresser encore aujourd'hui question beauté, c'est que je devais partir de très loin. Y avait de la marge, quoi ! J'étais un bébé monstrueux, c'est ça ?

– Mais pas du tout ! Tu étais déjà belle, petite !

Léonor a découvert le paysage vallonné et arboré du Perche. Son regard a tout de suite remarqué les nombreux champs en jachère envahis par les fleurs sauvages. Nous nous sommes arrêtés chez ma grand-mère où la table avait été dressée pour quatre. Je crois avoir vu dans les regards que s'échangeaient Mamie et Léonor qu'elles s'appréciaient déjà. Pendant le repas, nous avons discuté de l'organisation de nos prochaines semaines et sommes partis sur l'idée de travailler dès le lever du soleil jusqu'à midi avant de reprendre en fin de journée. Après le repas, Jean-Yves nous a fait visiter sa ferme en commençant par les étables. J'ai constaté qu'il avait beaucoup réduit son cheptel. Il a transformé un champ près de sa maison en un immense potager.

– En ce moment, a-t-il expliqué, beaucoup de variétés de légumes sortent en même temps et je n'arrive pas à tout ramasser. Cette année, j'ai été pris de court par les pénuries d'engrais et de gasoil. Quand j'ai compris que les problèmes ne seraient pas résolus tout de suite, j'ai décidé de tenter une autre manière d'exploiter mes terres qui ne nécessitait pas trop l'emploi des machines. Mais je n'ai pas de compétences en maraîchage. J'ai regardé quelques tutos sur Internet et je me suis lancé. Depuis, j'ai trouvé un commerçant de la ville qui vient récupérer une partie de ma production deux fois par semaine. J'ai installé un panneau au bord de la route et des particuliers s'arrêtent parfois. J'essaie de les fidéliser.

Nous sommes restées assister à la traite du soir avant de retourner chez Mamie, qui avait préparé un gâteau pour fêter mes dix-sept ans. Elle m'a aussi offert un magnifique pull coloré tricoté « avec amour ».

La journée se termine. Installées devant la fenêtre de ma chambre, Léonor et moi regardons le soleil se coucher sur l'horizon.

– Je suis contente d'être ici avec toi, déclare Léonor en m'enlaçant. Jean-Yves et ta grand-mère sont super gentils. Au fait, à mon tour de te faire un cadeau...

Elle enlève soudain son tee-shirt, et, sourire aux lèvres, me le tend en ajoutant :

– C'est mon préféré. Je le portais lors de notre premier rendez-vous.

– Je sais, dis-je en rougissant. Merci.

En relevant ses cheveux pour l'embrasser dans le cou, je repère une fine plaie cicatrisée d'un centimètre de longueur, juste derrière son oreille droite.

– Tu t'es fait ça comment ? je demande en posant mes lèvres dessus. On dirait une petite coupure.

– De quoi tu parles ? Je ne sens rien du tout.

Je lui prends la main et place l'extrémité de son index sur l'endroit.

– Ah oui, dit-elle. Ce n'est pas du tout douloureux. Je ne sais pas de quand ça date.

– Moi, je pense que c'est apparu pendant ton absence. Avant, je l'aurais remarqué. Il faudrait que j'appelle Jennifer.

– Ta tante, c'est ça ? Pourquoi ?

– Je crois qu'il est temps que je te raconte tout, dis-je, un peu inquiète de sa réaction.

– Je t'écoute, répond-elle d'un air grave.

À la fin de mon récit, Léonor reste silencieuse. Je la contemple un moment, angoissée. Va-t-elle me pardonner ce qu'elle doit considérer comme un manque de confiance ? Je n'y tiens plus et lui déclare d'une voix un peu suppliante :

– Je t'en prie, excuse-moi. J'avais peur que tu me prennes pour une folle. Je craignais de te perdre.

Elle me serre contre elle.

– Je ne t'en veux pas. Mais tu aurais dû m'en parler avant. Je t'aurais crue et je t'aurais aidé à porter ton fardeau d'extralucide.

Je suis soulagée qu'elle le prenne ainsi mais, toujours très inquiète, je ne profite pas longtemps du câlin. Jennifer est sur répondeur et je lui laisse un message. Elle me rappelle une heure plus tard pour ne rien m'apprendre de nouveau, malheureusement. Une grande partie des premiers « disparus provisoires », les groupes de jeunes sportifs, ont bien cette marque. Différents examens ont été pratiqués autour de cette cicatrice. On a prélevé et analysé des tissus sous-cutanés. On a utilisé les différents procédés d'imagerie pour découvrir si un corps étranger n'avait pas été glissé sous la peau comme un liquide ou une puce électronique. Rien n'est apparu. Mais les chercheurs, principalement ceux qui travaillent sur le cerveau, continuent d'étudier les données recueillies. On attend leurs conclusions. Jennifer me promet de nous tenir au courant dès que les nouveaux rapports scientifiques seront prêts.

3 JUILLET, 17 HEURES

– **QU'EST-CE QUE TU AS DEPUIS CE MATIN, LÉONOR ?** Dis-moi ce qui te tracasse ?

– Je ne sais pas, répond-elle. J'ai dû faire un mauvais rêve cette nuit. Je me sens bizarre. J'ai envie de pleurer. Pourtant je te jure, Tess, je n'ai jamais été aussi heureuse de toute ma vie. Tu es près de moi, tu me remplis de bonheur. Je passe de super vacances, je me sens à ma place au milieu des bêtes et des plantes. Je termine mes journées harassée mais fière du travail accompli.

– C'est la fatigue accumulée, dis-je, un peu troublée. On ne s'est pas ménagées depuis notre arrivée. Il faudrait que tu te reposes un peu. Si tu veux, je vais seule à la traite ce soir. Je peux me débrouiller.

– Pas question de t'abandonner. Je viens avec toi. Et le contact avec nos copines les vaches me fait du bien.

– Tu as rêvé de quoi ?

– Je ne m'en souviens plus.

Nous enfourchons nos vélos et partons en direction de la ferme. C'est vrai que le rythme est soutenu ici. Je n'ai jamais été aussi crevée de toute ma vie. Et jamais si bien dormi. Le soir, après la douche et le repas, en général, on s'écroule sans même avoir pris le temps de faire l'amour. On s'est promis de se rattraper vendredi lors de notre premier jour de congé.

Nous frappons dans nos mains pour appeler nos vaches. Comme d'habitude, elles réagissent assez vite, sauf Perlette et Pierrette qui se détournent ostensiblement et continuent à manger. Alors que les autres se rapprochent, elles font même quelques pas dans la direction opposée. Pendant que Léonor accueille les premières arrivées, je vais négocier avec les deux rebelles. Elles me jettent un regard indifférent jusqu'à ce que je les appelle par leurs délicieux prénoms et que je les encourage un peu. La plupart du temps, ça suffit à les convaincre. Dans le cas contraire, Jean-Yves envoie son chien, Grizzly, en renfort. Bébé, la petite boule noire qu'il était ressemblait à un ourson. Depuis quelques jours, ce n'est plus nécessaire. Elles me reconnaissent et m'obéissent. En retraversant le champ, je sens vibrer mon téléphone. Ce n'est pas l'horaire de mes parents ou de Nangaï, qui connaissent notre emploi du temps. C'est Jennifer :

– Allô, Tess, tu vas bien ? Léonor est près de toi ?

– Non, elle est dans l'étable. Elle aide à la traite.

– Tant mieux.

– Pourquoi ? Qu'est-ce qu'il y a, Jennifer ? je demande, inquiète de cette entrée en matière.

– J'ai une information potentiellement préoccupante qui pourrait concerner Léonor.

Je sens monter des bouffées de chaleur. Je m'arrête net. Pierrette et Perlette en profitent pour arracher quelques touffes d'herbe bien grasse.

– Voilà. Depuis ce matin, nous recevons des coups de fil de plusieurs jeunes faisant partie des disparus qui sont revenus. Ils nous tiennent des propos étranges. A priori, ils n'ont pas communiqué entre eux, pourtant ils parlent tous, je te cite leurs mots exacts, d'un « rendez-vous prochain dans le volcan pour le grand départ ». Quand je leur demande des précisions, ils sont incapables d'en dire davantage. Une... voix s'adresserait à eux en leur martelant qu'ils n'ont d'autre choix que d'obéir. Certains sont très angoissés et me demandent de l'aide.

– Léonor ne m'a rien évoqué de ce genre.

Une boule d'angoisse grossit dans mon ventre. Peut-être que mon amoureuse a voulu me ménager, mais qu'elle a reçu le même message dans son rêve la nuit dernière. Cela expliquerait qu'elle paraisse si triste depuis ce matin.

– Mais ? demande-t-elle comme si je n'avais pas été au bout de ma phrase.

– Rien, je t'assure, dis-je en essayant de me convaincre.

– D'accord. J'avais cru. Si tu constates quelque chose, rappelle-moi. Peut-être qu'il n'arrivera rien à Léonor et que je t'inquiète sans raison. Essaie tout de même de discuter avec elle. Vérifie qu'elle ne te cache rien et surtout surveille-la. Je te laisse. Je te rappelle dès que j'ai du nouveau. Et toi, fais pareil en cas de besoin. Je ne couperai pas mon téléphone.

J'abandonne mes deux camarades à cornes et me précipite dans le bâtiment. Léonor se retourne vivement quand elle me voit arriver en courant. Elle m'ouvre ses bras et j'éclate en sanglots. Ma copine résiste quelques secondes avant de craquer à son tour.

2
LE GRAND DÉPART

5 MARS, 18 H 35

AUTOUR DE DIX MILLE, RIEN QU'EN FRANCE. On parle d'un million à l'échelle de la planète. Dans les médias, on les a appelés les *Disparus du quatre juillet*. Mais ces chiffres ne disent rien du malheur que représente leur disparition. Il faudrait nommer toutes les victimes par leur prénom, voir leur photo et entendre leur voix pour se rendre compte concrètement de qui sont ces personnes individuellement. Il faudrait aussi que la population ait conscience du cataclysme que ce drame provoque dans les familles et l'entourage de ces jeunes, les visages marqués par le chagrin, la quantité de larmes versées, la colère et le désespoir qui déforment les corps et les esprits. Plusieurs sites créés par des proches entretiennent la mémoire des victimes et accueillent des témoignages. Sur certains d'entre eux, des pages sont consacrées à Léonor, dont certaines animées par les filles, et à Camélia, la sœur de Samantha.

Jusqu'à il y a peu, j'étais complètement incapable de m'y rendre. Désormais, je suis connectée en permanence. En fait, je n'étais plus capable de rien. Après la disparition de Léonor, j'ai sombré dans une profonde dépression pendant des mois. Je suis restée chez ma grand-mère qui a été super. La proximité des animaux m'apaise, et le travail physique m'empêche de trop cogiter et m'épuise suffisamment pour que je puisse trouver un peu de sommeil chaque nuit et un peu d'appétit dans la journée. Je prépare mon bac par correspondance. Ce sont mes parents qui m'ont inscrite, lorsqu'ils ont compris que je ne serais pas en capacité de faire la rentrée. Je m'y suis mise fin novembre quand les activités à la ferme se sont réduites avec l'arrivée de l'hiver. Ils sont venus me voir chaque week-end, même quand je ne voulais pas parler, souvent avec Nangaï dans les bras de laquelle j'ai beaucoup pleuré. Je me suis beaucoup rapprochée de ma mère, qui comprenait ce que je traversais et savait mieux que les autres ce qui pouvait m'apporter du réconfort : ses petits gâteaux à la noix de coco, ses recueils de poésie, nos balades silencieuses dans les bois...

Je me suis repassé mille fois le film des dernières heures passées auprès de Léonor, en me reprochant sans cesse de ne pas avoir été à la hauteur. La veille de sa disparition, tandis que nous rentrions chez Mamie après le coup de fil de Jennifer, j'ai essayé de la faire parler, mais elle se contentait de répéter :

– Je vais revenir, Tess. Je te jure que je vais revenir.

À chaque fois que j'essayais de lui extorquer des précisions sur sa destination ou que je la suppliais de rester, elle demeurait silencieuse et me serrait contre elle. Au bout de quelques heures, j'ai renoncé à parler à mon tour et je me suis juste cramponnée à elle pour l'empêcher de me quitter, ou l'obliger à m'emmener avec elle. Quand je me suis réveillée, elle n'était plus là. Le sommeil m'avait rattrapée et elle en avait profité pour disparaître. Elle a laissé presque toutes ses affaires. Elle a seulement emporté un petit sac à dos avec sa gourde, ses papiers d'identité, son argent et son portable. J'ai alors tout raconté à Mamie qui depuis la veille s'inquiétait de nous voir si malheureuses, mais s'était gardée d'intervenir dans ce qu'elle croyait être « nos affaires de cœur ». Nous avons essayé d'appeler Léonor mais nous sommes systématiquement tombées sur son répondeur. J'ai joint Jennifer pour lui demander si elle était parvenue à localiser le « volcan du rendez-vous » qu'elle avait évoqué la veille au téléphone, et si la police allait pouvoir intervenir pour arrêter le futur départ qui s'annonçait. Elle ne disposait d'aucun élément nouveau sur le sujet. Elle m'a dit qu'elle s'attendait à un phénomène massif cctte fois-ci parce que les signalements pour disparitions préoccupantes affluaient par centaines ces dernières heures. Elle enrageait de se sentir totalement impuissante à empêcher ce qui s'annonçait. Elle a ajouté d'une voix blanche, avant de raccrocher :

– Garde espoir, Tess. La dernière fois, ils sont vite revenus.

Mais je ne croyais pas à une issue aussi rapide. J'avais vu dans le regard de Léonor un immense désespoir, comme si elle pressentait que cette fois-ci, ce serait sans doute définitif. Où est-elle ? Que lui fait-on subir ? Ces questions me déchirent le cœur.

Aujourd'hui, ça fait deux cent quarante-quatre jours qu'elle est partie. Depuis quelques semaines, je lis tout ce qu'on peut trouver sur ces disparitions massives. Au début, les journaux en ont fait les gros titres. Ils ont ouvert leurs pages aux spécialistes, surtout des statisticiens, qui ont cherché à relativiser les chiffres et à les minimiser. Il y a, d'après eux, à peu près quarante mille personnes qui disparaissent chaque année en France. Dans leur immense majorité, elles le font volontairement. Sur ce nombre, à peu près les deux tiers sont retrouvés dans les semaines ou les mois qui suivent. Selon eux, ce sera donc le cas pour la plupart des Disparus du quatre juillet. *À* ce moment-là, on en saura davantage sur leurs motivations. Le gouvernement français, comme les autres dans le reste du monde, a beaucoup relayé ces analyses plutôt rassurantes parce qu'il y voyait un moyen de calmer l'émotion de la population. Depuis, des manifestations régulières sont organisées dans toutes les villes du pays pour qu'on n'oublie pas ces jeunes et que la police continue à enquêter.

Pour expliquer la singularité de ces disparitions massives, une hypothèse très suivie a circulé à propos d'un roman de science-fiction qui a rencontré un important succès chez les adolescents il y a quelques années. Je n'en avais, pour ma part, jamais entendu parler. Ce livre, intitulé *Le Grand Départ*, est d'abord paru aux États-Unis sous la plume d'une certaine J. J. Archibald. Il raconte le destin de jeunes adultes déçus de la vie sur Terre et en révolte « contre les générations précédentes qui ont sacrifié la Nature sur l'autel du capitalisme triomphant ». Ils répondent alors à un appel d'extraterrestres bienveillants et partent habiter sur une planète lointaine et mystérieuse. L'aventure s'avérera enthousiasmante et pleine de rebondissements. Le détail qui a fait réagir ceux qui cherchent à éclaircir le mystère, c'est que les rendez-vous pour se faire téléporter dans le cosmos ont lieu dans des endroits sauvages et désertiques, justement au début du mois de juillet. Des psychologues ont évoqué la possibilité que les jeunes aient pu prendre l'intrigue du livre au sérieux et voulu rejouer la scène du rendez-vous, peut-être dans l'espoir de provoquer une rencontre avec des êtres venus de l'espace. Comme, évidemment, il ne se serait rien passé, déçus, ils auraient choisi de ne pas revenir à leur vie normale, soit en se suicidant dans un lieu encore introuvable, soit en changeant d'environnement et d'identité. Le fait que l'on ait trouvé *Le Grand Départ* chez des milliers de disparus à travers le monde a semblé un temps accréditer cette thèse.

Parallèlement, sur les réseaux sociaux, sont ressortis les scénarios déjà évoqués lors de l'affaire des basketteurs, des théories complotistes dans lesquelles seraient mêlées des puissances politiques et financières. D'autres ont évoqué les recherches transhumanistes des géants de l'Internet. Ces dérèglements puis ces enlèvements seraient les éléments d'un chantage avec des autorités élues de la planète. Enfin, des croyants exaltés expliquaient la disparition des jeunes comme « une offrande, un sacrifice au Créateur pour laver les péchés des hommes ».

En fait, toutes ces hypothèses ne reposaient sur rien de vraiment concret.

Depuis quelques jours, je me réveille avec l'envie d'agir. Disons plutôt que je ne supporte plus d'attendre sans rien faire. Et ce matin, je me suis promis d'appeler Jennifer. J'espère qu'elle ne me reprochera pas d'avoir ignoré ses dizaines d'appels depuis plus de huit mois. Je sais qu'elle a pris plusieurs fois de mes nouvelles auprès de ma grand-mère.

Devant mon téléphone, j'hésite. Qu'est-ce que je vais lui dire ? Je prépare mentalement un message à lui laisser si je tombe sur son répondeur. Je compose le numéro. Au bout de trois sonneries, elle décroche. Sa voix semble un peu trop enjouée :

– Tess, quelle bonne surprise ! Je pense souvent à toi.

– Bonjour, Jennifer. Je m'excuse de ne pas...

– Laisse tomber. Je sais ce que tu traverses. Chacun gère ses épreuves à sa façon et je n'ai pas à te juger. Si tu m'as appelée, j'imagine que c'est parce que tu vas moins mal... On pourrait peut-être se voir ?

– Oui.

– En attendant, tu veux que je te parle de l'avancée de l'enquête ?

– Je veux bien.

– On a localisé le volcan du rendez-vous dès le lendemain de la disparition. Il est situé vers Clermont-Ferrand, dans la chaîne des Puys. La piste des jeunes semble s'arrêter dans cette zone. Certains avancent l'hypothèse d'une évacuation en hélico. Mais ça paraît hautement improbable. Il en aurait fallu des centaines et ils ne seraient pas passés inaperçus. D'autres cherchent un passage souterrain à proximité. On a installé des caméras dans toute la zone pour repérer tout mouvement. En fait, on espère que les disparus réapparaîtront à l'endroit précis où ils ont été vus la dernière fois, comme c'était le cas en mai et juin de l'année dernière. Je dois retourner sur les lieux bientôt. Ça t'intéresserait de m'accompagner ?

– Bien sûr. Il faut que je voie avec mes parents.

– J'y vais dans une semaine. Tu as le temps de leur en parler.

13 MARS, 8 H 20

JE SUIS À LA GARE DE BERCY, AVEC UNE HEURE D'AVANCE. Le numéro de quai de mon train n'est pas encore annoncé. J'ai dormi chez mes parents hier soir. Ça m'a fait du bien de retrouver ma chambre et d'enfiler d'autres vêtements que ceux que j'ai usés jusqu'à la corde en travaillant dans les champs. J'avais l'impression que ça faisait très longtemps que j'étais partie. Nangaï est passée me voir.

– Il faudrait que tu reviennes, m'a-t-elle dit. Tu me manques et nous avons besoin l'une de l'autre. Hugo ne me suffit pas.

Je n'ai rien voulu promettre mais je crois qu'elle a doublement raison. J'ai besoin d'elle et j'ai envie de me réinstaller chez moi, de passer du temps avec mes parents avec lesquels je me sens beaucoup mieux. Je ne lui ai rien dit pour ne pas la décevoir au cas où je changerais d'avis. Tout va dépendre de mon état au retour du voyage avec Jennifer. J'ai peur que ça ne me replonge dans mon chagrin, que ça ne réveille mes blessures.

Je prends conscience que je me trouve dans un lieu où Léonor est probablement passée le jour de sa disparition. Elle s'est peut-être assise là où je suis, a regardé la même devanture de magasin, a surveillé la même pendule. Ils devaient être nombreux à prendre le même train et ne sont pas passés inaperçus dans une gare si petite. Mes yeux se posent sur une caméra de surveillance fixée sur un poteau à une dizaine de mètres. S'ils ont gardé les bandes du 4 juillet, peut-être y aperçoit-on Léonor... Dans quel état était-elle ? Pensait-elle à moi ?

La main de Jennifer se pose doucement sur mon épaule. Nous nous faisons la bise et je la suis vers les quais.

– Tu as pris un petit déjeuner ? Il n'y a que de la vente ambulante à bord.

– Ça ira, dis-je.

– Tu as maigri, on dirait.

– Ma mère dit ça aussi. Je ne sais pas.

Dans le train, je lui demande si elle a visionné les enregistrements du 4 juillet des caméras de surveillance de la gare.

– Oui. On a pu faire des recoupements avec les signalements de disparus. Nous n'y avons pas repéré Léonor qui s'est rendue au rendez-vous en voiture. Nous avons retrouvé ses coordonnées sur un site de covoiturage.

– Mais elle avait rendez-vous où ?!

– À Nogent-le-Rotrou, devant la gare. La voiture venait de Bretagne.

– Qu'est-ce qu'on pouvait lire sur les visages de ces jeunes avant qu'ils ne montent dans le train ? Est-ce qu'ils avaient l'air tristes, angoissés ?

– Ils ne montraient aucune émotion. On remarque aussi qu'aucun n'essayait de rentrer en contact avec un autre. Chacun se déplaçait, indifférent à ceux ou celles qui l'entouraient.

– Comme des robots, c'est ça ?

– Oui. Tu voudrais voir des images ? J'en ai dans mon ordi.

Elle descend son sac, déballe son matériel et ouvre un premier fichier. Comme Léonor, ce jour-là, ils voyageaient tous très léger. Jamais on n'aurait pu imaginer qu'ils partaient si longtemps. Peut-être qu'eux-mêmes l'ignoraient.

– Et aucun n'utilise son téléphone, dis-je. Celui de Léonor semblait coupé.

13 MARS, 14 H 31

NOUS NOUS TROUVONS DANS LA SALLE D'ATTENTE DU CHU DE CLERMONT, DEVANT LE CABINET DU PROFESSEUR LEBRAS, SPÉCIALISTE DU CERVEAU. Pendant le repas, vite avalé dans une brasserie bio près de la gare, Jennifer m'a expliqué qu'elle souhaitait l'interroger à propos d'un certain Louis. Ce jeune homme aurait dû disparaître le 4 juillet, en même temps que les autres, mais il a été victime d'un accident de la circulation en sortant de Clermont. Il est resté en observation plusieurs jours ici avant de repartir chez lui, à Lille.

Alors que nous braquons nos regards vers la porte en attendant qu'elle s'ouvre, une femme d'une quarantaine d'années surgit derrière nous. Ses longs cheveux bruns sont détachés et sa blouse blanche s'ouvre sur un tee-shirt gris. Elle impressionne par sa très grande taille. Elle nous aborde sans perdre de temps, avec un sourire poli.

– Mesdames, bonjour. Je n'ai malheureusement que peu de temps à vous accorder. Avec la baisse du trafic routier, on aurait pu s'attendre à une diminution des accidents et des traumas crâniens, mais il n'en est rien. Les conducteurs se croient seuls au monde et roulent hélas encore plus vite qu'avant.

– Je vous remercie de nous recevoir, professeur. Je ne vais pas vous retenir très longtemps.

Nous pénétrons dans le cabinet de consultation décoré avec des dessins d'enfants et des photos de plages. Nous

nous asseyons en face d'elle. Elle commence d'une voix posée :

– Suite à votre coup de téléphone, j'ai ressorti le dossier de Louis Duparc. La radiographie ne montrait rien de préoccupant au niveau de la structure osseuse. Sa perte de connaissance avait été brève. Pourtant mon collègue qui l'a pris en charge ce jour-là, le docteur Benayed, a noté que l'attitude du patient était préoccupante. Il était très agité, tenait des propos incohérents, les répétait de manière obsessionnelle, menaçait les soignants s'ils l'empêchaient de se rendre, je cite, « au rendez-vous dans le volcan ». Bref. Le choix a évidemment été fait de le mettre sous calmants. Sa famille a confirmé qu'à leur connaissance, Louis n'avait jamais manifesté de tels troubles d'ordre psychique jusqu'alors. Mon collègue a décidé de creuser en le soumettant à une IRM cérébrale, un électroencéphalogramme et une tomographie. En fait, ce sont divers examens poussés d'imagerie médicale. Tout cela pour vérifier si une zone de son cerveau n'avait pas été affectée par le choc de l'accident. Son diagnostic était rassurant, en clair rien de grave. Pourtant, le docteur Benayed a noté dans son rapport une activité cérébrale qui pourrait faire penser que Louis était sous hypnose lors de son arrivée dans notre service. Il est bien évidemment resté sédaté pour la nuit, et le lendemain son comportement était redevenu tout à fait normal, le discours était cohérent mais il n'avait aucun souvenir de l'accident de la veille ni de « son rendez-vous ». On l'a gardé dans le service quarante-huit heures par précaution. Puis sa famille a pu le ramener chez lui.

– Sous hypnose ? Un choc peut provoquer ce genre d'activité cérébrale ?

– Non. Pas à ma connaissance. Mais je ne suis pas spécialiste de cette pratique.

– Votre collègue, déclare Jennifer, a peut-être remarqué que Louis avait une cicatrice récente derrière l'oreille droite ?

– Il n'en a pas fait mention. Pourquoi me parlez-vous de cela ?

– Est-il possible... qu'on lui ait injecté un produit pour modifier le fonctionnement de son cerveau ?

La femme médecin contemple Jennifer d'un air perplexe. Elle réfléchit avant de reprendre :

– Je n'ai jamais entendu parler d'un produit capable de mettre un patient sous hypnose. Cela passe plutôt par la parole. Et cette cicatrice était récente ?

– Louis l'évalue à une quinzaine de jours avant son accident, je dirais.

– Vous suggérez que le produit serait resté inerte pendant deux semaines pour brusquement s'activer ce jour-là ? Je crois que vos conjectures vous emmènent un peu loin !

– Je cherche, professeur, déclare Jennifer d'un ton très ferme, parce qu'elle vient d'apercevoir un sourire amusé sur le visage de son interlocutrice. Je préfère évoquer toutes les hypothèses, quitte à me couvrir de ridicule. Je veux comprendre et retrouver ces jeunes disparus. Pour moi, c'est la seule chose qui compte !

– Bien sûr, admet le professeur Lebras. Mais je crois que je ne peux malheureusement pas vous aider davantage.

– Si j'avais pu m'entretenir directement avec le docteur Benayed...

– Je m'étonne que le secrétariat ne vous ait rien dit. Mon collègue a démissionné il y a quelques mois pour s'installer aux États-Unis. Depuis, nous n'avons pas de nouvelles. Je ne suis pas sûre qu'il aurait pu vous en dire davantage. Je suis désolée.

Lorsque nous ressortons de l'hôpital, je sens bien que Jennifer est très déçue. Nous n'avons glané qu'un élément nouveau, et encore, il semble hypothétique. Louis était peut-être sous hypnose. Si c'était le cas des autres disparus, cela expliquerait leur visage impassible et leur attitude « robotique » sur les images de vidéosurveillance. Je suis admirative de l'acharnement dont mon amie fait preuve. Si sa hiérarchie lui en donne le temps et les moyens, elle finira par trouver, j'en suis persuadée. En tout cas, je suis certaine qu'elle envisagera toutes les pistes possibles et imaginables avant de renoncer.

Avant de rentrer, nous nous promenons un peu au hasard de la ville et visitons même la cathédrale tout en pierre de lave noirâtre. Jennifer ne parle pas, totalement absorbée par ses pensées. Des images me viennent devant les vitraux : celles de longues files de jeunes adultes suivant un mystérieux appel qui les attire vers le creux d'un volcan. Bien sûr, c'est le conte du joueur de flûte de Hamelin qui s'impose à moi, ce musicien qui entraîne les enfants de la ville vers la mort pour se venger de la méchanceté des adultes. J'ai toujours été révoltée par cette histoire de jeunes innocents qui paient pour les fautes de leurs parents. Petite, j'avais barbouillé au feutre les pages du recueil dans lequel elle était racontée.

14 MARS, 9 H 30

LE SOIR, NOUS AVONS DÎNÉ DANS UNE PIZZERIA DOTÉE D'UN FOUR À BOIS. Jennifer m'a précisé qu'il s'agissait d'une précaution : Clermont, comme beaucoup d'autres villes, ne peut plus compter sur sa centrale thermique et subit de fréquentes pannes de courant. Je lui fais remarquer que ma campagne n'est pas épargnée par ce problème. Depuis quelque temps, ma grand-mère et moi sommes habituées à dîner aux bougies. Mamie prétend que leur douce lumière embellit nos visages.

– Après tout, c'est une question d'habitude. Et puis grâce à ça, l'air que nous respirons est plus pur.

– Oui, cette crise a aussi de bons côtés. Les fondateurs de *Planet Reboot* le répètent depuis le début. Il paraît que les gens se donnent encore plus de rendez-vous physiques qu'après le Covid, à cause des réseaux qui sont parfois en panne. C'est le retour à la vraie vie, non ?

– En ce qui me concerne, reprend Jennifer, le fait de ne pas connaître avec certitude les causes des pénuries, des disparitions de matières premières ou de divers produits m'angoisse. Et comment ne pas penser que la disparition des jeunes le 4 juillet ne participe pas à un plan plus vaste que, pour l'instant, nous n'arrivons pas à cerner ?

– Je crois aussi que tout est lié, le meilleur comme le pire.

En rentrant à l'hôtel, nous avons fait chauffer la bouilloire de ma chambre pour prendre une infusion. J'ose enfin lui poser une question qui me tournait dans la tête depuis très longtemps.

– Tu as des enfants, Jennifer ?

– Non. Je n'ai pas le temps d'avoir de vie personnelle. Je ne pense qu'au boulot, surtout depuis que ces phénomènes exceptionnels ont commencé et qu'on m'a donné pour mission de les élucider.

– Tu as quel âge ?

– Tess ?... C'est un interrogatoire de police ? sourit-elle.

– Tu savais tout de moi bien avant de me rencontrer. Mais ce n'est pas mon cas.

– J'ai presque trente-six ans. Ça va bientôt être un peu tard pour envisager de fonder une famille. Mais pour être honnête, je ne suis pas certaine d'avoir envie de mettre au monde des enfants dans le monde où nous vivons. C'est trop de responsabilités. Et puis, j'ai parlé avec tellement de parents en pleurs ces derniers mois... j'imagine trop bien dans quelles souffrances ils se trouvent.

Ce matin, nous allons faire la randonnée qui nous mènera au sommet du Puy Pariou, l'endroit où les jeunes ont disparu. Jennifer a loué une voiture pour effectuer les quinze kilomètres qui séparent Clermont du parking des Goules, situé au pied du volcan. Ensuite, l'ascension durera environ deux heures. Jennifer m'explique que les disparus qui ont pris le train ont emprunté le chemin de rando qui suit l'ancienne voie romaine sur plus de dix kilomètres. Pour atteindre le cratère, on évalue ce temps de marche à plus de cinq heures. Ce long cortège de jeunes silencieux a bien intrigué les autres marcheurs, mais pas au point d'en avertir la police. Après tout, c'était le début des vacances et les volcans sont un but de promenade prisé.

Je m'étonne qu'en pleine semaine et en hiver, il y ait autant de voitures sur le parking. Surtout qu'aujourd'hui la brume a envahi les sommets. Nous progressons sur un chemin forestier assez large. Je ne peux m'empêcher de penser que je marche dans les pas de Léonor et des milliers de filles et de garçons qui l'accompagnaient ce jour-là. À quoi pensait-elle au milieu de ce flot qui l'entraînait vers l'inconnu... pensait-elle un peu à moi ?

À peine avons-nous quitté le couvert des arbres que nous apercevons le haut du volcan et le cratère. Le lieu, cerné par les nuages, est fascinant. Une cinquantaine de personnes sont sur place et discutent par petits groupes. Elles ne se comportent pas comme des touristes. Elles sont très discrètes, ne font pas de photos du paysage ni de selfies. Certaines se tiennent la main et semblent prier.

– Deux cents mètres de diamètre et quatre-vingt-dix de profondeur, annonce Jennifer. Je les imagine assis serrés les uns à côté des autres comme dans un amphithéâtre bondé au milieu de nulle part.

– Que viennent faire ces gens ici, un jour où le panorama est complètement bouché ?

– La même chose que nous, Tess. Ce sont des proches de disparus qui viennent sur les lieux où est passé leur être cher.

Nous descendons dans le fond du cratère par un escalier. L'atmosphère y est étrange. Les sons semblent étouffés. On se sent à l'abri, protégé du vent et du reste du monde. L'herbe est grasse. Je m'imagine en plein été y dormir sous un ciel étoilé.

– Mais j'y pense, dis-je. Le Pariou est très célèbre. On en voit des images dans tous les livres sur l'Auvergne et même dans les pubs. Il devait y avoir des touristes en même temps que tous ces jeunes ?

– La police les a interrogés les jours suivants, explique Jennifer. Les derniers estivants ont quitté le cratère vers 22 heures. Léonor et les autres sont arrivés sur les lieux à la nuit tombée. Ils ont croisé quelques touristes qui redescendaient.

Le visage d'un homme jeune attire mon regard. J'ai l'impression de l'avoir déjà rencontré mais je ne me rappelle pas où. Peut-être un militant croisé lors d'une manifestation pour *Planet Reboot* ou lors du week-end de Pentecôte ? Non, ça y est ! L'image me revient : il souriait, il était beau et embrassait passionnément une fille au teint de porcelaine... dans un RER, un soir où j'avais pensé que Léonor m'embrasserait enfin. A-t-il perdu son amoureuse, lui aussi ? Il doit se sentir observé parce qu'il se tourne vers moi, l'air interrogatif, et se détache du couple de cinquantenaires qui l'accompagne pour se diriger vers nous.

– On se connaît ? demande-t-il.

– Pas vraiment, dis-je, hésitant à me lancer.

– C'est-à-dire ? insiste-t-il en esquissant un sourire.

– On s'est croisés dans le RER A un soir il y a longtemps. Tu étais avec une fille rousse.

– Ça me revient, admet-il, l'air triste, Juliette, ma... disparue, avait plaisanté en quittant la rame. Elle avait dit que tu nous espionnais, planquée derrière un livre de Flaubert, que tu faisais, en nous matant, ton « éducation sentimentale ». Et toi, t'es là pour...

– Léonor. C'est... mon amoureuse.

En prononçant cette phrase, je sens les larmes monter. Il me touche doucement l'épaule avant de m'ouvrir les bras. Cette étreinte me fait du bien immédiatement. Puis, après quelques secondes, sentant peser sur nous les regards de notre entourage, nous nous détachons l'un de l'autre en même temps.

– Merci, dis-je. Je m'appelle Tess.

– De rien, Tess. Moi, c'est Sinan.

Je retrouve Jennifer qui s'était un peu écartée. Nous remontons le large escalier sans rien dire. J'entends le couple lui demander :

– C'est qui, cette jeune fille ? Tu la connais ?

14 MARS, 13 H 10

EN ENTAMANT LA DESCENTE, JENNIFER M'EXPLIQUE QUE LA ZONE A ÉTÉ PASSÉE AU PEIGNE FIN DÈS LE 5 JUILLET. Les chemins de randonnée des environs ont été explorés à la recherche de la moindre trace. Si les jeunes étaient redescendus à Clermont ou Orcine, des gens les auraient automatiquement remarqués. Et où seraient-ils allés ensuite ? La théorie qui propose qu'ils aient tous choisi de rompre avec leur vie d'avant ne la convainc pas une seconde.

– Ils ont des profils et des histoires trop différentes pour faire un choix commun aussi radical, explique-t-elle. Il me paraît évident qu'ils ont été enlevés, comme la première fois, par... les mêmes mais pour une durée plus longue.

– Par qui ? Tu l'as dit toi-même, une évacuation par voie terrestre ou aérienne n'aurait pas pu passer inaperçue.

– Mon hypothèse est des plus improbables, mais comme l'avait énoncé Conan Doyle : « Quand vous avez éliminé l'impossible, ce qui reste, si improbable soit-il, est nécessairement la vérité. » Tous ceux qui s'intéressent sérieusement au problème parviennent à la même conclusion.

Elle se tait et se mord les lèvres. Visiblement, elle hésite à continuer. Je dirais même qu'elle rougit.

– Vas-y, dis-je pour l'encourager.

– Attends-toi à être choquée, Tess. Je ne vois que la piste d'êtres utilisant des technologies inconnues, donc des... des extraterrestres.

Je ne souris pas parce que je connais la rigueur de Jennifer et je sais ce que ça lui coûte de prononcer de telles paroles. De mon côté, j'essaie de lutter contre cette explication depuis le début des phénomènes, mais à chaque fois, elle revient comme une évidence. Les situations que nous vivons ces derniers temps nous dépassent, nous autres humains, avec notre savoir et nos capacités limités. Je n'ai jamais osé l'énoncer devant quiconque parce que les gens qui croient aux ovnis et aux petits hommes verts sont considérés comme des débiles. Combien de fois me suis-je dit que ce que je vivais ces derniers mois relevait de la science-fiction ? Je repense aussi aux théories exposées par Enzo à Limoges. Avant de me ranger à son opinion, je lui oppose les arguments classiques de la science traditionnelle :

– Mais tu le sais, les scientifiques n'admettent pas cette possibilité. Ils sont fidèles au Paradoxe de Fermi qui disait que si des civilisations extraterrestres existaient, elles nous auraient déjà visités.

– D'autres scientifiques, très minoritaires, je te l'accorde, mais tout aussi sérieux et respectés, ont avancé que les extraterrestres existent et nous rendent visite, mais d'une manière indétectable par nos moyens techniques actuels.

L'hypothèse expliquerait tout. Je lui demande :

– Et tu as trouvé le courage d'exposer cette idée à tes chefs ?

– Oui.

– Ils ont réagi comment ?

– J'ai été convoquée devant plusieurs responsables de la police et de la sécurité nationale. Ils m'ont tenu des propos très violents, me reprochant de dilapider les finances publiques pour une enquête des plus fantaisistes. L'un d'eux s'est même inquiété de ma santé mentale. J'ai la conviction qu'ils refusent cette théoric parce qu'elle les confronte aux limites de leurs pouvoirs.

– Mais eux, quelle théorie globale proposent-ils ?

– Aucune. Les autorités refusent de reconnaître que les phénomènes sont liés entre eux. Alors que c'est une évidence pour tous ceux qui travaillent sur le dossier. D'abord parce qu'ils sont apparus pratiquement en même temps mais aussi parce qu'on a retrouvé des traces du sédatif inconnu sur des lieux d'enlèvements, de cambriolages d'usines chimiques, de mines à l'arrêt, de plateformes pétrolières rendues inopérantes, et j'en passe. C'est comme une signature. Mais les autorités partout dans le monde cherchent une explication à chaque phénomène : des écolos geeks attaqueraient les élevages intensifs et les installations agroalimentaires sans se faire repérer, la Nature aurait subitement libéré une bactérie jusqu'ici inconnue qui aurait dégradé le pétrole, les océans se débarrasseraient de leurs particules de plastique grâce à un nouvel effet de courant généré par le changement climatique, un million de jeunes gens à travers le monde auraient choisi de fuguer le même jour parce qu'ils étaient fans du même roman !

– Pourquoi cet aveuglement ?

– La vérité leur fait peur. Comment pourraient-ils l'annoncer à la population ? Tu imagines le Secrétaire général de l'ONU annoncer que des aliens sont en train d'interagir avec notre planète sans que nous puissions nous défendre ? Alors, en attendant bêtement que les phénomènes s'arrêtent d'eux-mêmes, ils essaient de se montrer rassurants.

– Et qu'est-ce qu'il va se passer pour toi si tu as perdu la confiance de ta hiérarchie ?

– Ils m'ont demandé de clore l'enquête au plus vite, de leur livrer toutes les preuves collectées et de ne partager avec personne le fruit de mes recherches. À partir de lundi, je vais être affectée dans un nouveau service. C'est pour ça que je tenais tellement à mener mes dernières investigations avec toi. Parce que c'est toi qui m'as mise sur la trace de l'odeur chimique, une des clefs de cette affaire. J'espérais que tu aurais une nouvelle intuition.

Je suis catastrophée d'apprendre que les autorités vont l'obliger à arrêter son enquête. Vers qui vais-je pouvoir me tourner ? Et qui va continuer à s'intéresser sérieusement au sort de Léonor et des disparus du 4 juillet ? Elle doit lire mon inquiétude sur mon visage, parce qu'elle ajoute :

– Officiellement, je vais me conformer aux ordres, mais officieusement, je vais continuer à suivre les avancées de mes collègues à qui on n'a pas encore coupé les ressources. Et j'explorerai, discrètement, toutes les pistes qui se présenteront.

– Pour moi, il y a un grand mystère dont on ne parle jamais. Comment explique-t-on que les hommes prennent si bien, ou pas trop mal, tous ces changements qui bouleversent leur vie ?

– Il existe une hypothèse autour de l'eau. Avec la raréfaction du plastique, tout le monde s'est remis à l'eau du robinet. Or des analyses ont montré des traces infimes d'un produit chimique inconnu à ce jour dans les circuits de distribution d'eau potable à travers le monde. Les études semblent mettre en évidence qu'il agirait sur le cerveau, facilitant la libération d'ocytocine, l'hormone du lien, de la confiance et de la sécurité. Par contre, les effets sont moindres quand on fait bouillir l'eau pour prendre des infusions par exemple.

Je souris parce que je me rappelle qu'on avait émis une idée un peu semblable un soir d'été, Léonor et moi, quand on avait trouvé les Parisiens tellement calmes et souriants. Je songe aux éleveurs bretons qui ne peuvent pas toujours consommer telle quelle l'eau du robinet. Je repense à ma dépression et lui fais remarquer :

– Ce produit n'a pas eu un grand effet sur moi. Est-ce que j'y serais aussi insensible qu'au soporifique qui est diffusé lors de leurs opérations secrètes ?

– On peut l'imaginer, répond Jennifer.

Mais tout ça ne me dit pas où a disparu mon amour. Pourquoi je n'ai plus de visions ? Pourquoi la murène ne vient plus ? Si je la croise à nouveau, celle-là, je lui demanderai une seule chose : qu'elle me rende ma Léonor.

16 MARS, 20 H 40

QUAND JE FAIS PART À JEAN-YVES DE MON INTENTION DE RETOURNER VIVRE CHEZ MES PARENTS, IL N'EST PAS DU TOUT SURPRIS NI DÉÇU, COMME JE LE CRAIGNAIS.

– Il était temps que tu reprennes une vie normale, princesse.

– Je reviendrai mi-avril pour les semis. J'aime bien être ici. Et puis j'ai hâte de voir ton exploitation se transformer.

Nous avons en effet passé tout l'hiver à étudier les pratiques de permaculture sur des vidéos et dans des livres. Le bilan de la production de l'année dernière s'était avéré décevant et Jean-Yves a eu envie d'innover pour être plus rentable. Les carburants sont de nouveau disponibles mais en très faible quantité, car le raffinage des produits pétroliers est plus long et plus coûteux. Mon ami a décidé de faire son « virage écolo » en vendant une partie de ses terres et de ses machines. L'analyse de son sol a montré que s'il avait été épuisé par les engrais et les pesticides, il demeurait curieusement propre. Est-ce encore une action des extraterrestres ? Ces derniers jours, nous avons recouvert les futures parcelles de culture de bâches épaisses sous lesquelles la végétation va doucement se décomposer et nourrir le sol. Nous utiliserons le fumier des bêtes et du compost comme seuls engrais.

Je fais un dernier tour de l'exploitation avant mon départ.

– Depuis que ma famille est installée sur ces terres, m'explique Jean-Yves, la ferme n'a cessé de s'agrandir et de se mécaniser. Je suis le premier à faire la démarche inverse. J'espère que je ne me trompe pas...

– C'est l'avenir, lui dis-je, l'agriculture avait atteint ses limites et les paysans étaient, pour la plupart, malheureux, endettés, parfois intoxiqués par les produits chimiques. Tu n'as rien à regretter.

– Je me demande quand même ce que mes ancêtres penseraient de moi.

– Ils comprendraient et te trouveraient très courageux.

Je passe une dernière soirée avec ma grand-mère. Je me sens encore plus proche d'elle qu'avant. Nous nous sommes beaucoup soutenues. Nous traversions une épreuve un peu semblable : affronter l'absence de la personne qui comptait le plus pour nous, pour elle, Agathe, et pour moi, Léonor. Je m'accroche à l'espoir que mon amoureuse réapparaîtra bientôt. Qu'au moins j'aie de ses nouvelles, que je la sache en vie et en bonne santé.

Mon portable vibre lorsque je suis seule dans ma chambre, occupée à réunir quelques affaires. C'est la mère de Léonor.

– Bonsoir, Tess.

Au ton de sa voix, je comprends qu'elle ne va pas m'annoncer qu'on l'a retrouvée. Pendant une fraction de seconde, j'y ai presque cru.

– J'espère que ça ne va pas trop mal ?... Avec Bertrand, on passe à Paris le week-end prochain. On... va récupérer les affaires de Léonor et libérer sa chambre.

Je suis complètement bouleversée. Ont-ils renoncé à croire que Léonor va bientôt revenir ? Que vont-ils faire de ses vêtements ? Les stocker dans un grenier ? S'en débarrasser ? Je n'arrive pas à retenir mes larmes.

– Tess... ça va ? je...

– Elle n'est pas... morte !... je lâche entre deux sanglots. Elle sera bientôt là... je le sais.

– Nous l'attendons aussi. Tu le sais. Quand elle reviendra, elle s'installera chez nous, au moins pour quelques mois. Et puis, si ça ne te dérange pas... Est-ce que tu pourrais aussi rapporter ce qu'elle a laissé chez ta grand-mère ? Si tu peux, passe à l'appartement vers 15 heures, samedi. Comme ça, on pourra se parler un peu. Tu es d'accord, Tess ?

Après quelques secondes, je parviens à chuchoter :

– Oui.

21 MARS, 12 H 30

LES FILLES M'ONT INVITÉE À DÉJEUNER. Dès mon arrivée, je me sens bien. Elles m'accueillent avec beaucoup de douceur, comme des sœurs. Elles me disent que je leur ai beaucoup manqué. Je les sais sincères. Elles me font parler de mes activités à la ferme et de la préparation de mon bac. En retour, je leur demande de partager avec moi les moments marquants de leurs huit derniers mois. Rose et Fiorella y consentent volontiers, énumérant en souriant leurs expériences de castings foireux, leurs grandes émotions de spectatrices au cinéma ou au théâtre. Elles évoquent leur projet de spectacle qu'elles espèrent montrer au festival d'Avignon cet été. Samantha se contente de me dire qu'elle continue son cursus normalement. Puis elle lâche d'une voix fragile :

– Je n'arrive pas trop à faire des projets tant que Camélia n'est pas rentrée. Je peux juste me concentrer sur des tâches immédiates.

Je finis par poser la question qui me brûle les lèvres depuis quelques jours et qui me tord les tripes.

– Vous allez remplacer Léonor ?

– Nous sommes bien obligées, déplore Rose. Ses parents ne veulent plus payer sa part. Et à trois, c'est trop lourd à assumer.

– Vous avez déjà quelqu'un ?

– On va prendre Nelson. Il est en cours de théâtre avec nous et il vient de se faire virer de chez lui. Il squatte déjà notre canapé la moitié du temps, de toute manière. Mais c'est du provisoire. Jusqu'à juin, normalement.

Je mets quelques minutes à encaisser. Je comprends que la vie doit continuer mais j'ai l'impression qu'on efface les traces laissées par Léonor. Moi, je trimbale au fond de mon sac à dos le tee-shirt qu'elle m'a offert pour mes dix-sept ans. Je le sens ou le vois à chaque fois que je l'ouvre. Samantha m'attire tendrement contre elle et m'embrasse le crâne.

– On ne l'oublie pas, au contraire, précise-t-elle. Je prie chaque jour pour qu'elle revienne et qu'elle soit avec ma sœur.

Vers 14 heures, les parents et le frère de Léonor débarquent.

– Je les connais à peine, ses amies, me déclare sa mère quand nous sommes seules dans la chambre. Je sais que Léonor les apprécie beaucoup.

Je suis contente de l'entendre parler de sa fille au présent. J'aide la famille à plier les vêtements et à décrocher la déco. J'essaie à plusieurs reprises de retenir mes larmes. Sur le trottoir, lorsque je les raccompagne, son père, qui m'avait seulement saluée, m'explique :

– Dans quelques jours, on va restaurer sa cabane dans l'arbre pour lui faire la surprise à son retour. Tu voudrais venir nous aider ?

– Bien sûr, dis-je.

– Tu pourrais quand ? demande son frère.

– Je suis disponible quand vous voulez.

– C'est bien que tu puisses venir, sourit Tom.

En remontant à l'appartement, je me sens un peu moins triste. Fiorella me fait remarquer :

– Ils te considèrent comme un membre de leur famille, on dirait ?

– Oui, ils sont gentils. Ils m'ont invitée à Limoges. Et je vais y aller.

Un peu plus tard, Samantha m'invite dans sa chambre. Elle évoque Camélia dont elle a placé un portrait sur son bureau, à côté d'une bougie. Je lui raconte mon voyage sur les lieux de la disparition des jeunes. Je n'ose pas lui annoncer que Jennifer a dû quitter son poste.

– Tu as déjà participé à un rassemblement des proches des disparus ?

– Non, pas encore. J'ai l'impression d'être restée au fond d'une caverne jusqu'à ces dernières semaines. Mais j'ai vraiment envie d'y aller.

– Ça fait du bien de rencontrer des gens qui partagent la même peine. Et c'est important aussi de montrer qu'on est là et qu'on ne lâchera rien avant qu'ils reviennent tous. Le prochain rendez-vous, c'est vendredi à République.

26 MARS, 18 HEURES

J'AI INVITÉ NANGAÏ À PASSER APRÈS LE LYCÉE. Cela me fait du bien de ne plus rester centrée sur ma tristesse, même si je rêve de Léonor la nuit et pense à elle le jour. Je me surprends même parfois à repérer une silhouette dans la foule et à me demander si ce ne serait pas elle. J'écoute ma vieille amie raconter sa vie de terminale, ses cours, ses nouvelles amies, son amour pour Hugo qui dure depuis presque un an. Nangaï l'a présenté en octobre à ses parents et leur réaction a été plus modérée que ce qu'elle avait pu imaginer. Ce n'est pas l'enthousiasme, mais pas le rejet non plus. Ma copine pense que sa mère les laisse vivre leur histoire parce qu'elle a la conviction que ça ne durera pas. « Ce ne sera pas lui, lui a-t-elle lancé un soir. Je le sais, je le sens. »

Je fais part à Nangaï de tous les changements que je découvre depuis quelques jours maintenant en parcourant notre banlieue. Plusieurs magasins de prêt-à-porter ont cédé la place à des friperies. Un marché de légumes locaux s'installe chaque matin dans le quartier du centre. Certains vendent la production de leur petit jardin. Il y a aussi des camionnettes qui viennent de la campagne écouler des gros sacs de pommes, de carottes ou de patates. Devant la mairie, on trouve désormais un vide-grenier permanent. Je demande :

– Et tes parents ont encore du boulot ?

– Mon père a toujours son restaurant qui accueille des clients uniquement le midi. Le soir, il cuisine pour les pauvres quand il n'y a pas trop de coupures de courant. Ma mère ne l'aide plus, elle fait de la couture à domicile, comme quand elle était plus jeune. Il y a moins d'argent à la maison, mais ça va, on s'en sort. Et bizarrement, je trouve mes parents moins angoissés par l'avenir. Et les tiens ?

– Visiblement ça va, ils ne se plaignent pas. En même temps, je me rends compte que ça fait des lustres que je n'ai pas posé de questions.

D'un coup, je me sens égoïste. Je connais mes parents : même s'ils rencontraient des difficultés, ils seraient capables de ne rien me dire, juste pour me protéger.

– Et toi, demande Nangaï, tu ne t'ennuies pas trop ? Ça doit être un peu chiant, à la longue, d'étudier toute seule ?

– Non… à part que toi, tu me manques ! Je suis très organisée. J'ai l'impression d'aller plus à l'essentiel et j'ai plein de temps pour lire. Je dois reconnaître qu'à part toi, je n'avais pas d'amis au lycée. Je ne m'y sentais pas tellement à ma place. J'ai toujours eu le sentiment d'être un peu différente des autres.

– Parce que… tu sentais que tu étais queer ?

– Non, dis-je en souriant. Déjà, au collège, j'étais timide, un peu renfermée… je me contentais de l'affection de mes parents. Le reste… je n'en avais pas conscience avant de rencontrer Léonor. Ça va te paraître bizarre mais je n'avais jamais été attirée physiquement par quelqu'un avant.

– Elle va revenir bientôt… j'en suis sûre. Si tu veux, on pourra réviser le bac ensemble en dehors des cours. Enfin, si tu ne me vois pas trop comme un boulet.

– Ce sera avec plaisir, dis-je. J'ai remarqué que lorsque je t'explique un truc, ça m'aide à mieux structurer ma pensée !

27 MARS, 19 H 55

NOUS SOMMES QUELQUES CENTAINES PLACE DE LA RÉPUBLIQUE, REGROUPÉS AUTOUR D'UNE SONO. Ce rassemblement n'a rien à voir avec ceux de *Planet Reboot*. C'est si calme... Toutes les générations sont présentes. Samantha me tient la main. À 20 heures, une femme d'une quarantaine d'années s'empare du micro.

– Je suis Chloé, la maman d'Alessandro, et une des fondatrices de l'APAD.4.7, l'Association des Proches et Amis des Disparus du 4 juillet. Nous avons, vous le savez, demandé une audition au Premier Ministre officiellement et par voie de presse. Hier matin, nous avons enfin rencontré un de ses secrétaires qui nous a répété que la France mettait tout en œuvre pour rechercher nos enfants, en collaboration avec les autorités des autres nations. Lorsque nous avons demandé une fois de plus quelles étaient les actions concrètes engagées, aucune réponse précise ne nous a été apportée. Je propose donc, pour ceux et celles qui le peuvent, qu'après la cérémonie, nous nous rendions devant le Palais de l'Élysée pour réclamer des comptes et exiger de connaître, de voir de nos yeux les moyens mis en œuvre. Je ne suis pas la seule, je crois, à être prête à y passer la nuit !

Des applaudissements suivent cette annonce. Samantha et moi échangeons un regard. Visiblement, elle aussi semble d'accord pour piétiner dans le froid jusqu'à l'aube.

Juste après la prise de parole, je sens le monde s'agiter autour de moi. Samantha m'explique que les personnes présentes qui le souhaitent vont prendre le micro pour nommer leur disparu et parfois ajouter un court message. Je me mets dans la file, derrière mon amie. À chaque prénom prononcé, avec émotion ou retenue, je sens mon cœur se pincer, mais les regards que j'échange avec les autres participants sont apaisants et amicaux. Beaucoup ont les larmes aux yeux, tous écoutent en silence. Quelques-uns détonnent un peu en affichant un sourire franc. Après tout, ils ont raison de garder l'espoir. Nous ne sommes pas à un enterrement, et qui sait ? nos disparus pourraient réapparaître dans les minutes qui suivent. Je suis presque surprise d'entendre la voix de Samantha.

– Camélia, ma sœur chérie, je serai toujours là pour toi.

Je tremble un peu quand je reçois le micro.

– Léonor, mon amour. Je...

Je baisse la tête et tends l'appareil à un garçon qui pose amicalement sa main sur mon bras. Samantha m'attire vers elle et je la suis en retrait du groupe.

– Mais ceux qui n'ont pas d'amis ou de famille ici, on ne prononce jamais leur nom ? Toi, tu l'avais fait avant, pour Léonor ?

– Oui, à chaque fois, et souvent avec Rose et Fiorella. Je sais que ses parents et ses amis d'enfance participent aux rassemblements à Limoges. Dans chaque ville, pour ceux qui ne sont pas représentés à chaque fois, des volontaires lisent leurs noms à la fin. Personne n'est oublié.

Je reconnais soudain la voix au micro.

– Juliette, ma chérie, je t'attends.

C'est Sinan, le gars du RER, que j'ai recroisé au fond du cratère. Je le présente à Samantha.

– Vous allez à l'Élysée ? nous demande-t-il.

– Oui. Et toi ?

– Aussi. Je n'en peux plus de ne pas savoir. S'il n'y avait pas ces rassemblements, je me demande si je n'aurais pas fait une connerie depuis longtemps.

Sans nous concerter, nous ouvrons nos bras à Sinan. Une énergie puissante passe entre nous. Je ne retiens plus mes larmes. Je sens que les autres font de même.

28 MARS, 7 H 01

LA NUIT A ÉTÉ TRÈS LONGUE. Le café du coin de la rue vient juste d'ouvrir. Nous nous attablons tous les trois tout près d'un gros radiateur. Samantha, Sinan et moi avons parlé toute la nuit. Ma copine nous abandonnait régulièrement pour aller retrouver les organisateurs, qu'elle fréquente depuis les premières manifs. Elle revenait ensuite nous faire son compte-rendu. Notre veillée a failli tourner court très vite car à peine étions-nous arrivés rue du Faubourg Saint-Honoré, à une centaine de mètres de l'Élysée, que nous avons été bloqués par un cordon de policiers très impressionnant. On nous a fait comprendre que s'approcher davantage, voire rester sur place était mission impossible. Samantha et moi nous sommes retrouvées plongées à la grande époque des actions musclées de *Planet Reboot*. Une discussion s'est engagée entre la cinquantaine de participants. Ma copine a expliqué qu'on pouvait faire une chaîne solide pour tenter de résister, mais que ceux et celles qui s'engageaient à y participer devaient s'attendre à prendre des coups et des gaz lacrymo.

– Les violences filmées et diffusées sur les réseaux sociaux pourraient s'avérer payantes pour faire parler de notre lutte, a-t-elle argumenté.

Une majorité s'est vite dessinée en faveur d'une option « plus lâche et moins efficace » selon moi, « plus raisonnable » selon eux : obéir et aller manifester dans une zone moins sensible. Quelqu'un a proposé le ministère de l'Intérieur qui se trouve à deux pas, place Beauvau. Mais là, pareil, un comité d'accueil en uniforme nous attendait. Nous avons finalement été refoulés vers le bas des Champs-Élysées où nous avons investi le rond-point. Assis dans l'herbe autour du petit plan d'eau circulaire, nous avons écouté Chloé.

– Je vais essayer de faire venir mes contacts. Il faut qu'on ait de la presse !

Nous avons hurlé des slogans comme « La vérité sur les Disparus du 4 juillet ! » ou « Rendez-nous nos enfants, nos sœurs, nos frères, nos amours ! ». Certains brandissaient des photos de l'être aimé. Chloé nous a filmés puis nous avons partagé son post sur les réseaux. Je l'ai transmis à ma grand-mère, à Nangaï et à mes parents. Nous avions tous l'impression que notre cause n'intéressait plus vraiment les médias, qui s'étaient lassés de cette affaire de disparus qui durait depuis trop longtemps. Vers minuit, beaucoup des participants sont rentrés. Une vingtaine d'irréductibles ont décidé de rester jusqu'à l'aube. Des noctambules ont traversé pour venir nous parler et nous soutenir. Sinan nous a raconté sa vie avec Juliette. Ils venaient juste d'emménager dans leur premier appartement quand elle a disparu. Au café, on a évoqué Le Pariou, et il m'a demandé si Jennifer était ma mère. Comme je me suis sentie en confiance, je leur ai non seulement dit qu'elle était de la police mais aussi comment j'avais été associée à son enquête. Samantha a été surprise que je lui aie caché ce qu'elle a nommé « mon incroyable don ». Je me suis justifiée :

– C'est compliqué de déballer ce genre d'information. J'avais peur que vous me considériez comme une fille pas nette. Jusqu'à maintenant, je n'en avais parlé qu'à Léonor.

– Je te pardonne, a-t-elle dit gentiment. Mais tu as eu tort. Je te connaissais suffisamment pour te faire confiance. Tu aurais dû faire pareil. Et on est tous tellement en recherche d'explications... L'odeur chimique, personne n'en a jamais parlé.

Sinan approuve en silence. Nous commençons à nous réchauffer. Tous les trois, nous frottons nos mains contre nos tasses de chocolat chaud pour Sinan et moi, ou de café crème pour Samantha. Nous avons déjà vidé la corbeille de croissants.

– Tu t'es déjà demandé d'où te venait cette sensibilité particulière ? me demande soudain Samantha.

– C'est peut-être héréditaire ? propose Sinan. Tu devrais demander à tes parents ou à tes grands-parents parce que parfois, ces dons, ça saute une génération.

Comme on sourit en l'écoutant, il reprend :

– C'est vrai, j'y connais rien, à ces histoires de médiums, mais j'ai vu ça dans des films... ça se pourrait, non ?

– Le problème, c'est que j'ai été adoptée et que je n'ai aucune idée de qui sont mes parents biologiques.

– T'as jamais essayé de savoir ? demande-t-il avant de se reprendre en voyant ma tête. C'est une question trop indiscrète, excuse-moi.

– Non, non. Je pensais à mes parents adoptifs. Depuis que je suis au courant de mon adoption – je l'ai su à l'âge de six ans –, j'ai tout fait pour le cacher. Je voulais à tout prix être une fille... comme les autres. Et puis personne ne remarquait rien parce que mes parents ont les yeux et les cheveux foncés. Je n'en parle que depuis un an, seulement à des copines très proches.

– Ça te fait peut-être peur de découvrir la vérité, suggère Samantha. Ça ne doit pas être évident. Ce sont toujours des histoires douloureuses qui amènent à un abandon, je crois.

– Je le sais. J'ai déjà un peu tout imaginé, même les pires situations. Un jour, il faudra quand même que je me décide à faire des recherches...

D'un coup, je réalise que je me suis beaucoup dévoilée, je me tais pendant plusieurs secondes, en espérant que la conversation s'orientera vers un autre sujet. Les autres doivent sentir mon malaise et n'ajoutent rien non plus. Nous terminons lentement nos boissons et recommandons des croissants.

– Bon. Mais ta copine flic, là, reprend Sinan, elle en dit quoi, exactement, de ces disparitions ? Elle ne croit pas à l'histoire des fans du bouquin américain, *Le Grand Départ*, c'est de la connerie, ça, non ?

– J'ai oublié de te dire, Tess ! Y en a un exemplaire à l'appartement, dans la bibliothèque de l'entrée, déclare Samantha. Mais je ne suis pas certaine que Léonor l'ait lu. D'après Fiorella, le livre était là avant qu'elles s'installent, elle et Rose. En tout cas, Léonor n'y a jamais fait allusion.

– Juliette l'avait aussi chez ses parents. Mais je me rappelle qu'elle n'avait pas voulu l'emporter chez nous parce qu'elle le trouvait nul. C'est quand même bizarre, elles le connaissaient toutes les deux, ce bouquin...

– Peut-être, je réponds, un peu troublée malgré moi. Jennifer... croit plutôt à une intervention d'extraterrestres.

Tous les deux explosent de rire. Je ne m'y attendais pas.

– Tu es sûre qu'elle est fiable, ta copine ? demande Sinan en s'étouffant à moitié. Et tu dis qu'elle est flic ?

– Pourquoi ? Vous avez une autre théorie, vous ? Alors, dites-moi laquelle ! ? Allez !

Samantha et Sinan sont surpris par ma virulence soudaine et baissent la tête. Je retrouve vite mon calme et leur souris. Moi, j'en suis sûre : aucune autre théorie ne tient la route.

28 MARS, 18 H 11

JE SUIS ARRIVÉE À LA MAISON VERS 9 HEURES. À ma grande surprise, mes parents m'ont raconté avoir entendu à la radio une brève info sur notre manifestation.

– Vingt secondes, ma fille, a déclaré mon père, mais durant les infos de 8 heures ! Tess, ce n'est pas rien, je t'assure.

– Mais le week-end, qui écoute la radio à cette heure-là, à part vous deux ? ai-je relativisé.

– C'est mieux que rien, a insisté mon père.

– Tu as raison. Il faut rester positif.

– En tout cas, tu es bien courageuse et bien endurante, ajoute ma mère avec fierté.

– Merci, maman, je réponds, touchée. Je vais me coucher. Ne me réveillez pas pour le déjeuner. J'ai besoin de récupérer.

Pendant le voyage du retour, j'avais eu du mal à garder les yeux ouverts dans le RER. Heureusement, Sinan était là. J'ai fini par m'assoupir contre lui.

À la sortie, au moment de nous dire au revoir, nous nous sommes aperçus que nous habitons le même quartier. Il a proposé de me raccompagner, car je tombais de sommeil.

– Tu ressembles à ma petite sœur, m'a-t-il annoncé d'un coup en me montrant une photo sur son portable.

Elle a quinze ans. Vous avez la même taille et les mêmes yeux sombres. Tu es peut-être d'origine turque !

– Ça ne me déplairait pas. C'est un pays qui m'a toujours fait rêver. Elle est jolie, ta sœur.

Nous nous sommes échangé nos numéros en nous promettant de nous retrouver au prochain rassemblement.

– Si l'un de nous en a besoin, il appelle l'autre. D'accord, Tess ?

– Promis, Sinan. Rentre bien !

Je me suis réveillée vers 15 heures, mais ai continué l'après-midi au lit. J'ai repensé à ce qu'a dit Sinan sur l'hérédité possible de mon « don » et aux paroles de Samantha sur ma naissance. Il serait peut-être temps que j'aie le courage de m'intéresser à ma mère biologique. Je saisis mon portable et me lance dans une recherche. Je tombe sur un site officiel qui explique les démarches qu'on doit entreprendre pour connaître ses origines. Comme je suis mineure, la demande écrite doit être faite par au moins un de mes parents adoptifs auprès d'un organisme qui s'appelle le CNAOP. Une fois mon dossier étudié, si ma mère biologique m'a laissé une lettre ou un objet, on me le donnera. Si elle est décédée, on pourra me communiquer son identité. Si elle est encore en vie, l'organisme essaiera de la joindre pour voir avec elle si elle me donne son autorisation. Je découvre ensuite l'existence d'associations de gens nés sous X qui font part des difficultés qu'ils rencontrent dans leurs démarches. Visiblement, ce n'est pas gagné, mais je peux au moins essayer.

Je rejoins mes parents dans le salon. Ils sont en train de visionner une série. Je leur propose de faire un thé ou une tisane.

– Pourquoi pas, répond ma mère en me souriant.

Pendant que je mets l'eau à chauffer, je les entends chuchoter. Mais ça ne me dérange plus comme avant. Quand je m'installe auprès d'eux, mon père me lance un regard complice. Je sirote mon breuvage tout en jetant un œil sur leur programme. C'est encore une sombre histoire de tueur en série. Quand l'épisode se termine, mon père coupe la télé.

– Toi, tu as quelque chose à nous demander ! s'exclame gentiment ma mère.

– Oui, mais ce n'est pas pressé. Si vous voulez enchaîner...

– Ce n'est pas si souvent que tu provoques une discussion, fait remarquer mon père, alors on a bien envie de savoir.

Je sais qu'ils s'y attendent depuis longtemps, peut-être même qu'ils l'espèrent, mais je me demande quand même comment ils vont réagir. Je décide de ne pas les faire patienter davantage.

– Vous pourriez... m'aider dans mes démarches pour connaître mes origines ?

Ma mère adresse un léger sourire à mon père, qui répond :

– Bien entendu, ma fille. Nous serons très contents de t'accompagner pour tes recherches.

4 AVRIL, 4 H 36

DEUX HEURES QUE JE LUTTE POUR ME RENDORMIR. Cela faisait un moment que je n'avais plus vécu une si longue insomnie. J'ai cru que mon organisme avait enfin eu pitié de moi et que, sachant quelle souffrance je traversais lorsque j'étais réveillée, il me permettait à présent de dormir normalement, ne serait-ce que pour avoir la force de me lever chaque matin. Il doit sentir que je réussis de mieux en mieux à composer avec mon chagrin, alors il fait réapparaître cette vieille habitude que je ne regrettais pas.

Nangaï, à qui j'avais envoyé un message, est passée après les cours. Elle a apporté un énorme brownie fait maison dont nous avons partagé un morceau.

– Ça tombe bien, le brownie ! Le chocolat, c'est bon pour le moral.

– Merci. Aujourd'hui, j'en ai besoin.

– Je vais te faire écouter du son qui va te redonner un peu d'énergie, d'accord ?

Elle a sélectionné une première musique sur son téléphone et m'a entraînée au milieu de la pièce. Je me suis laissé faire pour ne pas la froisser, et me suis dandinée sans conviction en essayant de lui sourire. Mais, peu à peu, mon corps s'est détendu, et s'est libéré du poids qui pesait sur lui. Nangaï a déroulé sa playlist et nous avons dansé et sauté comme des gamines à une soirée pyjama, en piquant des fous rires essoufflés. C'était court mais très joyeux, du moins jusqu'à ce qu'elle s'en aille à la suite d'un appel de sa mère. Bientôt, les souvenirs de la soirée techno avec Léonor à Saint-Malo sont remontés à la surface et j'ai eu de nouveau envie de pleurer, alors je suis sortie. Mes pas m'ont conduite vers le parc, un grand espace vert à cheval sur plusieurs communes. Marcher au milieu des arbres m'apaise. Sur une des grandes pelouses où les familles viennent pique-niquer en été, il n'y avait pratiquement personne, à part un groupe d'une dizaine de jeunes qui discutaient assis en cercle. Je les entendais rire de loin. À mesure que j'approchais, j'ai vu que certains tournaient les yeux vers moi. J'ai hésité à faire demi-tour. Le chemin passait à une vingtaine de mètres d'eux, alors j'ai baissé la tête pour ne pas croiser leurs regards. C'est là qu'une voix de fille s'est exclamée :

– Mais, je la connais ! C'est Tess... Tess !!

– Oh oui ! Dis-lui de venir. Ça manque de filles, ici, a lancé un gars en riant.

C'était Rachel. Je l'ai reconnue tout de suite, même si je ne l'avais pas vue depuis trois ans. Elle s'est levée, on a échangé un sourire de loin, et je l'ai rejointe jusqu'à son groupe d'amis. J'en ai repéré deux ou trois qui étaient au conservatoire de musique avec nous pendant le collège. Tout ça me paraissait si loin à présent.

– Tu faisais du hautbois, si je me rappelle bien, a déclaré un gars frisé dont j'avais oublié le prénom. T'avais un super niveau. Et tu as arrêté la musique ? Pour faire quoi à la place ?

C'est quoi cette question ? ai-je eu envie de répondre. Si je lui disais la vérité, ça risquait de jeter un froid terrible : « C'est à cause de Rachel qui a brisé notre amitié en me faisant une déclaration d'amour. Et à cause de moi, car je l'ai rejetée. » Mon ancienne amie est intervenue :

– Laisse-la se poser, Charles. Tess, nous fêtons l'anniversaire d'Enoch qui a dix-sept ans aujourd'hui. Et il reste du gâteau. Tu en veux ?

– Bon anniversaire, Enoch, je dis simplement. Pour le gâteau, ce serait avec plaisir mais je viens d'en manger.

J'ai vite compris qu'ils faisaient tous partie de l'orchestre du conservatoire. Ils ont parlé d'un de leurs profs qu'ils détestent tous et de leur prochain concert où ils joueront des extraits de la bande originale de *Star Wars*. Leur complicité et leurs fous rires m'ont renvoyée plusieurs années en arrière, quand on allait regarder les plus grands répéter. On avait tous envie de grandir pour faire partie de l'orchestre.

– Alors, m'a demandé soudain Charles qui tenait à sa question, tu as fait quoi à la place de la musique ?

– J'ai rejoint *Planet Reboot*.

– C'est pas ceux qui sont violents ? a demandé une fille près de moi.

Je lui ai souri mais je n'avais pas envie de me lancer dans une discussion avec eux. J'avais seulement envie de les écouter parler et de retarder le moment où j'allais rentrer et me retrouver seule.

Vers 19 heures, nous avons quitté le parc. Rachel m'a fait comprendre que j'avais beaucoup changé.

– T'as drôlement mûri, en fait.

– Toi aussi, lui ai-je dit, même si je ne le pensais pas vraiment.

Elle avait toujours la même manière de s'habiller et de se coiffer, un peu à l'ancienne, pour ne pas dire démodée. Mais ça lui allait bien. Elle se détachait du lot. J'ai finalement fait un grand détour pour passer devant chez elle. Elle a beaucoup parlé du lycée, de son projet de continuer la musique en vue d'en faire son métier. Elle a évoqué un tas de souvenirs communs en évitant de revenir sur notre voyage en Angleterre. De mon côté, je me suis peu livrée. Lorsque nous sommes arrivés devant son immeuble, elle m'a proposé de me raccompagner. C'était absurde. On a ri mais je l'ai laissée faire. Nous nous sommes redonné nos numéros de portable. Moi, j'avais gardé le sien, mais j'ai fait comme si je l'avais perdu. Je crois que Rachel a fait pareil.

9 AVRIL, 15 HEURES

ÇA FAIT PLUS D'UNE SEMAINE QUE LA DEMANDE AU CNAOP EST PARTIE, ET TOUJOURS PAS DE RÉPONSE. D'après les commentaires que je lis sur Internet, ce n'est jamais aussi rapide. De toute façon, je me prépare aux épreuves du bac avec acharnement. Je dois prendre beaucoup d'avance sur mon planning parce que j'ai promis à Jean-Yves de revenir à la ferme dans quelques jours. Et puis, début mai, il y a mon séjour à Limoges qui est programmé. Je vais passer des épreuves de contrôle continu dans un lycée parisien la semaine prochaine, en « Écologie, Agronomie et territoire » et en « Langue et littérature étrangères ». Je vais mieux, mais cela ne me réjouit pas tellement. Je m'en veux de moins penser à Léonor. J'ai l'impression de l'abandonner alors qu'elle doit traverser seule de terribles épreuves. Cette nuit, j'ai rêvé qu'elle était perdue dans une ville inconnue, qu'elle vivait dans la peur, la saleté et le froid, qu'elle mendiait sa nourriture. Elle était embarquée par des soldats à qui elle déclarait qu'elle ne se souvenait de rien, même pas de son nom. Alors ils l'enfermaient dans un cachot sans la moindre ouverture. Je me suis réveillée en pleurs.

J'ai revu Sinan, c'est vraiment un garçon attentionné et drôle. Nous sommes exactement dans le même état d'esprit. Nous nous sentons coupables d'avoir repris une vie presque normale. Quand nous craquons, il nous suffit de nous retrouver dans les bras l'un de l'autre, pas besoin d'expliquer quoi que ce soit. Avec Rachel, ça s'avère plus compliqué. Elle m'a appelée plusieurs fois, mais on discute un peu dans le vide parce qu'aucune de nous deux n'aborde ce qui a mis fin à notre amitié.

Je viens d'envoyer une série de devoirs par mail à mes professeurs. J'ai envie de parler avec quelqu'un et je décide d'appeler Jennifer. Je tombe directement sur son répondeur et lui laisse un message minimal. « C'est Tess. Fais-moi signe. Bises. »

Elle me rappelle presque une heure plus tard.

– Bonjour. Je suis en pause pour quelques minutes seulement. Tu vas bien ?

– Oui, merci. Et toi ?

– J'avais envie de passer chez toi demain, on pourrait déjeuner ensemble. Ça t'irait ?

– Euh, oui ?

– Alors, parfait. À demain.

– À demain.

Elle a déjà raccroché. Je ne reconnais pas son ton habituel. J'imagine sans peine qu'elle doit être très absorbée par son nouveau travail, mais elle ne m'a pas laissée en placer une, ne m'a pas demandé la raison de mon appel. Et elle s'est clairement invitée à manger chez moi ! Ou alors, elle était entourée de gens qui ne devaient pas entendre notre discussion, ne pas savoir qui j'étais.

Je ne me sens pas de rester seule et j'envoie un texto à Nangaï, qui me propose aussitôt de passer la chercher à la sortie du lycée. Comme j'ai le temps, je musarde un peu le long des quelques boutiques encore ouvertes. Il y a moins de tout maintenant, moins de clients, moins de produits, moins de publicités qui poussent à consommer. La ville est plus calme. Le chant des oiseaux n'est plus masqué par le trafic. Les parkings sont occupés par les enfants qui s'en servent comme des cours de récré. Des terrains, normalement dévolus à de futures constructions, ont été investis par des jardiniers amateurs. Presque toutes les personnes que j'ai croisées m'ont souri, certaines m'ont même dit bonjour.

Partout, on annonce que l'économie repart mais sur un rythme plus raisonnable. Les politiques n'osent pas employer le mot de « décroissance » mais c'est exactement ce qui se passe. Cela ressemble à la « décroissance joyeuse » que prônait *Planet Reboot*. C'est fou de se dire que tous les idéaux pour lesquels on s'est battues sont en train de devenir réalité ! Malheureusement, ça n'a pas eu lieu grâce à nous, qui alertions le reste de la population, ni aux adultes soi-disant responsables, qui auraient enfin pris conscience des enjeux écologiques. Nous, les Terriens, avons été incapables de réagir par nous-mêmes. Il a fallu que ça vienne de l'extérieur. Peut-être est-ce la Nature qui s'est défendue, vengée même, comme disent certains, peut-être est-ce une action divine, comme le clament les croyants, ou un ensemble d'heureux hasards, comme l'affirment ceux qui ne veulent pas réfléchir ? Ou alors, comme le défendent Jennifer et d'autres, comme je le crois moi aussi, c'est grâce à l'intervention d'entités venues d'ailleurs, de l'espace ou d'une dimension parallèle. Si ce sont eux les responsables, je ne les remercierai que lorsqu'ils m'auront rendu Léonor et que tous les autres seront revenus.

En arrivant devant le bahut, je croise les regards curieux de ceux que je fréquentais de loin l'année dernière, mais aucun, à part Abel, n'ose s'approcher. Je ne sais pas ce qu'ils savent ou croient savoir de ma situation, je suis sûre que Nangaï n'est pas rentrée dans les détails.

– Salut, Tess. Tu reviens bientôt ?

– Je ne crois pas, je réponds en souriant. Je te manque ?

– Je survis. Il manque quand même l'élève qui comprend systématiquement ce que les profs racontent... et sur qui on peut copier sans risque d'erreurs.

– Tu ne changes pas, toi !

– Bah non, pourquoi ?

Nous passons chez Nangaï. Elle a installé dans sa chambre une vieille machine à coudre dénichée à la cave. Elle m'explique :

– J'ai décidé de m'y mettre vraiment : je veux transformer des fringues que je ne mets plus, peut-être même en créer en recyclant des vieux tissus ! Ma mère a promis de m'apprendre.

Nangaï n'ose plus évoquer son histoire d'amour. J'ai l'impression que ça la gêne d'étaler son bonheur alors qu'elle sait que Léonor me manque. Je décide de crever l'abcès.

– Parle-moi d'Hugo ! Comment va-t-il ? Pourquoi je ne l'ai pas encore revu ? Tu me le caches ?

– Tu voudrais ? sourit-elle. On pourrait manger ensemble un de ces jours. Ce week-end, si tu veux ?

– Ce serait super.

10 AVRIL, 12 H 35

JE FAIS UN EFFORT DANS MA PRÉPARATION DU DÉJEUNER PARCE QUE JE REÇOIS JENNIFER. Tout en râpant mes carottes, je me demande si elle va vraiment venir. Grâce à ma grand-mère, j'ai progressé en cuisine ces derniers temps. Ma purée maison va être délicieuse mais j'en ai fait beaucoup trop. La sonnerie de l'interphone résonne. C'est bien elle.

Je sens son malaise quand nous nous saluons. Elle est en nage, comme si elle avait piqué un sprint depuis son bureau.

– Tess, dit-elle très bas, je m'excuse mais j'ai un gros problème au bureau. Où est ton portable ?

– Je l'ai laissé dans la cuisine, je crois. J'étais en train d'assaisonner ma salade de...

– Éteins-le et mets-le dans ta chambre. Et coupe le Wi-Fi tout de suite.

Je lis dans son regard qu'elle ne plaisante pas. Pour un peu, elle me ferait presque peur. Je m'exécute sans attendre. Puis une fois dans la cuisine, elle se détend enfin.

– Je suis désolée, dit-elle, hier, au téléphone, je me suis montrée à la limite de la grossièreté. Et aussi pour mon arrivée un peu flippante. Mais un homme me suit dans mes déplacements depuis deux jours. Un collègue d'un autre service. Mon appartement a été visité et mon ordinateur personnel piraté. Je crois qu'on cherche à me faire peur ou à me faire passer pour une parano bonne à être enfermée.

Je ne l'ai jamais vue dans cet état. J'essaie de lui sourire pour la réconforter.

– Tu vas quand même rester manger, j'espère, parce que j'ai tout préparé. Installe-toi.

– Avec plaisir, dit-elle en s'asseyant. Je suis désolée aussi de m'imposer. J'ai voulu qu'on croie que je parlais à ma mère.

– Arrête de t'excuser et raconte-moi.

Elle reprend son souffle, boit quelques gorgées d'eau. Je l'interroge :

– Pourquoi feraient-ils ça ?

– Ils ont peur que je déballe mon avis sur les disparus à la presse et que ça crée la panique. Ils doivent se douter que je ne lâcherai pas. Je ne suis sûre de rien. J'en suis réduite à faire des hypothèses, et sur place je ne peux me confier à personne.

Je pose la purée et la salade de carottes sur la table. Elle se sert, attend que j'en fasse autant pour commencer à manger. Je vois son visage se détendre progressivement. Je me garde de la relancer, même si je brûle de l'interroger. Elle vide son assiette avant moi. Je l'invite à se resservir et elle y consent. Finalement, j'ai été bien inspirée d'en faire autant.

– Ouf ! Ça faisait longtemps que je n'avais pas mangé aussi bien et aussi sainement !

Je la remercie pour son compliment, pose sur la table une corbeille de fruits, puis je lance un café. Elle reprend :

– J'ai pris mille précautions pour venir jusqu'à toi parce que hier soir, une camionnette équipée pour la surveillance, ce qu'on appelle un « sous-marin » chez nous, était garée devant chez moi. Je ne veux pas te mettre en danger. Ce matin, j'ai laissé ma voiture sur le parking de l'immeuble de ma mère et j'ai laissé mon portable chez elle. Et puis j'ai couru jusque chez toi en faisant plusieurs détours, pour m'assurer que je n'étais pas suivie. Les prochaines fois, c'est moi qui t'appellerai. Pourquoi voulais-tu me voir ?

Je lui explique que j'ai beaucoup repensé à sa théorie selon laquelle des extraterrestres agissent sur notre planète sans qu'on puisse détecter leur présence. Si on l'admet, on peut penser que ce n'était pas leur première visite. Et dans ce cas, n'aurait-on pas, dans le passé, observé d'autres disparitions qui pourraient nous éclairer ? Je ne suis pas étonnée d'apprendre qu'elle a déjà entamé des recherches dans ce sens. Effectivement, elle a retrouvé, dans des rapports de police et de gendarmerie classés sans suite, des récits plus anciens de disparitions inexpliquées de jeunes. Jennifer s'est particulièrement intéressée aux cas de quatre jeunes femmes qui n'avaient plus donné signe de vie et n'étaient réapparues qu'un an plus tard, sans pouvoir expliquer ce qu'elles avaient fait durant cette longue absence.

– Que des filles !

– Il y a eu des cas concernant des garçons, mais ils étaient moins documentés.

– Et ça s'est passé quand précisément ?

– Le premier témoignage remonte à une trentaine d'années, le plus récent à neuf ans. Ce qui m'a interpellée aussi, c'est que les faits s'étaient déroulés à chaque fois dans les premiers jours du mois de juillet.

– Et tu dis que ces filles sont revenues au bout d'un an ? Si… l'expérience que vivent Léonor et les autres suit la même logique, nous devrions les revoir bientôt. Ça nous donne de l'espoir, tu ne crois pas ?

En disant ça, je sens mon cœur battre plus vite. Je respire profondément.

– Tess, il ne faut pas que tu t'emballes ! Dans le cas du 4 juillet, seule la thèse d'une action extraterrestre me semble plausible parce que le phénomène est massif. Là, il s'agissait de cas individuels. On peut avoir affaire à une organisation mafieuse de trafic d'êtres humains. Ou peut-être même à un détraqué qui enlève, puis relâche ses prisonnières au bout d'un an.

– Mais… comment expliquerait-on leur amnésie ?

– Quand tu vis de tels traumatismes psychologiques et physiques, tu peux perdre la mémoire. Sans compter qu'elles ont sans doute été droguées.

– Mais on peut imaginer qu'il y a eu davantage que ces quatre cas ! Quand tu ne te souviens de rien, tu ne vas pas spontanément voir la police ! Et puis, il a dû y avoir des disparitions ailleurs qu'en France, mais personne n'en a parlé ?

– On ne peut pas l'exclure, en effet. De toute manière, je ne suis qu'au tout début de mes recherches.

– Mais on a le droit de penser que Léonor vit en ce moment l'expérience qu'ont traversée ces femmes, et donc qu'elle sera bientôt là !

Jennifer acquiesce presque à regret, plus pour me faire plaisir que parce que je l'ai convaincue. Je reprends :

– Elles ont... gardé des séquelles de cette aventure ?

– Aucune, répond-elle en baissant les yeux.

Je souffle de soulagement. En croisant enfin son regard, je comprends que Jennifer ne me dit pas tout. Je la fixe pour lui montrer que je l'ai percée à jour. Elle m'adresse un sourire plein de douceur, prend une grande inspiration et se lance :

– Les médecins qui les ont examinées ont noté que... qu'elles avaient toutes porté un enfant. Et de cela, elles n'avaient pas conscience.

J'avale ma salive et me sens soudain nauséeuse. J'essaie de prendre sur moi. Ma voix tremble.

– Mais des enquêtes ont forcément été menées ! Elles ont été victimes de crimes. Elles ont été violées, alors ?! Et... les bébés ??

– Aucune trace des bébés, répond-elle tristement. Et en effet, des recherches ont été entreprises mais vite abandonnées, faute de preuves matérielles et de témoins ! Certains des enquêteurs ont même interprété le mutisme de ces filles non comme une amnésie pathologique, mais comme une volonté de dissimuler la vérité.

– Mais c'est dégueulasse ! De victimes, elles sont devenues... coupables !

– C'est malheureusement souvent le cas. J'ai lu ces dossiers. Les responsables sont allés jusqu'à écrire que ces filles n'étaient pas « suffisamment déprimées ou traumatisées », d'autres qu'ils avaient affaire à des

« mythomanes » ou à des « adolescentes manipulatrices qui n'assumaient pas leurs erreurs ».

– Et toi, tu en penses quoi ? Tu n'y crois pas, si ?

– Je pense qu'ils avaient des a priori sexistes, bien sûr. Je ne les excuse pas, mais ils n'avaient rien pour poursuivre leurs investigations : accuser ces femmes de mentir, c'était la solution facile.

20 AVRIL, 19 H 15

JE SUIS ARRIVÉE EN FIN D'APRÈS-MIDI CHEZ MAMIE. J'ai ouvert la fenêtre de ma chambre pour respirer à pleins poumons l'odeur de la campagne après la pluie. J'étais enfin au calme dans mon refuge. Le week-end a été difficile. Je ne parvenais pas à me sortir de la tête les images générées par les révélations de Jennifer. Je voyais Léonor prisonnière sur un lit d'hôpital, Léonor, le corps déformé par la grossesse, Léonor souffrant, en nage, criant pendant l'accouchement, mais surtout Léonor toute seule, au visage figé comme un masque, muette et les yeux morts, seule et abandonnée. Il a fallu que je fasse bonne figure auprès de mes parents qui s'inquiètent déjà suffisamment pour moi, mais j'avais tout le temps envie de hurler ou de vomir. Le samedi soir, comme promis, Nangaï avait organisé une petite soirée avec Hugo. Jusqu'à la dernière minute, j'ai failli annuler, mais je voulais désespérément me changer les idées. Au final, la compagnie de mes amis m'a réconfortée. J'avais besoin de voir des gens heureux.

Dimanche, je n'ai pas quitté mon lit de toute la matinée. Je n'avais aucune énergie. L'après-midi, je me suis forcée à boucler un long devoir de physique avant de l'expédier dans la foulée. Vers 18 heures, après avoir longuement hésité, j'ai finalement appelé Sinan pour partager mes angoisses en lui révélant par la même occasion la totalité des propos de Jennifer. Je n'avais pas mesuré à quel point ça allait être dur pour lui. J'ai senti, à l'autre bout du fil, qu'il prenait un violent coup sur la tête, et je m'en suis terriblement voulu. J'ai essayé de relativiser, en insistant sur le fait qu'il ne s'agissait que d'une conjecture très fragile. Mais c'était trop tard. Après un long silence, il m'a demandé s'il pouvait passer me voir. Nous avons passé deux heures enfermés dans ma chambre, allongés côte à côte sur mon lit, à chuchoter et à laisser couler nos larmes.

– Il faudra qu'on soit forts pour elles quand elles reviendront, a-t-il déclaré avant de partir.

J'ai été contente qu'il me dise ça. Lui aussi, il y croit.

Pendant le dîner, j'ai bien senti que mes parents n'osaient pas m'interroger sur mon beau visiteur et j'ai préféré mettre les choses au clair :

– Il s'appelle Sinan. Sa copine a disparu en même temps que Léonor. En attendant leur retour, on essaie de se soutenir mutuellement.

– Je comprends, a simplement dit ma mère en posant sa main sur la mienne. C'est bien que vous vous soyez trouvés.

Mon père me regardait gravement. Je crois que j'ai compris les paroles qu'il n'osait pas prononcer : « Et si Léonor ne revient jamais, ma fille, que feras-tu ? »

Ma grand-mère m'appelle pour manger. Je sais qu'elle ne fera aucun commentaire et ne m'obligera pas à lui parler non plus, mais sera prête à m'écouter au moment où j'en ressentirai le besoin. Elle me prévient d'emblée qu'il y a du nouveau chez Jean-Yves. Il héberge dans sa grande maison une femme et ses deux petites filles. C'est une citadine qui l'a abordé un jour de marché en lui demandant si elle ne pouvait pas travailler pour lui en échange du gîte et du couvert. Il n'était pas trop chaud : accueillir une inconnue, se laisser envahir par une famille de trois, subir les commentaires de ses voisins, cela ne le tentait pas du tout. Il m'a dit aussi qu'il avait peur de ta réaction quand tu reviendrais.

– Pourquoi ? Il doit penser à lui d'abord et ne pas se soucier de moi, dis-je. Je ne sais pas ce que ma vie me réserve.

– Tu lui as dit que tu reviendrais, alors il ne voulait pas que ça te gêne. Il est conscient que ton activité d'agricultrice est une parenthèse. Après le bac, tu vas faire des études, ma petite-fille ?

– Sans doute, mais je n'exclus pas l'idée de faire des études d'agronomie pour devenir maraîchère en bio un jour. C'est un métier d'avenir ! Mais raconte-moi, pour Jean-Yves ?

– Il a un grand cœur, tu le sais, et il a senti que la femme n'avait pas d'autre solution puisqu'elle était à la rue. Il lui a proposé de faire un essai d'une semaine ou deux et de prendre la décision plus tard.

– Et alors ? Elle a quel âge ? Elle est sympa ?

– Tu la verras demain. Moi, je la trouve très gentille et très courageuse. Pour l'âge, je dirais une petite quarantaine, peut-être un peu moins. Ses deux filles ont l'air de s'habituer. Elles sont très mignonnes.

– Et Jean-Yves ?

– Il ne se confie pas trop, tu le connais, mais il a l'air content.

Juste avant de me coucher, je vais faire un tour dans le jardin. Le ciel est entièrement dégagé et de nombreuses étoiles sont visibles. Je scrute longuement le firmament. Qu'est-ce que j'espère ? Un geste des extraterrestres ? Sont-ils sur le chemin du retour ? Une visite de la murène ? Je crois que si elle m'apparaissait à cet instant, j'aurais le courage de l'approcher et de lui demander des comptes. Pourquoi ne vient-elle plus me voir ?

28 AVRIL, 1 H 50

ÇA FAIT PLUS D'UNE SEMAINE QUE J'AI REPRIS MES ACTIVITÉS DE PAYSANNE. La vie à la ferme a complètement changé avec l'arrivée de Samira. Avant, Jean-Yves et moi, on passait des journées entières sans échanger plus de trois ou quatre phrases. On déjeunait sur le pouce d'une ou deux tranches de pain et d'un peu de fromage ; pour lui, c'était plutôt du saucisson. À présent, à cause des petites, Inès et Nadia, on prend un vrai repas autour de la table de la cuisine. L'ambiance est très animée parce qu'elles ont toujours des découvertes à faire partager ou des questions à poser. Elles se sont tout de suite attachées au gros Grizzly qui n'a sans doute jamais reçu autant de caresses de sa vie. Elles m'ont adoptée moi aussi, et me font jouer le rôle inédit pour moi de grande sœur qui s'avère assez agréable. Je ne me ménage pas physiquement mais ça me fait beaucoup de bien. Notre potager cette année sera très différent du précédent. Nous avons fait des buttes de terre, enrichies avec du fumier et du compost, et planté plusieurs espèces dans les mêmes rangs. Je deviens une spécialiste de la permaculture. J'en ai d'ailleurs fait mon sujet pour l'oral du bac. Nous avons aussi inauguré de nouvelles plantations à l'ombre des pommiers. Samira se montre très efficace mais a toujours quelques appréhensions quand il s'agit des vaches.

– Je ne comprends pas trop ce qu'elles ont dans la tête, me confie-t-elle une fois en me regardant traire.

– Je n'ai pas été élevée à la campagne non plus. Mais j'ai appris à les approcher, à leur parler. Je connais les manies de chacune. Bientôt, tu seras plus à l'aise.

En douceur, Samira a pris en main l'organisation de la maison. Jean-Yves porte des tenues parfaitement reprisées et quitte sa casquette quand il est à l'intérieur. Ma grand-mère m'a confié en riant que des rumeurs couraient sur « leur couple ». Elle l'aurait « séduit, ensorcelé, en voudrait à sa fortune... ». Quelle fortune ? Jean-Yves fait mine de ne pas entendre.

Jeudi, quand on nettoyait l'étable, elle m'a brusquement demandé :

– Qu'est-ce que tu fais là, Tess ? Si j'ai bien compris, tu pourrais préparer ton bac tranquillement dans un lycée, comme les jeunes de ton âge. Je veux dire que tu n'es pas obligée de travailler, comme moi, pour survivre !

J'ai été un peu décontenancée par son ton un peu brusque mais son regard ne montre aucune agressivité.

– C'est vrai. Je le fais pour d'autres raisons.

Sur le coup, je n'ai pas eu envie de lui déballer mon histoire... intime ni de lui exposer mes convictions politiques. Elle n'a pas insisté. Hier, elle est revenue à la charge quand on épluchait des pommes de terre dans la cuisine. Mais elle était beaucoup plus douce. Je comprends qu'elle pense sans doute que je ne mesure pas ma chance de pouvoir étudier, d'être si entourée.

– Jean-Yves ne m'a rien dit sur toi, à part qu'il te connaît depuis ta naissance et qu'il te trouve toutes les qualités du monde.

– Je ne sais rien sur toi non plus, je lui ai répondu du tac au tac.

– Ce n'est pas une histoire facile à raconter. Ça remue beaucoup de souffrance.

Je n'ai rien ajouté mais j'ai lu dans ses yeux qu'elle avait très bien compris que je traversais moi aussi une période difficile. Après un long moment de silence, elle m'a souri en disant :

– L'éclaircie succède toujours au mauvais temps. Les filles et moi, nous pouvons enfin souffler depuis quelques semaines grâce à l'hospitalité de Jean-Yves et à votre gentillesse, à ta grand-mère et à toi. Je vais les scolariser après les vacances. On va reprendre une vie presque normale. Je veux croire que les pires épreuves sont derrière nous. Pour toi aussi, le beau temps arrivera bientôt.

Si elle pouvait avoir raison !

Je me suis assoupie juste après le dîner, encore habillée, sans même ouvrir un des manuels scolaires rapportés de la maison. Jusqu'à aujourd'hui, j'arrivais au moins à lire un chapitre avant de fermer les yeux. Je n'ai jamais autant dormi. Pourtant, passer le bac reste mon objectif du mois de juin. La fenêtre de ma chambre est restée grande ouverte et j'écoute les bruits de la nuit. Je repère bientôt l'aboiement lointain d'un chien, ça ressemble à Grizzly. Les bruits ne proviennent pas de la ferme. C'est rare qu'on l'entende ainsi. Il est peut-être pris sous une clôture ou dans un piège de braconnier ? Jean-Yves est habitué à ses fugues nocturnes dont il revient parfois couvert de griffures ou de morsures. Un peu inquiète, je décide d'aller voir. Je me lève et descends les escaliers en prenant soin d'éviter la quatrième marche qui craque terriblement. Je saute dans mes baskets et me glisse à l'extérieur. Mamie ne ferme sa porte à clef que lorsqu'elle va en ville. Je suis le sentier puis je prends à droite sur la petite route, à l'inverse de mon parcours habituel qui me mène chaque jour chez Jean-Yves. J'allume la lampe sur mon portable. Je ne pense à rien d'autre qu'à avancer. Les aboiements sont très irréguliers mais se rapprochent : je sais que je vais dans la bonne direction. Après plusieurs minutes à un rythme très soutenu, je m'arrête parce que je n'entends plus rien. Je tends l'oreille jusqu'à percevoir des craquements sur la droite. J'aperçois alors un chemin de terre qui s'enfonce entre deux champs en friche et je décide de m'y engager. Il débouche sur un bosquet d'arbres, deux cents mètres plus loin. Des tas de gravats jonchent le sol sur lequel je trébuche, et je distingue, non loin, une carcasse de voiture colonisée par la végétation. J'appelle le chien à plusieurs reprises mais n'obtiens aucune réponse. Où est-il ? Je m'immobilise pour respirer, me concentrer sur le moindre bruit et repérer sa présence. Soudain, les poils de mes bras se hérissent et je me sens mal. Une brume épaisse enveloppe les alentours alors qu'une voix dans ma tête me souffle : « *Protège-toi !* » J'obtempère en me recroquevillant derrière un buisson de ronces. Mes yeux se ferment brutalement. Je ne parviens plus à les ouvrir. J'ai l'impression qu'on exerce une pression sur mes paupières. Un grand coup de vent m'incite à baisser la tête. Je me sens à deux doigts de m'évanouir. Mon cœur bat à cent à l'heure. Après un temps que j'aurais du mal à évaluer, je réussis à rouvrir les yeux. Je peine à récupérer une respiration normale. Le brouillard s'est dispersé... Le vent est tombé. « Ils » sont partis. Je me redresse avec lenteur, un peu sonnée. À quelques pas, derrière un gros arbre couché, j'éclaire alors un large trou carré dont j'évalue les côtés à une dizaine de mètres pour une profondeur de moins de deux. Il paraît vide, à l'exception d'une forme bleue, vaguement circulaire. On dirait un couvercle de poubelle. Je contourne l'endroit à petits pas, en veillant à ne pas glisser à l'intérieur. Grizzly est allongé sur le flanc à quelques mètres du bord. Je plaque mon oreille contre sa gueule : il est vivant mais endormi. Je tâte sa fourrure délicatement et ne détecte ni blessure ni bosse. Me voilà soulagée. Je suis en nage. Il est trop lourd pour que je le porte jusqu'à la ferme. Je m'assois près de lui et le caresse pour tenter de le réveiller. J'y parviens au bout d'un quart d'heure environ. Il me lèche les mains, remue la queue comme si de rien n'était et se remet sur ses pattes. Nous rebroussons chemin. Je suis épuisée et me traîne pour rentrer. Grizzly, lui, retrouve vite son énergie. Il file comme une flèche vers chez Jean-Yves au moment où je pousse la porte de la maison. Je m'effondre sur mon lit sans même retirer mes baskets.

30 AVRIL, 6 H 40

JE SUIS ASSISE À LA TABLE DE LA CUISINE, UN BOL DE CAFÉ NOIR ET FUMANT DEVANT MOI. Je sors tout juste d'un profond sommeil. Ma grand-mère se plante en face de moi, l'air inquiet. D'habitude, je ne la croise jamais le matin. J'entends juste un « Bonne journée » lancé depuis sa chambre les rares fois où elle m'entend partir à la ferme. Elle s'assied à table et commence :

– D'habitude, tu ne laisses jamais la sonnerie de ton réveil me tirer du lit. Curieusement, ce matin, je l'entendais dans mon rêve, mais c'était aussi lancinant qu'une sirène de secours ! il y avait le feu dans un champ et les flammes s'approchaient dangereusement de la maison de mon enfance. C'est à ce moment que j'ai ouvert les yeux et compris que le son venait de ta chambre. Je t'ai découverte toute habillée. Je t'ai longtemps secouée avant que tu ne réagisses. J'allais abandonner et téléphoner à Jean-Yves. Qu'est-ce qui s'est passé cette nuit ? Tu as eu une de tes insomnies ?

– J'ai fait une promenade vers 2 heures. Je m'étais réveillée et je ne trouvais pas le sommeil, à cause de Grizzly.

– Le chien de Jean-Yves ? Ah bon, mais qu'est-ce qu'il avait ? il va bien ?

– Oui.

– Tu vas tenir le coup aujourd'hui ?

– Mais oui ! Ne t'inquiète pas. Et excuse-moi de t'avoir réveillée si tôt. Va te recoucher, Mamie.

– D'accord. À ce soir.

Je laisse mon café trop chaud pour aller me doucher en vitesse puis je reviens le boire d'un coup. J'empile deux tartines au beurre salé pour m'en faire un sandwich et je quitte la maison. Même en marchant vite, je n'y serai pas à 7 heures comme d'habitude.

Jean-Yves et Samira m'accueillent avec un large sourire moqueur :

– Alors, panne de réveil ce matin ? C'est bien la première fois, me lance Jean-Yves.

– Tu travailles trop, je crois, dit Samira. Avec tes révisions le soir, c'est normal !

Je leur raconte ma promenade nocturne à la recherche de Grizzly en évitant soigneusement tout le reste.

– Merci pour Grizzly. Il était comme d'habitude, ce matin, il a bien mangé. Tu crois qu'il aurait pu avaler une saleté qui l'aurait mis dans cet état ?

– Je ne sais pas, c'est possible.

– La zone dont tu parles, ajoute-t-il, appartenait au vieux Letourneur. Mais j'ai cru comprendre qu'il a vendu toutes ses terres il y a six mois environ. Tu crois qu'il y avait quoi dans ce trou, c'est grand comme une piscine, c'est ça ? Des fûts en plastique ? Il y a quelques mois, des rumeurs ont couru dans la région que des paysans dans la misère avaient accepté d'enfouir des déchets toxiques sur leurs terrains. J'avoue que je n'y croyais pas. Il faudrait que j'y aille. S'il reste des traces d'un produit dangereux, ça pourrait s'infiltrer jusqu'à la nappe phréatique, pourrir notre eau, empoisonner nos bêtes.

– On devrait s'en occuper tout de suite, vous ne croyez pas ? continue Samira d'un air inquiet.

À l'arrière de la voiture de Samira, je suis prise d'un doute durant quelques secondes quand je ne retrouve pas l'entrée du petit chemin comme si, la nuit, les distances étaient différentes. J'essaie de me calmer et descends de la voiture pour observer le paysage. Hier, je n'avais pour horizon que le faisceau de ma lampe. Je croise le regard des deux autres qui me sourient gentiment. Je fais quelques pas. Nous sommes sur un faux plat, mes muscles se souviennent de leurs efforts. C'est encore plus haut. Je remonte dans la voiture et environ cinq cents mètres plus loin, je me repère enfin. Je n'en reviens pas de la distance que j'ai parcourue cette nuit. Nous garons le véhicule le long de la route et progressons jusqu'au bosquet d'arbres, avec ses tas de gravats et sa carcasse rouillée. Je cours jusqu'à l'arbre abattu. Le trou est bien là. Au fond, dans un des coins, je retrouve le disque bleu à moitié enfoui. C'est probablement le couvercle d'un fût en plastique.

– Il n'y a plus rien... Y avait la place pour en stocker une bonne cinquantaine, évalue Jean-Yves.

– On file direct à la gendarmerie, propose Samira.

1er MAI, 2 H 17

SUR LE CHEMIN DU RETOUR, J'AI COMMENCÉ À M'ANGOISSER À L'IDÉE DE RENCONTRER DES FLICS. Mes derniers face-à-face avec les forces de l'ordre n'ont pas été des plus sympathiques. Samira a senti mon appréhension en garant sa voiture sur le parking quand elle a vu que je restais assise immobile à l'arrière.

– Qu'est-ce qui ne va pas, Tess ?

– J'avoue que j'éviterais bien cette épreuve… Bon, ai-je repris. Je suis fichée par la police parce que j'ai participé à des manifs non autorisées à Paris. J'ai peur qu'ils ressortent mon dossier.

– Restez là, a juste déclaré Jean-Yves en me souriant. J'y vais. Moi, je les connais bien. Ça va prendre cinq minutes.

J'ai poussé un ouf de soulagement.

À la fin de la journée, quand on s'est posés dehors pour profiter des derniers rayons de soleil, j'ai décidé de leur donner quelques explications sur mes engagements et leurs conséquences. Jean-Yves n'a rien dit du tout. Il est toujours de mon côté, quoi que je fasse. Samira m'a glissé en souriant qu'elle me trouvait courageuse et déterminée, mais qu'elle se réjouissait de ne pas être ma mère.

– À sa place, je serais morte de trouille à chaque fois que je te verrais partir.

Je n'ai pas commenté mais je crois que mes parents n'ont que récemment pris conscience des risques que je suis capable de prendre.

Je suis allée me coucher tôt après avoir raconté l'essentiel à ma grand-mère, en me concentrant sur les fûts et la visite prochaine des gendarmes.

Je suis réveillée depuis une bonne dizaine de minutes. J'ai laissé la fenêtre fermée pour ne pas être tentée de ressortir pour une raison mystérieuse. Je dois me ménager. J'ai eu du mal à tenir la distance aujourd'hui et j'ai bien failli m'endormir dans l'après-midi. Ce n'est que maintenant que je me souviens de tout précisément. Ils m'ont parlé. Je le sais. Pas de vibrations sonores, je les ai entendus dans ma tête. Ils n'ont pas clairement dit : « *Protège-toi !* », mais j'ai senti, à ce moment-là, que c'était ce que je devais faire. Ils m'ont touchée aussi, à leur manière, en faisant pression sur mes paupières. Il n'y a pas eu de contact réel mais une force, une énergie capable d'agir sur mon corps. Était-ce pour éviter que je ne sois blessée pendant qu'ils effectuaient leur déménagement ? C'est là que Jennifer me manque. Elle m'aiderait à y voir plus clair. En tout cas, ce qui est sûr, c'est qu'ils sont revenus, qu'ils ont repris la Terre en main. Je veux croire que très bientôt, ils ramèneront Léonor saine et sauve.

5 MAI, 16 HEURES

JE SUIS RENTRÉE À LA MAISON AVEC MES PARENTS DIMANCHE SOIR. J'avais besoin de les voir. Je repars vendredi pour la Haute-Vienne, chez les parents de Léonor. Je me suis forcée à travailler davantage pour me rassurer et surtout pour tranquilliser mes parents qui commencent à se demander si je n'ai pas prévu de faire de ma terminale une année sabbatique. Ils seraient d'ailleurs prêts à l'accepter. C'est incroyable comme nos rapports ont évolué. J'ai le sentiment qu'ils me traitent maintenant comme une adulte à qui on peut faire confiance.

La veille de mon départ, Samira m'a raconté son histoire, tandis que nous repiquions des plants de tomates : la crise qui lui a fait perdre son boulot de commerciale dans une PME, les dissensions au sein de son couple, son mari qui les a abandonnées. Elle s'est dit, à ce moment-là, que c'était un signe du destin et qu'il était temps de changer de vie, d'avoir une existence plus saine, un travail avec du sens, un environnement moins stressant et de l'espace pour les petites, avec la nature pour les aider à grandir. Samira a alors chargé sa voiture et elles ont pris la route. Au début, elles ont dormi dans des hôtels puis dans leur voiture, jusqu'à leur rencontre avec Jean-Yves.

– Il est la preuve qu'un homme peut être foncièrement gentil et généreux, et prêt à tendre la main alors qu'il n'a pas grand-chose. J'avais commencé à en douter.

Ils sont trop pudiques tous les deux pour que je puisse juger de la nature exacte de leurs relations. Quand on les voit vivre, quand je vois comment Samira le regarde, on peut avoir l'impression qu'ils forment un vrai couple. Je crois que j'aimerais que ce soit le cas. J'ai compris, en évoquant Léonor, que Jean-Yves lui en avait déjà parlé, même si elle a pris soin de paraître tout découvrir de mon histoire. À la fin de mon récit, elle m'a déclaré :

– C'est beau de vivre un tel amour.

Et quand elle a croisé mon regard plein de larmes, elle a ajouté :

– Tess, je suis certaine que tu la reverras bientôt. Quand tu reviendras nous voir, elle sera à tes côtés.

– J'espère, ai-je dit en retenant un sanglot.

Inès et Nadia m'ont préparé des dessins sur lesquels j'apparais avec leur mère, Jean-Yves, Grizzly et la maison, surmontée d'un soleil radieux. Au bout du chemin, Mamie nous fait coucou. Nous y sommes représentés comme une famille. J'en ai affiché deux dans ma chambre. Les contempler me fait du bien.

Je viens de terminer un peu en avance mes révisions de la journée. Rachel doit passer me voir. Je n'ai pas réussi à dire non.

Elle arrive tout sourire et retrouve tout de suite ses habitudes. Elle retire ses chaussures dans l'entrée en laissant tomber son sac à côté et circule dans l'appartement comme si elle était chez elle. Avant, elle passait tellement de temps ici que ça lui semblait naturel. Et pour mes parents et moi, c'était pareil. Aujourd'hui, forcément, son comportement me fait vraiment tiquer même si je me garde bien de le lui faire remarquer. Elle scrute particulièrement les murs de ma chambre, couverts de photos et des dessins des petites. Dans la cuisine, elle ouvre un placard, en sort une boîte de métal et déclare en la secouant :

– T'as plus de gâteaux ?

– Non, ma mère a arrêté d'en acheter. Quand on en veut, on les cuisine nous-mêmes.

Nous nous posons sur le canapé, les pieds sur la table basse. C'était notre position préférée en rentrant du collège.

– C'est quoi, alors, cette vie de paysanne déscolarisée ? commence-t-elle. Ça ne te ressemble pas du tout, ça. Toi qui visais de grandes études... Tu as renoncé ?

– Non ! Enfin, je ne sais pas trop. Disons que j'essaie de faire le point sur ce que je veux vraiment faire plus tard. Mon engagement politique m'a beaucoup fait réfléchir.

– Moi, la lutte politique ne m'a jamais intéressée. J'ai l'impression qu'on ne peut rien changer. Alors je préfère dépenser mon énergie dans la musique. Elle ne me déçoit jamais.

Un long silence s'installe. Nos regards se croisent. On se sourit mécaniquement.

– Tu ne crois pas, lance-t-elle soudain d'une voix grave, qu'il faudrait qu'on reparle de ce qui s'est passé il y a trois ans ?

– Si tu veux.

– Ça a été le pire moment de ma vie.

– Je sais. J'y ai pensé souvent. Je suis désolée de t'avoir fait souffrir. Honnêtement, j'aurais voulu qu'on reste amies, mais...

– Honnêtement ? Honnêtement ? répète-t-elle. On faisait tout ensemble. On dormait ensemble. On se lavait ensemble. On était tout le temps collées, au propre comme au figuré.

– Comme des meilleures copines ! je réponds vivement. On était collées depuis qu'on était petites !

– Sauf qu'on devenait des femmes ! Et toi, tu as fait comme si cette réalité biologique n'existait pas. Et quand je t'ai parlé de mes sentiments...

– Oui, tu as raison. Mais honnêtement...

– Arrête avec ton « honnêtement », s'il te plaît ! demande-t-elle, soudain très agacée. Tu dis « honnêtement » pour m'embrouiller ensuite. On était si proches. J'ai du mal à croire que tu n'as rien vu, que tu n'as pas fait semblant.

Je prends sur moi pour ne pas exploser. Pourquoi ne veut-elle pas m'entendre ? Je m'efforce de lui expliquer ce que je crois avoir compris.

– Je n'éprouvais rien pour toi de sexuel... Voilà, c'est dit. Mais ne le prends pas personnellement. Je n'éprouvais rien pour personne. Je ne me sentais attirée par personne. Admets-le... ou pas, mais c'est la vérité. Et puisque tu veux tout savoir, ma première vraie rencontre date d'il y a un an, c'est tout.

– Il a de la chance, commente-t-elle, le visage triste.

– *Elle* a de la chance. Enfin, je veux dire...

– Parce que c'est une fille, en plus. Tu es avec une fille ?

Je serre les dents. Je me remplis d'un coup de tristesse et de colère. Je n'aurais jamais dû accepter ce rendez-vous. Rachel me dévisage. Je sens sa douleur. Je comprends qu'elle m'aime toujours. Je voudrais qu'elle parte tout de suite. Je suis désolée de lui faire de la peine une nouvelle fois, mais cette fois-ci je suis sûre de moi. Comme si elle avait compris elle aussi, elle se lève et déclare sur un ton léger :

– On ne reviendra jamais en arrière mais je crois que c'était mieux qu'on se parle vraiment.

Elle fonce dans l'entrée, enfile ses chaussures et me lance avant d'ouvrir la porte :

– On s'appelle ! Enfin, si tu veux !

8 MAI, 18 H 10

JE SUIS DANS LE TRAIN POUR LIMOGES, ET CE VOYAGE A DES AIRS DE PÈLERINAGE DANS LES PAS DE MON AMOUR PERDU. Enfin... provisoirement perdu. En attendant l'annonce pour le quai, je me suis assise sur le banc où nous avions mangé notre sandwich au mois de juin dernier, il y a presque un an. Je ne l'ai pas fait sciemment mais quand je m'en suis aperçue, j'ai versé mes premières larmes de la journée. Je crois que ça ne sera pas les dernières. Puis je me suis levée et j'ai arpenté la gare d'Austerlitz en me répétant comme un mantra : « Léonor va revenir. Bientôt, elle sera là ».

Il y a une heure environ, nous avons dépassé l'endroit où le cerf s'était endormi sur la voie. Depuis le départ, je suis incapable de lire mes cours et même de me concentrer sur mon téléphone. Je garde la tête collée contre la vitre pour voir défiler le paysage. La semaine dernière, j'ai eu la curiosité de chercher dans la presse locale à quel évènement on pouvait relier cet épisode « poétique » qui avait marqué notre retour. J'ai découvert que dans cette région, des milliers de kilomètres de grillages cernent des réserves de chasse appartenant à de très riches hommes d'affaires, qui viennent se défouler du stress des grandes villes en flinguant du gibier. Les animaux qui ne peuvent circuler librement détruisent les écosystèmes. Et comme il n'y a plus de brassage génétique entre les différents groupes coincés dans leurs enclos, la santé des espèces sauvages s'étiole. La nuit où nous y sommes passées, Léonor et moi, près de deux mille kilomètres de clôture se sont volatilisés, rendant à la liberté une grande quantité de bêtes. Depuis que je me suis définitivement convertie à la théorie de Jennifer, je n'arrête pas de me poser des questions sur le sens des actions que les extraterrestres mènent sur notre terre en secret. Ils sauvent notre avenir en forçant les autorités à prendre des mesures qui vont à l'encontre du dogme libéral qu'elles suivaient aveuglément depuis des décennies. Pour cela, nous devons les remercier. En plus, ils parviennent à rendre plus acceptables leurs actions auprès de ceux qui devraient en souffrir. Si ces puissances venues de l'espace font tellement attention à notre bien-être, pourquoi s'en sont-elles pris à ce million de jeunes ? Si c'est la vérité, et que Léonor et d'autres femmes leur servent de mères porteuses sans leur consentement – et comment pourraient-elles le donner –, cela s'apparente à de l'exploitation, à de l'esclavage, à un crime contre l'humanité. Ces filles sont victimes d'un viol, un acte ignoble dont elles ne se remettront jamais complètement. Comment peuvent-ils vouloir à la fois notre bien et notre malheur ?

Je ferme les yeux pour chasser tout ça de mon esprit, et rester positive. Peut-être que rien de tout ça n'est arrivé à Léonor. J'ai revu Sinan hier soir. Il m'a cuisiné un délicieux repas végétarien à base d'entrées turques qu'on appelle des mezze. Je lui ai demandé de m'apprendre à les faire. Il a pris la résolution de refaire le voyage au Pariou pour le 4 juillet. Il s'est persuadé que les disparus reviendront à cette date. Il veut être là pour sa Juliette. Moi, je ne m'en sens pas le courage, j'aurais tellement peur d'être déçue. Nous avons souvent des gestes tendres, des mots de consolation qui, vus de l'extérieur, pourraient être mal interprétés. Le fait que je puisse rester blottie contre lui durant de longues minutes en me sentant si bien, tellement à l'abri, ne cache-t-il pas une attirance physique ? Et lui, que ressent-il quand il me caresse les cheveux ? Suis-je complètement naïve, voire idiote ? Ou bien c'est que mon cerveau ne fonctionne pas comme celui des autres... J'ai besoin de croire à la pureté de notre amitié, unie par le malheur que nous affrontons tous les deux. Nos « disparues » sont pratiquement le seul sujet de nos discussions.

À mesure qu'on s'approche de Limoges, je sens le doute monter. Ai-je bien fait de venir ? Je connais si peu ses parents et son frère, finalement. Vais-je trouver ma place ? Qu'attendent-ils de moi ? Ne vais-je pas les décevoir ?

Il fait nuit noire quand j'arrive. Tom me guette en haut de l'escalator de sortie. Il semble franchement ravi de me voir. Sa mère nous attend en double file. Ils m'installent à l'avant pour que je sois plus à l'aise pour leur parler. Coralie me serre longuement dans ses bras, visiblement très émue que je sois venue.

En chemin, elle m'explique qu'ils veulent que je donne mes idées pour la rénovation de la cabane. « C'est aussi un peu la tienne », précise-t-elle. Je suis gênée par toutes ces attentions.

– Ensuite, ajoute-t-elle, on prendra le matériel et on s'installera à la campagne pour la semaine. Enzo et peut-être Sylvana, si elle y arrive, nous rejoindront dans quelques jours.

Quand je dépose mes affaires dans la chambre, je me rends compte que tout est imprégné d'elle. Mon ventre se tord et ma respiration s'accélère. Surtout quand je repère, placée au-dessus du bureau, une grande photo encadrée d'elle et moi en maillot de bain, les pieds dans le ruisseau, tout à notre bonheur. Je vais me passer un peu d'eau froide sur le visage et descends les rejoindre. La conversation tourne rapidement autour de la transformation de la ferme de Jean-Yves. Nous évoquons aussi les rassemblements de familles de disparus auxquels nous participons tous.

–

– Tu faisais partie de ceux qui ont passé la nuit sur le rond-point en bas des Champs-Élysées, déclare Bertrand. On t'a aperçue aux infos.

– Les gens filment tout et tout le temps. À ce moment-là, nous étions un peu démoralisés parce qu'on ne s'imaginait pas du tout que des médias parleraient de notre cause.

– Tu es quelqu'un de très déterminé et de très fidèle, Tess, affirme Coralie. Te voir là, en plein journal télé, nous a beaucoup touchés.

Je ne sais pas trop quoi leur répondre. Nous mangeons le dessert sans plus parler jusqu'à ce que Bertrand me demande, le regard soudain empli d'inquiétude :

– Tu crois qu'elle va revenir ?

– J'en suis certaine, dis-je en sentant un frisson me parcourir le dos. Sinon, je ne serais pas venue ici préparer son retour.

10 MAI, 10 H 30

DEPUIS L'ARRIVÉE DE SYLVANA ET D'ENZO, L'AMBIANCE EST VRAIMENT JOYEUSE, ET JE ME SURPRENDS À RIRE PLUSIEURS FOIS PAR JOUR. Ils se connaissent par cœur et passent leur temps à se taquiner ou à se moquer d'eux-mêmes. Quand ils surprennent une expression triste sur mon visage, j'ai l'impression qu'ils ont presque envie de s'excuser. Pourtant, nous n'avons rien à nous reprocher. Elle est avec nous. Elle est la seule raison de notre présence ici et de tout ce qu'on fait.

Où est-elle, en ce moment ? Que fait-elle ? Souffre-t-elle ? J'espère que non, de toutes mes forces. La nuit dernière, pendant mon insomnie, je n'ai pas réussi à me débarrasser de l'idée qu'elle était peut-être sur le point d'accoucher : on vient juste de dépasser le seuil des neuf mois d'absence. Pour me calmer, j'ai essayé de penser très fort à elle et de me remémorer nos plus beaux instants. Je pleurais mais ça m'a un peu apaisée.

Alors que nous transportons des planches vers la cabane, Enzo me demande un jour :

– Tess, tu ne t'es jamais posé la question... Pourquoi le 4 juillet ? Ce n'est pas anodin, comme date.

– La première idée qui me vient, je réponds, surprise par sa question, c'est l'anniversaire de l'indépendance des États-Unis ? Mais je ne vois pas le rapport ?

– En effet, je ne te demande pas de chercher dans un fait historique, y en a des dizaines : l'indépendance des Philippines, la mort de Marie Curie, la découverte du Boson de Higgs en 2012, l'explosion d'une supernova en 1054, le jour où Lewis Carroll a imaginé Alice...

– OK, OK ! arrête d'étaler ta culture... C'est tellement prétentieux ! intervient Sylvana en hurlant.

– Tu veux dire que j'ai appris toute la page Wikipédia par cœur pour rien ? C'est dommage ! J'avoue que j'ai fait ça pour t'impressionner, ma chère !

– Ça ne marche plus depuis longtemps ! Toi et ta science, sérieusement !

– Je reprends. Il faut chercher un évènement qui s'est produit le 4 juillet dernier et qui se reproduira le quatre juillet prochain.

– Et cet évènement existe ? je demande, soudain intéressée.

– Oui. C'est l'aphélie, c'est ce jour-là que la Terre est le plus loin du Soleil. D'où l'hypothèse à laquelle je crois de plus en plus : le rôle des extraterrestres dans les phénomènes qui secouent la planète, y compris toutes ces disparitions !

– Je suis tellement contente que tu en arrives à cette conclusion ! C'est la mienne et celle d'une amie qui travaille à la police scientifique !

Nous nous tapons dans la main. Ce gars est génial !!!

– Non, mais vous êtes sérieux, tous les deux, là ?! s'étonne Sylvana, le sourire aux lèvres. Vous croyez aux extraterrestres ! Sans blague !

– Quand on ne peut pas imaginer d'hypothèses crédibles à des phénomènes, reprend Enzo, il faut chercher ailleurs. La NASA avance le chiffre de trois cents millions de planètes habitables dans notre galaxie ! Notre univers, ou bien *nos* univers sont beaucoup plus complexes que ce que nous en percevons !

– Il doit bien y avoir des explications plus rationnelles, non ? insiste Sylvana qui commence à prendre la discussion au sérieux et nous regarde d'un drôle d'air.

– Reprenons avec la disparition du million de jeunes adultes. Qui ? Comment ? Pour quoi faire ?

– Je ne sais pas... des mafieux pour un trafic d'êtres humains, prostitution, prélèvements d'organes ?...

Je suis incapable de mettre un pied devant l'autre. Ce qu'évoque Sylvana me vrille les entrailles. Lui continue d'argumenter en parlant plus fort :

– Illogique ! Ces trafics existent, bien sûr, mais leurs victimes sont rarement issues de pays riches et stables où les services de police sont bien organisés ! Le risque est trop grand. Les criminels préfèrent les zones de guerre, les camps de réfugiés ! Et ton hypothèse ne résout pas le problème principal : la logistique ! Comment faire disparaître un million de personnes à la même date et réussir à les planquer depuis neuf mois ?

Sylvana s'est arrêtée net. Elle se tourne vers moi.

– Tess... Tess ?!

Elle pose son chargement et se précipite pour me prendre dans ses bras. Je me laisse faire, les épaules secouées de pleurs incontrôlables.

– Excuse-moi, dit-elle. Je suis désolée ! Je ne voulais pas te blesser. Et Enzo a raison, ce que je propose n'est pas logique...

– Je sais. C'est rien, je murmure en me baissant pour reprendre mon chargement.

11 MAI, 23 HEURES

LE GROS ŒUVRE DU CHANTIER EST TERMINÉ. J'ai l'impression d'avoir beaucoup appris au contact de la famille de Léonor. Tom et moi avons réalisé, sans aide, la nouvelle échelle qui permet d'accéder à la cabane. Je sais maintenant manier la scie électrique, la perceuse et la visseuse. Nous avons remplacé une grande partie des planches et consolidé le toit, et aussi taillé quelques arbres pour dégager la vue sur le ruisseau. Il ne nous reste plus que la déco. Je me sens tellement bien au milieu de ces gens.

Nous avons eu ce matin un nouvel échange avec Enzo et Sylvana. J'avais partagé avec eux ce que je savais du sujet, en prenant soin de ne pas évoquer mes expériences personnelles, ce qu'Enzo nomme « des rencontres du troisième type ». Ensuite, je les ai écoutés sans intervenir, parce que j'imagine systématiquement Léonor subir les horreurs qu'ils racontent. Je ne les juge pas. Je crois qu'ils ne sont pas faits comme moi. Leurs discussions sont essentiellement intellectuelles et ils parviennent à les détacher, du moins quand ils débattent, du cas de leur amie qu'ils aiment profondément, je le sais.

– Imaginons un scénario de repeuplement, a suggéré le meilleur ami de Léonor. Ils gardent les enfants puis se débarrassent de l'influence des parents en les ramenant sur Terre. Ensuite, ils les élèvent, ou les « conditionnent », pour éviter tout sentiment de révolte. À l'âge adulte, ils les font se reproduire après avoir analysé la compatibilité génétique de chacun. Ils récupèrent ainsi une population saine et obéissante. Dans les romans de science-fiction que j'ai pu lire, c'est sûr, ces populations sont souvent cantonnées à des tâches physiques peu intéressantes. En bref, ils sont traités comme des esclaves.

C'était dur d'entendre une telle comparaison et j'ai été à deux doigts de m'éloigner d'eux. J'ai serré les dents et je suis restée pour écouter la suite parce que, au-delà de la douleur, j'ai besoin de comprendre, d'imaginer des scénarios, de me préparer à tout, même au pire.

– On peut aussi imaginer qu'ils puissent tenter des formes d'hybridation, a proposé Sylvana. Ils mélangeraient un pourcentage plus ou moins important de leur propre matériel génétique au nôtre.

– Dans quel but ? interroge Enzo, créer une nouvelle espèce ?

– Ou régénérer la leur ? ils peuvent faire face à un appauvrissement génétique ! Ou alors, ils sont carrément foutus, et ils ont absolument besoin de nouvelles enveloppes corporelles pour faire survivre la mémoire de leur espèce.

– Pas con, a commenté Enzo. T'as lu ça dans quel livre ?

– Ça vient directement de mon cerveau. C'est là que tu constates ma supériorité. Toi, tu digères le savoir que tu picores à droite, à gauche. Moi, je le génère directement.

– Quelle chance j'ai de te compter parmi mes amis !

Il s'est alors jeté à ses pieds et a essayé de lui retirer ses chaussures. Elle a poussé des cris et a rigolé en se défendant. Il a continué :

– Laisse-moi baiser tes pieds ! Ô déesse de la Pensée !
– Mais arrête ! T'es vraiment cinglé ! Au secours, Tess !

Tom ne se joint jamais à nous durant les soirées sur la terrasse. Un jour où je le lui ai fait remarquer, il m'a déclaré qu'il nous aimait bien mais qu'il n'était pas en phase avec nos délires et nos sujets d'intérêt. Le soir, quand il laisse sa fenêtre ouverte, on l'entend discuter ou jouer avec ses copains. Je le comprends mais regrette qu'on ne soit pas plus proches.

Ce soir, Enzo et Sylvana m'ont aidée sur des notions de philo que je ne suis pas tout à fait certaine de saisir. Surtout, ils m'ont forcée à affiner ma pensée et mon argumentation. C'est la première fois que j'ai l'impression de ne pas dominer un contenu scolaire. L'examen a lieu la semaine prochaine.

Avant de monter me coucher, j'ai envie qu'on reprenne la discussion du matin. Des questions me brûlent les lèvres. Et elles introduisent des hypothèses optimistes, pour une fois. Je me lance :

– Est-on obligés de n'envisager les extraterrestres que dans un rôle de prédateurs ? Et s'ils avaient enlevé les jeunes pour leur bien, par exemple pour les immuniser contre le cancer et de nouvelles formes de coronavirus ? Après tout, ça irait dans la logique de tout ce qu'ils font pour sauver notre planète ?

– Dans quel but ? demande Enzo.

– Une envie de faire le bien... pour faire le bien. Ils ne sont peut-être pas aussi égoïstes que nous.

– Ce type d'hypothèse est rarement développé dans les romans de science-fiction. Les extraterrestres sont toujours vus comme des méchants. Mais après tout, pourquoi pas ?

– Pour aller dans le sens d'Enzo, intervient Sylvana, on peut aussi imaginer qu'ils nettoient la Terre dans leur propre intérêt. Comme un éleveur qui change l'eau des poissons pour les garder en bonne santé ! Notre monde serait un vivier où les aliens viendraient puiser à leur guise. Un million de jeunes chaque année. Enzo, fais gaffe, ça va être ton tour !

– Mais pourquoi, je reprends, ne rentreraient-ils pas simplement en contact avec nous pour nous demander de coopérer ?

– En ont-ils la possibilité ? objecte la copine de Léonor. Je veux dire : parlent-ils un langage que l'on pourrait comprendre ? Et dans le cas où ils y parviendraient, trouverait-on des volontaires pour quitter notre planète à jamais et repeupler la leur ?

– Moi, déclare Enzo, sans sourire, ça pourrait m'intéresser. Ce serait une formidable aventure. Sur terre, malgré l'intervention de nos amis du cosmos, l'avenir ne s'annonce pas très radieux.

12 MAI, 3 HEURES

C'ÉTAIT MON DERNIER JOUR EN HAUTE-VIENNE. « Le nid est prêt, a déclaré la mère de Léonor, l'oiseau peut venir s'y installer. » Aucun n'a osé afficher ses doutes, devant les autres, sur un retour prochain de Léonor. Pourtant je suis sûre que, comme moi, certains matins, ils se réveillent le cœur rempli de désespoir. Combien de temps vais-je tenir encore sans elle ? Pourrai-je un jour m'en remettre si elle ne revenait jamais ? Pourrai-je tourner la page et aimer quelqu'un d'autre ?

Hier, j'ai reçu un message de Rachel, le premier depuis notre explication : « Je te crois, pour ce qui s'est passé il y a trois ans. J'aimerais beaucoup redevenir ton amie. » Je n'ai pas su quoi lui répondre.

Enzo et Sylvana sont repartis en fin de matinée, après m'avoir laissé leurs coordonnées. J'ai promis de leur donner des nouvelles de mon épreuve de philo que je redoute tant. Tom a profité de leur voiture pour rentrer plus tôt. J'ai, un instant, regretté de ne pas avoir moi aussi avancé mon retour mais j'avais peur de décevoir les parents de Léonor. J'ai passé l'après-midi avec eux. Nous avons marché jusqu'à une petite chapelle nichée au fond d'une vallée. Nous avons peu parlé et ça m'allait très bien.

Le soir, alors que nous préparions le dîner, la radio a annoncé qu'une explosion nucléaire avait eu lieu en Sibérie. Aucune information précise n'avait été donnée par les autorités russes mais des satellites américains avaient filmé l'évènement. De plus, des relevés dans les pays Baltes et scandinaves montraient une augmentation impressionnante du taux de radioactivité dans l'atmosphère. Nous avons donc dîné devant les infos qui en étaient réduites à passer des images d'archives de Tchernobyl et à interroger des experts divers et variés qui ne savaient quoi penser.

– Il n'y a pas de centrales nucléaires dans cette zone, a déclaré l'un d'eux. Ce sont plutôt des puits de pétrole. Mais les Russes ont le goût du secret. Ils cachaient peut-être à cet endroit une installation souterraine, indétectable par les satellites.

Des journalistes interrogeaient aussi des passants pour « connaître la réaction de la rue ». Certains se montraient catastrophés, d'autres semblaient totalement s'en moquer. L'un prédisait une Troisième Guerre mondiale pour très bientôt.

Personne n'a commenté l'évènement, mais nous sommes tous montés nous coucher avec un sentiment bizarre. Comme d'habitude, je me suis endormie tout de suite pour me réveiller quatre heures plus tard. Et là, je ne peux m'empêcher de penser à la Sibérie. J'ai allumé mon portable à la recherche des toutes dernières infos. Finalement, le gouvernement russe a édité un communiqué vers minuit disant « reconnaître avoir utilisé une charge nucléaire de faible puissance pour contrer une attaque terroriste ». Quelle attaque ? Aucune autre précision n'a été apportée depuis. Je dois me forcer à penser à autre chose. Je sais que cette semaine promet d'être riche en émotions : je passe l'épreuve écrite de philo demain matin, et mercredi après-midi mon grand oral sur le sujet de la permaculture. Je vais aussi revoir Sinan et Samantha pour une manifestation samedi après-midi. Comme nous serons peu nombreux, il faudra que ce soit un vrai coup d'éclat. Dès cette semaine, des repérages discrets vont être effectués par des membres de l'APAD.4.7. Tout ça me rappelle le bon temps des actions « coup de poing » de *Planet Reboot*. Du coup, Nangaï et Hugo mais aussi Rose et Fiorella seront de la partie. J'attends ce moment avec hâte.

16 MAI, 15 HEURES

NOUS AVONS RÉUSSI NOTRE COUP ! Nous voilà au sommet de l'Arc de Triomphe, notre banderole déployée. Nous avons d'abord investi le lieu par petits groupes, certains se faisant passer pour des touristes étrangers. Comme les sacs sont fouillés à l'entrée, nous avons dû ruser pour faire monter l'immense toile. Nangaï avait enroulé le tissu autour de mon buste, ce qui me donnait une corpulence impressionnante et m'a procuré une bonne suée. Nous y avions écrit cette simple question : *Avez-vous pensé à nos disparus aujourd'hui ?* Nous nous sommes enchaînés aux garde-fous. L'agent de sécurité a vite repéré notre manège mais il a été neutralisé rapidement, pour éviter qu'il ne donne l'alerte trop vite et nous empêche de finir notre installation. Heureusement, nous sommes tombés sur un gars raisonnable qui s'est laissé faire en se contentant de nous lancer quelques insultes.

La police débarque quelques minutes à peine après le déploiement de la banderole. Ils sont nombreux et surarmés, ce qui est très choquant pour ceux qui ne sont pas habitués à ce genre de situation. Les vrais touristes sont évacués pour qu'ils ne puissent pas filmer ce qui va se passer ensuite. Une militante de l'âge de ma mère se met à pleurer parce qu'elle a peur. J'essaie de la rassurer :

– Calme-toi. Ça va bien se passer. Toi, ils ne te toucheront pas.

Un gradé s'approche pour évaluer la situation. Il a visiblement décidé de jouer l'apaisement.

– Bonjour, déclare-t-il sur un ton plutôt jovial, je pense que vous pouvez vous réjouir. Votre banderole a eu le temps d'être filmée et vous aurez le droit à quelques minutes de gloire dans les JT du soir. Maintenant, on va tranquillement terminer l'après-midi. Je ne vais pas vous demander les clefs de cadenas que vous avez perdues, comme d'habitude. Nous avons notre propre matériel.

Deux policiers équipés de coupe-boulons se mettent au travail. Il a été décidé qu'on ne devait rien tenter, pour éviter que ça ne dégénère. Avant de nous faire descendre, des officiers vérifient l'identité de chacun et consultent leur ordinateur portable. Comme prévu, Fiorella, Rose, Nangaï, Samantha et moi sommes placées de côté, sans doute pour être interrogées. Nous sommes rejointes par Sinan et un autre gars. Mon ami me sourit et pose sa main sur mon épaule. Cette attitude protectrice me gêne un peu, mais je n'ose rien dire. Quand certains militants se rendent compte de notre traitement de faveur, ils refusent de descendre et se mettent à hurler. Ils sont alors énergiquement poussés dans les escaliers. En bas du bâtiment, une manifestation s'organise pour nous faire libérer. Des passants viennent renforcer les troupes et bloquer l'accès aux véhicules de police. Le gradé finit par céder. En nous rendant nos papiers, il nous lance d'un ton sec :

– Attendez-vous à être convoqués dans les jours qui viennent. Et n'oubliez pas de vous présenter, sinon on viendra vous chercher.

Nous nous retrouvons tous à l'écart, soulagés. Chloé répond à quelques journalistes. Elle relève ensuite nos noms en nous promettant de faire annuler notre convocation.

– Depuis que je milite, j'ai eu affaire à des tas de hauts fonctionnaires. Heureusement, certains sont sensibles à notre cause et seront prêts, je l'espère, à nous rendre service.

– À défaut d'agir vraiment pour retrouver nos enfants, commente un homme à l'air fatigué près d'elle.

Nous décidons tous de nous rendre chez les filles. Dans le métro, Sinan nous provoque un peu quand je lui raconte où j'ai rencontré Léonor.

– Des écolos radicales, lance-t-il, j'aurais dû m'en douter.

– Et toi ? demande Rose en rigolant. T'es un activiste de La Manif pour tous ?

– Pas mal, sourit-il. Non. Antifa. Mais ça commence à dater.

– T'es qui, en fait ? demande Fiorella.

– Sinan. Je suis un ami de Tess. Et de Samantha.

– Si je suis réincarnée en hétéro un jour, je te draguerais volontiers, ajoute Rose. Pour un mec, t'es plutôt attirant !

À l'appartement, je ne peux m'empêcher de grimacer quand je vois Nelson, le nouveau coloc, sortir de la chambre de Léonor. Il salue tout le monde, échange quelques mots avec nous, puis retourne s'enfermer. Les filles me font raconter mes épreuves du bac. Elles se demandent ce qu'elles auraient pu écrire en philo avec le sujet que j'ai choisi : *Défendre ses droits, est-ce défendre ses intérêts ?* Elles me posent aussi des questions sur ma vie de fermière et me proposent de venir cet été nous filer un coup de main.

– Enfin, on viendra au moins te rendre visite, tempère Fiorella. Mettre les mains dans la terre sous un soleil de plomb, je suis moins sûre.

La discussion s'oriente ensuite sur l'explosion du missile nucléaire. Les hypothèses les plus fantaisistes circulent, surtout depuis que le Kremlin a opposé un refus total à une enquête internationale sous l'égide de l'ONU. Sinan, Hugo, Nangaï et moi repartons vers 21 heures, après avoir commandé nos pizzas végé préférées, comme d'habitude. Dans le métro un peu bondé, ma copine se rapproche de moi tandis que les deux garçons entament une discussion sur le foot à quelques mètres de nous.

– Tess, me chuchote-t-elle, ce mec se comporte avec toi un peu comme si vous étiez en couple, non ?

– C'est-à-dire ?

– Il n'arrête pas de chercher le contact. Il s'assoit tout près de toi, te touche la main...

– Oui. C'est vrai. Mais il n'y a rien entre nous, que de l'amitié. On se soutient, c'est tout.

– De ton côté, je n'en doute pas. Mais, franchement, du sien, je suis moins certaine.

Un peu plus tard, quand nous quittons le couple à la sortie du RER et nous retrouvons tous les deux, Sinan me propose :

– Tu passes chez moi ? Il est encore tôt, non ?

– Non, pas ce soir, dis-je en repensant aux propos de Nangaï qui m'ont tout de même troublée. J'ai envie de rentrer me coucher.

– S'il te plaît, Tess.

Il m'attrape doucement le poignet pour que j'arrête de marcher, et ajoute en me regardant bizarrement :

– Moi, j'ai besoin de te sentir près de moi. On est bien tous les deux. Notre relation évolue. Et je crois qu'il est temps de l'admettre.

– Qu'est-ce que tu entends par là, Sinan ?

– Ne fais pas l'étonnée, Tess. Je suis attiré par toi et je crois que toi...

Je le dévisage, choquée.

– Pourquoi tu me regardes comme ça ? Nous ne trahissons personne. Je n'oublie pas Juliette et j'espère toujours autant son retour. Tu le sais ! Mais en attendant, on souffre et on a besoin l'un de l'autre. Il n'y aurait aucun mal à...

– Arrête ! j'ordonne en me dégageant. Moi, je ne pourrai pas. Jamais. Et puis je ne suis pas attirée par toi.

– Parce que je suis un garçon ? Tu sais que je...

– Je n'aime que Léonor. Tu le sais très bien !

Je le plante au milieu du trottoir, les bras ballants, et rentre chez moi sans me retourner. Je suis soulagée qu'il n'insiste pas.

17 MAI, 9 HEURES

LA SONNERIE DU TÉLÉPHONE ME TIRE D'UN PROFOND SOMMEIL. Numéro inconnu. J'hésite quelques secondes avant de décrocher quand même.

– Tess ? Je te réveille ?

– Jennifer ! Ça faisait longtemps. Comment ça va ?

– Je peux passer ? C'est assez urgent.

– Quand tu veux. Mes parents sont à un vide-grenier, puis ils passent chez des amis. Ils ne rentreront qu'en fin d'après-midi.

– Parfait.

Elle a déjà raccroché. Le ton était froid et direct, elle doit encore être en mode parano. Je fonce sous la douche et m'habille en vitesse. Je sais qu'elle est capable d'être déjà là, juste en bas de chez moi, à observer les déplacements des riverains. Elle peut tout aussi bien être en train d'entamer des tours et des détours pour semer d'hypothétiques espions à ses trousses. Si c'est ça, je risque de l'attendre longtemps.

Je n'ai pas consulté ma messagerie pendant la nuit : je me doutais que j'y trouverais des nouvelles de Sinan. Je m'en voulais, d'abord à moi-même d'avoir fait l'autruche, de ne pas avoir vu ce que Nangaï avait perçu aussitôt. Je me sentais aussi trahie par lui. Les premières fois où nous nous sommes rencontrés, il était complètement sincère, et réellement désespéré. Je pense qu'il l'est toujours, d'ailleurs. Notre relation, ou plutôt sa vision de notre relation, a évolué ces dernières semaines, sans que je m'en rende compte. Ai-je eu, avec lui, une attitude qui prêtait à confusion ? J'avoue m'être sans doute un peu laissée aller : quand je suis contre lui, je me sens apaisée, j'oublie la peine que j'ai. Je sais qu'il dit vrai quand il affirme être encore amoureux de Juliette, et prêt à tout pour la retrouver. Alors, moi, là-dedans, je suis quoi pour lui ? Une partenaire sexuelle possible, censée l'aider à évacuer sa peine et son stress ? Un dérivatif en attendant le retour de la vraie ? Ou a-t-il vraiment des sentiments pour moi et conçoit-il d'aimer deux personnes en même temps ? J'ai vu sur les réseaux des gens qui revendiquent ce droit, qui se disent « polyamoureux ». Je ne sais pas ce qui serait le plus grave à mes yeux mais dans les deux cas, il est clair pour moi que je ne peux plus le voir seule. Il faudra maintenant que j'aille chercher du soutien affectif dans les bras de mes copines ou de ma famille. Je sais qu'il va me manquer. Moi aussi, j'étais contente qu'il soit là, de ne l'avoir que pour moi. Je lis le premier message :

Tess,
Je voudrais pouvoir revenir en arrière.
Je ne supporte pas le mépris que j'ai lu
dans tes yeux, hier soir. Je ne suis pas un sale type.
Je comprendrais que tu ne veuilles plus me voir
mais l'idée de te perdre pour toujours
m'est insupportable. Faisons une pause
dans notre relation pendant quelques semaines
mais reparlons-nous ensuite. Tu serais d'accord ?

Tess, j'ai besoin que tu me pardonnes
et qu'on reste amis. Je t'en prie.

L'interphone m'avertit que Jennifer est arrivée. Je coupe mon portable. Mon amie a de nouveau une tenue sportive et les traits fatigués. Je lui offre un verre d'eau. Elle démarre, le visage fermé :

– J'ai vu passer des infos te concernant cette nuit. Ta convocation a été annulée depuis. J'ai tenté d'effacer toutes les traces de cette affaire.

– Merci, mais… pourquoi tant de précautions ?

– Les autorités te recherchent. Pas toi, précisément, Tess Renard, sinon tu te doutes bien qu'ils seraient déjà venus t'appréhender. Non. Ils en ont après la fille anonyme évoquée dans un de mes mails qui serait capable de repérer la présence d'entités venues d'ailleurs. Et moi, j'ai peur qu'ils puissent faire le rapprochement avec toi. Tu dois donc te montrer très discrète, voire transparente. Dorénavant, s'il te plaît, Tess, évite les manifs de soutien aux disparus.

– Donc, les autorités croient maintenant à ta thèse ? C'est super, ça, non ?

– Oui et non. Une grande partie des décideurs se sont faits à l'idée, depuis plus longtemps que je ne l'avais imaginé. Et c'est pour retrouver ta trace que des flics ont fouillé partout : mon bureau, mon appartement, mon ordi et mon téléphone.

– Mais je serais censée leur servir à quoi ?

– À les aider à se défendre contre les visiteurs qui continuent à ralentir la croissance en imposant une révolution écologique qui n'est pas souhaitée par les dirigeants de la planète. Tu as entendu parler du missile russe en Sibérie, j'imagine ? C'était une première tentative de réplique. C'est une de leurs « sentinelles extrasensibles » qui leur a indiqué où frapper. La France pourrait faire la même chose avec toi.

– Et ils savent si ça a marché en Sibérie ?

– Impossible à vérifier. Mais, si tu veux mon avis, ça n'a servi à rien. Les agissements des extraterrestres n'ont pas faibli depuis.

– Moi, je n'ai ressenti de nouveau leur présence que depuis peu. Ils étaient sans doute occupés ailleurs, comme tu dis… j'aurais voulu t'appeler pour te raconter.

– Vas-y, s'il te plaît.

Je lui fais un récit détaillé de ma nuit à la décharge en essayant de rester prudente sur les conclusions qu'elle pourrait en tirer.

– C'est une immense avancée ! s'enthousiasme-t-elle, capitale, même. Je vais te laisser un téléphone jetable. Je t'ai programmé mon numéro. Ne le montre à personne. La prochaine fois, appelle sans hésiter. Ils ont communiqué avec toi… C'est incroyable. Et tu les as compris. Ils savent que tu les comprends…

– Ça, je n'en suis pas sûre. Ils ont agi sur mon corps pour éviter de me blesser, je crois, pendant leur opération.

– Et tu t'es vraiment rendue par hasard dans cette décharge ? À cause du chien ? Tu ne penses pas qu'ils auraient pu t'y attirer ?

– Je ne pense pas… Ma présence ne leur a servi à rien, elle les a plutôt dérangés, je dirais. J'ai l'impression que je n'étais pas prévue et qu'ils ont été surpris. Que sais-tu du médium que les Russes ont utilisé ?

– Rien ou presque. Un jeune d'une vingtaine d'années, d'après les images récupérées par les satellites espions américains. Les autorités du pays n'ont pas communiqué son identité, ils le retiendraient dans un bunker en banlieue moscovite.

– Tu ne veux absolument pas que je collabore avec ta hiérarchie ?

– Pas confiance. C'est trop tôt. Vu le niveau de stress au sommet de l'État, et je ne parle pas qu'en France, ils pourraient carrément te sacrifier. D'après mes infos, le nombre de médiums est toujours aussi restreint. On essaie d'abord d'en savoir plus. L'idéal serait... que tu essaies de communiquer avec eux la prochaine fois. Si ça marche, ça nous permettrait peut-être d'en savoir davantage sur leurs intentions.

6 JUIN, 3 H 10

JE N'Y CROYAIS PLUS MAIS ÇA Y EST, J'AI ENFIN REÇU UNE RÉPONSE DU CNAOP. Je suis convoquée en début de semaine prochaine dans leurs bureaux « pour vous faire part de l'avancement de votre dossier ». Une phrase qui reste bien trop vague. C'est peut-être la règle de faire venir systématiquement les demandeurs au bout de deux mois. Mon père ne veut pas me donner de faux espoirs, mais il pense qu'on ne fait pas déplacer les gens pour rien. Je vais donc devoir patienter tout le week-end avant de savoir.

Demain, je vais sans doute recroiser Sinan : Chloé a organisé une réunion de l'APAD.4.7. Il semble avoir accepté la fin de notre relation. Je n'ai pas répondu à ses messages et il ne m'a pas relancée. Le projet de Chloé, c'est de faire venir au moins un proche de chaque disparu au centre de Paris, avec le portrait de l'être cher. On pourrait réaliser la chaîne des dix mille visages. Pour l'instant, on contacte chaque famille et on organise le covoiturage, parfois le couchage. Je n'ai rien d'autre à faire que d'attendre les résultats et ça m'empêche de penser à Léonor, alors je suis très active. Pour joindre les gens, j'utilise essentiellement les réseaux sociaux. Mais pour un grand nombre de personnes, il faut passer par les renseignements téléphoniques et le fixe. Et là, c'est une vraie galère : soit les gens ne décrochent pas quand ils ne reconnaissent pas le numéro, soit ils raccrochent au nez s'ils n'identifient pas la voix qui les appelle. Je dois donc être très directe quand j'ai la chance de pouvoir placer un début de phrase. Ce soir, je devais joindre la famille d'un certain Lino. J'ai composé le numéro et laissé sonner pendant plus de trente secondes.

– Bonjour ! J'appelle au sujet de Lino. Je suis Tess, et je...

– Vous l'avez retrouvé ? demande une toute petite voix de femme.

– Non, madame. Je ne suis pas de la police. Désolée. Je suis membre d'une...

– Pourquoi vous me parlez de Lino, alors ?

– Madame, je suis moi-même la proche d'une disparue, et nous...

– Comment elle s'appelle ?

– Qui ça ?

– Votre disparue.

– Léonor.

Je suis restée bloquée un instant, saisie par l'émotion. J'ai entendu la femme respirer profondément à l'autre bout du fil. Après lui avoir fait passer le message, elle m'a parlé longuement de son fils unique qui faisait toute sa fierté. Sa vie à elle, à présent, se résume à guetter son retour devant une fenêtre ouverte quasiment en permanence, en sursautant au moindre coup de fil.

– Et si je vais à Paris, il sera tout seul quand il rentrera. Et il croira que je l'ai abandonné. Le pauvre petit...

J'ai passé en tout presque une demi-heure en ligne avec elle et obtenu enfin les coordonnées d'un coéquipier de volley de Lino. La mère a pensé qu'il serait peut-être d'accord pour venir représenter son fils à Paris.

Je repense souvent à ma dernière conversation avec Jennifer. Il faudrait que je m'active pour rentrer en contact avec « eux ». Je pourrais leur demander de nous rendre nos proches ou, à défaut, de nous dire s'ils comptent les libérer, et combien de temps tout ça va encore durer. Les rares fois où j'ai croisé leur route, c'était par hasard. Mais si j'y réfléchis bien, il y a à peine plus d'un an, j'ai fait trois « rencontres du troisième type » en une dizaine de jours chez moi ou à proximité. Je crois que je serais mieux à marcher dans les rues plutôt qu'à ruminer en attendant que le sommeil revienne. Qui sait ?

Après quelques instants de réflexion, j'ai quitté l'appartement en silence. Pour cette première sortie nocturne, je me restreins à un circuit de quatre kilomètres dans le centre-ville. L'ambiance est étrange car l'éclairage public est coupé pour économiser l'énergie. Je commence par l'endroit où j'ai rencontré la murène la première fois. Je rabats ma capuche sur la tête et tourne le dos à la caméra de surveillance qui avait si bien su capter mon visage. Je ne sens rien et n'insiste pas. Je ne vois circuler que quelques rares véhicules. L'un d'eux s'arrête à ma hauteur, et un conducteur, visiblement éméché, ouvre sa vitre et me propose de faire un tour dans sa voiture. Comme je fais mine de l'ignorer, il hausse le ton. Je n'attends pas qu'il ouvre sa portière pour piquer un sprint. Je m'enfonce dans une rue piétonne. Je l'entends crier quelques insultes, puis plus rien. Je suis de retour chez moi en cinq minutes à peine. J'ai du mal à reprendre mon souffle. Je devrais me remettre au sport.

7 JUIN, 18 H 57

JE SUIS ASSISE DANS LE RER. Sinan est là. La réunion m'a fait beaucoup de bien parce que nous étions nombreux et que j'y ai senti une vraie énergie combative. On a vérifié les listes : il nous reste encore plusieurs centaines de familles à joindre.

– Le pari est déjà gagné, a déclaré Chloé, nous avons eu la confirmation de plus de neuf mille personnes. C'est la première fois que les comités régionaux font le déplacement. Ça va être énorme !

– Il y en a, a expliqué une fille de mon âge que je n'avais jamais vue auparavant, qui préfèrent se rendre au Pariou parce qu'ils se sont persuadés que les jeunes disparus reviendront un 4 juillet. C'est fou, cette rumeur, non ?

À cet instant, j'ai cherché le regard de Sinan qui avait évoqué cette idée devant moi il y a quelque temps. Mais il gardait les yeux baissés.

– Non, c'est normal, a argumenté Chloé, c'est une date symbolique et certains lui attribuent un pouvoir magique.

J'ai hésité quelques instants à leur parler de l'aphélie, qui a lieu le 4 juillet. Mais j'y ai renoncé. De quel droit pourrais-je faire naître un espoir aussi fou dans le cœur brisé de tous ces gens ? Ce n'est qu'une hypothèse fondée sur une autre hypothèse, celle des extraterrestres, à laquelle je me raccroche depuis quelques mois, mais qui fait hurler de rire presque tous les scientifiques du monde. Au moins, cette manifestation, c'est du concret. On sera tous là et on marquera les esprits.

Chloé nous a appris que dans beaucoup de pays, des associations prévoyaient des actions un peu similaires à la nôtre. Il a été décidé d'une heure commune. Ainsi, pendant vingt-quatre heures, il y aura dans chaque endroit du monde des gens pour penser aux disparus. Cette nouvelle a fait s'illuminer les visages. Nous avons terminé la réunion par un moment de silence où chacun tenait la main des deux personnes les plus proches. On préfigurait ainsi la longue chaîne que l'on dessinera le 4 juillet dans les rues de la capitale. Des larmes me sont montées aux yeux et je n'étais pas la seule.

Nous avons ensuite partagé des gâteaux et des boissons apportés par chacun. J'ai pu me rapprocher de Samantha qui m'a demandé direct pourquoi Sinan n'était pas près de moi.

– Vous êtes fâchés ?

– Disons que j'ai pris mes distances, ai-je dit en faisant un effort pour lui répondre. Nous n'étions plus sur la même longueur d'onde.

– C'est bien ce que je pensais. Tu prends des gants pour ne pas dire que ce n'est qu'un connard qui a voulu profiter de la situation pour coucher avec toi !

– Je n'ai pas dit ça. C'est peut-être un peu plus compliqué. Mais en gros, c'est un peu ce que je pense. Je n'ai pas trop envie d'en parler.

– Tu as raison. Il n'en vaut pas la peine.

Elle m'a regardée et son visage est devenu plus grave.

– L'idée d'aller au Pariou le 4 juillet m'a traversé plusieurs fois l'esprit. Pas toi ? Imagine qu'ils débarquent et qu'on soit tous à Paris ! Pourquoi prolonger leurs souffrances ? Et la nôtre ? Mais j'avoue que je ne me vois pas passer la nuit dans un cratère de volcan au milieu de nulle part.

Je pense que Sinan a attendu que je quitte le local pour me suivre. Sinon je ne vois pas comment il aurait fait pour être justement dans la même voiture du même RER que moi. Et installé à portée de regard. Je n'ai pu m'empêcher de le chercher des yeux pendant le goûter qui a suivi la réunion. Il était à chaque fois entouré par des jeunes femmes à qui il offrait son air de chien battu qu'avant je trouvais touchant. Il me fixe et essaie de capter mon attention. Je suis tournée vers le paysage et peux donc, dans le reflet de la vitre, avoir un œil sur ce qu'il fait. Lorsque nous sortons, il se rapproche de moi :

– Tess, tu me fuis, c'est ça ?

– Pas vraiment. Mais je ne vois pas ce qu'on pourrait avoir à se dire.

– J'ai déconné et je m'excuse. Qu'est-ce qu'il te faut de plus ?

– Rien du tout. Je crois que chacun s'est trompé à propos de l'autre et qu'on n'a plus rien à faire ensemble.

– C'est dommage que tu le prennes comme ça. On a eu des bons moments tous les deux, tu ne peux pas le nier.

– Non, en effet. Dans les premiers temps, j'ai beaucoup apprécié qu'on se soutienne mutuellement.

– Ah, tu vois ! Tu le reconnais !

– Mais les choses ont changé après, Sinan. Tu voulais autre chose.

– Je ne le veux plus maintenant. Tess, tu dois me croire ! insiste-t-il, visiblement désolé.

– C'est trop tard, je réponds, inflexible. Prends soin de toi, Sinan.

Nous sortons de la gare et chacun part dans sa direction. Je suis fière de moi, d'avoir gardé mon calme, mais surtout d'avoir pu lui dire l'essentiel. Il a tout gâché et c'est de sa faute. L'autre nuit, en fuyant le type qui voulait m'agresser, je n'ai pu m'empêcher de penser que Sinan aurait pu jouer le parfait garde du corps dans mes sorties sur la piste de la murène. Sur le coup, ça m'a presque fait de la peine.

9 JUIN, 15 H 11

J'ATTENDS DEPUIS PLUS D'UN QUART D'HEURE DANS UN COULOIR. Ma mère est avec moi. La convocation ne le spécifiait pas, mais elle a prétexté qu'il fallait sans doute qu'un des parents soit présent. Elle m'a fait remarquer en souriant :

– Tu es très indépendante, Tess, mais tu es encore mineure. Ce serait tellement dommage qu'on te renvoie sans te recevoir sous le prétexte que tu n'es pas venue accompagnée.

En fait, je suis contente qu'elle soit à mes côtés. Elle sera là pour ramasser les morceaux si ça se passe mal. J'ai essayé de me blinder en me préparant à ce qu'on ne me révèle rien, mais je serai forcément déçue si c'est le cas. La porte du bureau 106 s'ouvre enfin. Un jeune homme en sort, le visage fermé, immédiatement suivi d'une femme d'âge mûr très élégante. D'un geste de la main, cette dernière nous invite à entrer. Après les salutations d'usage, elle entre dans le vif du sujet :

– Tess... votre mère biologique avait donné des instructions très strictes en demandant à ce que nos services ne révèlent jamais son identité. Par expérience, nous savons que ce genre de décision, prise dans un moment extrêmement difficile, peut parfois être remis en cause des années plus tard quand les choses se sont apaisées. Nous avons donc entrepris des recherches pour demander à votre mère biologique quelle était sa position actuelle. Malgré nos efforts, il nous a été impossible de la retrouver. L'hypothèse qu'elle ait pu changer d'identité n'est pas à exclure.

À mesure que je l'entends débiter ses phrases avec lenteur et précision, je me décompose. Ma mère me serre la main. L'autre reprend en pointant son doigt en l'air :

– Mais je ne vous ai pas fait venir pour rien. Avant de vous confier à nos services, votre mère biologique vous a laissé une lettre cachetée dont bien entendu nous ne connaissons pas la teneur. J'ai également appris que le personnel de nos services qui l'entourait a indiqué dans son rapport qu'elle avait tenu à vous parler longuement et à vous embrasser avant de vous laisser. Cela peut vous paraître symbolique mais beaucoup de psychologues pensent que ce moment d'adieu est capital pour le bien-être futur de l'enfant. Bien entendu, le bébé ne comprend pas les détails du discours mais il perçoit un message globalement apaisant. Et l'adoption ensuite se passe mieux...

Je suis sûre que lorsque je me souviendrai de cet instant, je jugerai les propos de cette dame très intéressants, mais ce qui m'importe, là, à cet instant, c'est qu'elle arrête de parler et me donne la lettre.

– Vous avez des questions, Tess ?

– Non.

– Vous êtes sans doute un peu déçue. Je le comprends.

Elle sort enfin du dossier une grande enveloppe kraft et me la tend. Je lis rapidement dessus, écrit au marqueur d'une écriture ronde, *À remettre à l'enfant si elle en fait la demande un jour.*

– Je ne vais pas te retenir mais je te donne ma carte au cas où, dans quelques jours, des questions te viendraient. N'hésite pas. Tu tomberas probablement sur mon répondeur, mais en général je trouve le temps de rappeler en fin de journée. D'accord ?

Nous la remercions et nous sortons. Ma mère me demande en me caressant le dos :

– Ça va, ma fille ?

Je lui adresse une moue dubitative. Je pourrais lui dire que c'est mieux que rien, mais je n'y arrive pas. Je place doucement l'enveloppe sous ma veste, contre mon pull. Je vais encore devoir patienter. Dans le métro, ma mère se lance dès que nous sommes assises l'une en face de l'autre :

– Tu attends d'être rentrée... Tu nous permettras peut-être de la lire ?

– Euh... oui... enfin... je ne sais pas. Sûrement.

– Je veux dire... ton père et moi sommes là si tu as besoin.

Ensuite, elle sort son téléphone et consulte ses messages professionnels. Elle a pris son après-midi mais devra rattraper le temps perdu en télétravail. Je la regarde discrètement. Elle avait sans doute imaginé ces moments partagés différemment, vu notre complicité mère fille retrouvée. Arrivée chez nous, je m'enferme dans ma chambre. Je m'assois à mon bureau et décachète soigneusement l'enveloppe : elle en contient une autre, format standard et blanche. C'est la même écriture, mais cette fois-ci au stylo. *Pour l'enfant*. J'essaie de la décoller en évitant de la déchirer. Je sens à travers le papier qu'il y a une poudre au fond, avec des grains assez gros. On dirait du sable, l'équivalent d'une cuillerée à soupe. Je déplie l'unique feuille.

Je ne sais pas comment m'adresser à toi. Quel âge auras-tu quand tu ouvriras cette lettre ? Est-ce que tes parents ou peut-être tes propres enfants seront près de toi, ou la liras-tu seule, assise à ton bureau ou sur ton lit ? Je n'ose pas t'appeler « Mon enfant » parce que je ne me sens pas légitime. Je t'ai si peu connue. Mais sache que les quelques semaines que j'ai passées avec toi restent les plus émouvantes de ma jeune vie. Je ne sais pas quel prénom tes parents t'ont donné, mais j'imagine qu'il sonne délicieusement à l'oreille parce que ton visage inspire la douceur et l'amour. Moi, je t'appelle « Mon ange » ou « Mon trésor ».

Lorsque je suis revenue avec toi à la maison, j'ai compris que mes parents n'étaient pas prêts à nous accueillir. J'avais pourtant imaginé que dès qu'ils te découvriraient, ils auraient tout de suite envie de te serrer dans leurs bras et de te protéger. Mais, pas du tout, ils sont restés plantés devant nous, se contentant de répéter les mêmes questions : « Où étais-tu ? D'où vient cet enfant ? »

J'étais incapable de leur répondre car je ne me souviens de rien. Je ne sais ni le nom de ton père ni même à quoi il ressemble, ni les circonstances de notre rencontre...

J'ai essayé d'analyser durant plusieurs jours notre situation. J'ai juste dix-neuf ans. Je suis toute seule. Je n'ai ni les moyens ni la force de t'offrir l'existence paisible et sûre que tu mérites. Parfois, l'amour ne suffit pas. Alors j'ai décidé, la mort dans l'âme, de te confier à des inconnus pour qu'ils t'adoptent. Tes parents. Eux sauront s'occuper de toi et te protéger. J'en suis sûre. Je ne sais pas si tu pourras me croire mais je te jure que je ne t'ai pas abandonnée par égoïsme, mais en pensant à toi et à ta vie future. J'espère de toute mon âme que j'ai fait le bon choix et que tu es heureuse dans ta vie.

Je suis sûre que tu es une belle jeune fille. Si tu t'interroges sur tes origines – moi, on me le demande souvent et ça m'énerve beaucoup, d'ailleurs –, je suis le fruit du mélange d'un Iranien, venu étudier en France à la fin des années soixante-dix, et d'une fille d'émigrants siciliens, étudiante également. Mes parents se sont rencontrés en fac. J'aurais aimé que tu les connaisses. Dans d'autres circonstances, je suis certaine que vous vous seriez aimés. Je t'embrasse.

P.-S. Je partage avec toi un peu de ce sable étrange et fascinant qui traîne au fond de ma poche. Je ne me souviens pas du lieu où je l'ai ramassé, ni pourquoi je l'ai fait. Mais quand je le regarde, je me dis que tu es un peu avec moi. Je continuerai à penser à toi chaque jour en l'égrainant.

10 JUIN, 1 H 50

J'AI LU ET RELU LA LETTRE UNE BONNE VINGTAINE DE FOIS. Je ressentais de la révolte mais aussi de l'émotion et de la tristesse. Quand j'ai pénétré dans le salon pour la faire lire à ma mère, j'ai vu qu'elle me guettait sans rien faire, assise sur le canapé. Elle a brièvement scruté mon visage pour essayer de deviner ce que je ressentais, puis elle s'est plongée dans la lecture. Je l'ai vue froncer les sourcils puis se détendre un peu sur la fin. Elle est restée silencieuse quelques secondes avant de me la rendre.

– On sent beaucoup de souffrance, comme dans chaque histoire d'abandon, j'imagine...

– Oui, mais là, c'est particulièrement horrible ! Qu'a-t-elle pu traverser durant cette année dont elle ne se souvient pas ? A-t-elle été droguée et enlevée ? Qu'a-t-elle subi comme épreuves ? Elle a peut-être été sous la coupe de gens dangereux issus d'un clan mafieux ou d'une secte, avant de parvenir à s'enfuir ! elle a sans doute même été violée. C'est immonde, sordide ! Je ne suis pas le fruit d'un amour partagé !

– Tu ne sais pas, Tess. N'imagine pas forcément le pire. Ce qui est sûr, c'est que te laisser lui a brisé le cœur et qu'elle aurait voulu pouvoir te garder. Et surtout, rappelle-toi que nous, nous t'aimons et nous t'avons toujours aimée. Tu es *notre* amour. À nous, à tes grands-parents, à tous ces gens qui t'aiment.

– Je sais, ai-je répondu en acceptant de me blottir dans les bras qu'elle me tendait.

– Cette jeune femme semblait très courageuse, a-t-elle ajouté. Et elle t'a aimée comme elle a pu. C'est une jolie lettre. Elle répond comme elle peut à la question de tes origines. Maintenant, tu sauras quoi répondre quand on te demande d'où tu viens !

– C'est le seul élément un peu positif dans tout ça.

Je suis retournée dans ma chambre et j'ai attendu Nangaï qui m'avait promis de passer. Je me suis demandé ce qu'était devenue ma mère, si elle avait pu fonder une famille, si quelque part, en France ou ailleurs, j'avais des petits frères et des petites sœurs. J'ai pensé à Nadia et à Inès auprès desquelles il m'arrive de jouer ce rôle. Je me demandais surtout si ma mère pensait encore à moi, au moins quelquefois, ou si j'appartenais à une partie de sa vie qu'elle avait finalement souhaité gommer.

Mon amie a débarqué vers 17 heures, elle était complètement excitée.

– Alors, alors, alors, qu'est-ce qu'ils t'ont dit ? Est-ce qu'un peu de sang tamoul coule dans tes veines ? Ce serait possible, tu es si jolie !

En guise de réponse, je lui ai tendu la lettre qu'elle a lentement parcourue.

– C'est déjà ça, non ? Hier, tu t'imaginais revenir sans rien. C'est sûr que si tu avais pu récupérer son identité et voir à quoi elle ressemblait ou la rencontrer, ça aurait été mieux.

– Et tu penses quoi de son histoire ?

– Ce n'est pas banal… C'est même assez incroyable qu'elle ne se souvienne de rien.

– Tu ne la crois pas ? ai-je demandé, choquée qu'elle semble émettre des doutes sur la véracité du récit.

– Si, bien sûr, a-t-elle répondu très vite.

Nous avons ensuite essayé d'aborder d'autres sujets mais on en revenait toujours à cette femme à peine plus âgée que nous, dont le destin avait été marqué à jamais.

Mon père est arrivé plus tard. Lorsqu'il a découvert le contenu de la lettre, je l'ai observé et j'ai repéré une légère crispation au niveau de ses lèvres. C'est un tic qui ressort quand il est perturbé par un détail. Après quelques secondes d'hésitation, il m'a rendu la feuille avec ce commentaire :

– C'est bien que tu aies fait ces démarches. Ça ne te permettra pas de la rencontrer, mais dans cette lettre transparaît une personnalité, un fragment d'histoire, un ton, presque une voix.

Bien sûr, en disant cela, il ne me mentait pas, mais ça restait des banalités. Il me cachait le fond de sa pensée et ça m'a franchement énervée qu'il ne veuille pas se mouiller.

– Papa, j'ai vu la drôle de tête que tu as faite en la lisant. Dis-moi !

– Quoi ?

– Papa ! Je n'ai plus huit ans. Si j'ai partagé cette lettre avec toi, c'est pour avoir ton opinion !

– Écoute, Tess, j'hésite parce que je ne veux pas te faire de la peine pour rien.

J'ai vu ma mère tenter d'attirer son attention en grimaçant, pour lui signifier qu'elle ne comprenait pas du tout ce qu'il était en train de faire. Visiblement, elle avait peur de ce qu'il allait dire. Lui a gardé le regard cloué au sol, avant de me regarder et de se lancer :

– Tess, on ne peut pas écarter la possibilité que cette lettre, du moins en partie, soit un tissu de mensonges, et qu'elle ait été écrite par une adolescente qui n'assumait pas ses erreurs. Elle a peut-être vécu en marge de la société durant cette période, ou eu une aventure d'un soir. Ensuite, elle s'est découverte enceinte trop tard pour avorter. Elle a mené à terme sa grossesse et s'est décidée à revenir chez ses parents. Elle a ensuite choisi de t'abandonner parce qu'elle était trop jeune pour faire face à une telle responsabilité et qu'elle avait d'autres projets… Peut-être, j'ai dit. Je ne la condamne pas ! Je n'étais pas à sa place et je ne suis pas certain que dans la même situation je n'aurais pas fait exactement la même chose. Et j'imagine parfaitement qu'abandonner un enfant, c'est un traumatisme qu'on n'oublie jamais. Un avortement, ce n'est déjà pas du tout anodin. Alors un abandon… enfin, peut-être, je dis bien peut-être, Tess, que cette jeune fille a inventé cette histoire d'amnésie pour rendre sa décision plus supportable. Elle a peut-être même réussi à se convaincre que cette version était la vraie. Elle aurait consciemment ou inconsciemment décidé de ne pas se souvenir. Les gens se protègent comme ils peuvent des traumatismes qu'ils subissent. Ce sont des mécanismes psychiques connus.

La précision des arguments de mon père m'a complètement ébranlée. Je me sentais encore plus démunie qu'avant. J'ai eu la sensation qu'une boule grossissait au fond de ma gorge et quand j'ai ouvert la bouche, aucun son n'est sorti. Mon père a repris :

– L'autre histoire est possible. Peut-être qu'elle ne se souvenait de rien, comme elle l'a écrit. Mais, Tess, tu m'as demandé de te dire le fond de ma pensée, et pour être honnête, je ne crois pas à cette histoire d'amnésie.

Je n'ai pas fermé l'œil depuis que je me suis couchée, vers minuit. Je ne sais plus quoi penser. Avant que mon père ne me donne sa vision des choses, j'avais commencé à me faire une image de ma mère biologique, celle d'une jeune femme courageuse et sensible qui avait sans doute traversé de dures épreuves. C'était presque une héroïne qui m'avait mise au monde et m'avait entourée d'amour, au moins jusqu'à mon abandon. Je n'en veux pas vraiment à mon père. Je lui ai demandé d'être honnête. Je le remercie même de ne pas avoir fait semblant de croire à cette version pour me protéger. J'apprécie sa franchise, mais imaginer ma mère biologique en mythomane pathologique, voire en menteuse manipulatrice, me fait très mal. J'aimerais pouvoir la croire, l'aimer, la comprendre, l'excuser ou même lui pardonner. Même si, comme me l'ont répété mes parents à table, il n'y a pas à juger et encore moins à condamner des situations aussi terribles. J'aurais voulu me fonder sur un témoignage qui ne prête pas à diverses interprétations. Ce serait tellement plus facile de me faire une raison.

17 JUIN, 4 H 03

UNE SEMAINE EST PASSÉE DEPUIS QUE J'AI LU LA LETTRE. Je ne sais toujours pas ce que je dois croire. Je ne le saurai sans doute jamais. Je n'ai pas pu m'empêcher de repenser aux disparitions de filles dont Jennifer m'a parlé, et à leurs grossesses. Elles non plus, personne ne les avait crues, elles étaient même passées pour des cinglées. Pourquoi a-t-on plus facilement cru les enquêteurs, qui étaient des hommes, plutôt que les jeunes filles qui ont souffert ? Je suis choquée de remarquer que mon père, si gentil au demeurant, utilise un peu les mêmes arguments. Ma mère n'a pas été aussi catégorique.

Je me concentre sur le peu que j'ai appris de mes origines. Ça, au moins, j'ai le droit de croire que c'est la vérité. J'ai fait des recherches sur l'Iran, un pays dont je ne sais pratiquement rien. J'ai été frappée par ses paysages montagneux, ses sommets enneigés, ses forêts, loin de l'image que je m'en faisais. Un jour, il faudra que j'y aille. Peut-être que j'y ressentirai des vibrations ou des émotions particulières. La Sicile, mes parents m'y ont emmenée lorsque j'avais sept ou huit ans. J'en garde peu de souvenirs : la chaleur, des églises sombres parfois couvertes de mosaïques d'or, et des glaces délicieuses ! J'ai transvidé le sable dans un flacon d'échantillon de parfum que je garde depuis toute petite sur une étagère de ma chambre. J'observe de près ces petits grains dans les tons gris et bleu. Hier soir, je l'ai humé en me disant que ma mère a respiré la même odeur il y a presque dix-huit ans et que si elle va bien, elle fait encore peut-être ce geste aujourd'hui. Ce sable ne sent pas la mer. Soit il a perdu son odeur, soit c'est un sable de rivière ou de carrière. J'ai rangé précieusement la lettre et l'enveloppe dans une pochette en plastique.

Je sais ce que jc ferai à la rentrée, enfin, si j'ai le bac, mais je ne m'imagine pas trop l'avoir raté. Une prépa biologie-chimie-physique-sciences de la Terre dans un grand lycée parisien, mais pas le meilleur. Je paie sans doute mon inscription aux cours par correspondance en terminale. J'essaierai ensuite peut-être de faire ingénieure en agronomie. Dans mes rêveries les plus folles, je me vois fonder une communauté paysanne où chacun apporterait ses compétences et sa force de travail.

Je continue mes promenades nocturnes dans les rues en modifiant sans cesse mon parcours. Je branche mes écouteurs sur ma playlist et suis les indications de la « dame du GPS ». Depuis quelque temps, j'y vais en tenue de sport pour être prête à semer d'éventuels agresseurs. À part l'ivrogne de ma première sortie, je n'ai rien vécu de dangereux. Les gens normaux dorment à ces heures-là et le monde est peuplé de gens normaux... Enfin, je crois. Ceux que je cherche peuvent être partout. Comme je ne vois plus rien de spécial depuis quelque temps, je me demande si je n'ai pas voulu croire à un phénomène qui n'a jamais existé. Je tiens peut-être ce trait de caractère de ma mère biologique.

Comme d'habitude, je lace mes baskets, enfonce ma capuche sur mon crâne et ferme doucement la porte derrière moi, avant de descendre avec souplesse et discrétion les escaliers de l'immeuble. Je marche rapidement sur une centaine de mètres avant de partir en petites foulées. Au bout de quelques minutes, je marque un peu le pas. Je ne ressens pourtant aucune douleur musculaire. C'est plutôt au niveau du souffle que ça se joue. Pourtant, je n'ai pas encore fait beaucoup d'efforts. Est-ce la peur qui s'empare de moi ? Mon cerveau aurait-il perçu un danger ? Peut-être que des mecs louches sont embusqués et m'attendent pour me coincer ? Je m'arrête complètement et me concentre. Je ne vois ni n'entends personne. Pour me calmer, je reprends ma progression et j'arrive devant la vitrine d'une pharmacie. Et là, l'odeur tant espérée. Ils sont tout près. Je ferme mes yeux et demande sans desserrer les lèvres. « Quand ? Quand va-t-elle revenir ? Quand vont-ils tous revenir ? Quand ? Quand ?... S'il vous plaît ! Quand va-t-elle revenir ?... »

Je suis emportée dans un tourbillon qui me fait vaciller jusqu'à en perdre l'équilibre. Je tombe à genoux sur le trottoir. « *Bientôt, notre fille ! Bientôt !* » me souffle puissamment une voix dans ma tête. Je voudrais ouvrir les yeux pour les voir mais mes paupières pèsent soudain une tonne.

Je me relève avec difficulté. Mes membres sont engourdis comme lorsqu'on reste trop longtemps dans la même position. Combien d'heures ou de minutes suis-je restée par terre ? Je rebrousse chemin et éteins le GPS qui me demande de façon insistante de changer de direction. À mesure que je marche, mon corps se réchauffe et je peux accélérer. Je souris de plus en plus jusqu'à me sentir euphorique. J'aurais envie de faire des bonds de trois mètres de haut et de hurler mon bonheur dans la nuit : Léonor revient bientôt !

17 JUIN, 11 H 17

EN FIN DE MATINÉE, QUAND JE ME LÈVE ENFIN, JE ME SENS D'HUMEUR MÉLANCOLIQUE. Bien différente de celle de la nuit. Qu'est-ce qui m'a fait redescendre du nuage sur lequel je m'étais confortablement installée ? Je me sens près de fondre en larmes. Ce que j'ai vécu durant la nuit était-il la réalité ? Étais-je réveillée ou ai-je rêvé que je l'étais ? Ai-je le droit de croire qu'ils vont bientôt ramener Léonor ? Je ne m'en remettrai pas si, après tant de signes, Léonor ne revenait jamais.

Mes vêtements de sport sont encore répandus sur le sol, signe que je suis bien sortie. Mes genoux sont égratignés après avoir cogné contre le bitume. Ça, ce sont des faits. La voix qui m'a rassurée en m'appelant « *notre fille* »..., c'est plus de l'ordre du ressenti. Je n'ai aucun élément ce matin qui puisse renforcer ce souvenir précis.

Je manipule le petit téléphone en plastique tout léger que Jennifer m'a confié. C'est un jetable, une erreur écologique, une énième connerie contre la planète. Il est extrêmement basique. Le répertoire ne comporte qu'un seul numéro. J'appelle. Ça sonne dans le vide. Je coupe la communication et vais bouquiner en attendant qu'elle réagisse.

Il ne se passe pas plus de quelques minutes avant que son appareil s'allume et vibre :

– Tess, tu vas bien ?

– Oui. Merci. J'ai vécu une étrange expérience la nuit dernière. Je peux te raconter tout de suite, ou tu préfères passer ?

– Je t'écoute. Prends ton temps, je suis seule et en pause.

Je n'oublie aucun détail. Je lui décris l'intérieur de la pharmacie pour qu'elle localise précisément l'endroit où je suis tombée sur le trottoir, et mes moindres sensations. Elle laisse passer quelques secondes après la fin de mon récit avant de reprendre la parole.

– Parfait rapport. Je réfléchis à tout ça et je te rappellerai.

– Tu me crois ?

– Tess, je ne doute pas de ton honnêteté mais ça ne m'empêche pas d'imaginer des explications ou des interprétations différentes des faits tels que toi, tu les as perçus.

– Je comprends.

Comme elle me demande de mes nouvelles, je l'informe de la date du grand évènement organisé pour l'anniversaire de la disparition des jeunes par l'association.

– J'imagine que tu ne peux pas te retirer de la tête que Léonor sera peut-être de retour ce jour-là. Encore plus après cette nuit. Sache que si rien n'arrive, je serai là pour toi, pour te consoler et essayer de trouver de nouvelles pistes. Mais dans le cas contraire, j'aurai plaisir à faire sa connaissance.

Je souris à ses paroles. Si elle y croit, même un tout petit peu, alors moi aussi j'ai le droit de m'accrocher à cet espoir. Je lui parle aussi de mes recherches sur mon abandon. Curieusement, le sujet semble autant l'intéresser que le reste. Elle me propose, même si elle reconnaît que ce ne serait pas très réglementaire, de rechercher des empreintes ou des traces ADN sur le papier à lettres et les enveloppes. Et elle aimerait également pouvoir examiner le sable que ma mère biologique m'a légué. Elle me fait un aveu qui me déconcerte :

– Je suis une arénophile passionnée depuis que je suis toute petite.

– Arénophile ? je demande.

– C'est ainsi qu'on nomme les collectionneurs de sable. J'ai commencé enfant sur les plages de mes vacances. J'ai des centaines d'échantillons classés dans un meuble sur mesure. Mes proches m'en ramènent de leur voyage. Ça t'intéresserait de les voir ?

– Pourquoi pas, dis-je, agréablement surprise par sa proposition.

Je suis curieuse de découvrir à quoi ressemble son intérieur et si elle a d'autres passions, en dehors des enquêtes et du sable. Je lui fais quand même remarquer :

– Je croyais que tu ne voulais pas qu'on nous voie ensemble.

– Ça fait quelques semaines que ma hiérarchie a arrêté de me faire surveiller. Dimanche soir, vers 20 heures, ça t'irait ? Je t'enverrai l'adresse.

21 JUIN, 19 H 57

JE SUIS ARRIVÉE EN BAS DE CHEZ JENNIFER. L'ambiance dans Paris est particulière en raison de la Fête de la musique. Des groupes s'installent au coin des rues et dans les cafés. Les gens s'arrêtent et s'agglutinent. Pendant mes années collège, la date du 21 juin revêtait une importance particulière, parce que le conservatoire organisait toujours un concert dans des endroits inhabituels comme le parvis de la gare RER ou une galerie marchande. Souvent, on jouait plus mal que d'habitude, mais les passants nous applaudissaient comme si nous étions des virtuoses. L'année dernière, à cette date, j'étais avec Léonor à Limoges. Je me souviens de sa chambre, de son lit poussé sous la fenêtre, du ciel étoilé au-dessus de nos têtes, de nos corps enlacés. Une de nos plus belles nuits ensemble. Je veux croire que tout ça va revenir, que nous sommes seulement au début de notre aventure.

Jennifer habite sous les toits dans un appartement tout en longueur. Nous nous installons dans son salon. Je sors ma lettre. Elle enfile des gants en latex pour la manipuler. Elle lit plusieurs fois la lettre et me demande si je peux la lui confier pour quelques jours. Je m'étais préparée à cette demande et je l'accepte.

– Je voulais commander le repas, annonce-t-elle. Il y a un excellent thaï dans le quartier, ça t'irait ?

– Très bien. Tu ne cuisines pas ?

– Non, j'ai très peu de temps et quand j'en ai, je n'ai pas le courage.

Elle me tend la carte de son restaurant et je prends comme elle, parce que je n'y connais rien. Je note juste que c'est un plat sans viande et peu relevé.

Nous passons dans son bureau où trône le meuble qui renferme sa collection. Les tiroirs s'allument quand on les ouvre ! Là, dans une centaine de petites cases identiques, sont rangées des boîtes rondes en plastique transparent. Chacune est remplie sur un centimètre d'épaisseur. Les sables semblent classés par couleur. Ce n'est pas vraiment esthétique. Ça me fait penser à ces vitrines de musée où on a épinglé des centaines d'insectes d'une même espèce. Personne n'a vraiment envie de s'arrêter devant pour les observer de plus près. En tout cas, pas moi !

Jennifer est intarissable. Le sable semble être un domaine infini. Les grains peuvent être issus de la dégradation des roches ou des minéraux, mais également de produits fabriqués par l'homme comme le verre ou le plastique ou des résidus d'origine animale comme les coraux.

Elle ouvre un tiroir où la dominante est le noir ou le gris foncé.

– Là, nous sommes sur des plages d'îles volcaniques, Santorin en Grèce, l'Islande, la Réunion, Hawaii...

– Mais tu en fais quoi, de ta collection ? Tu la regardes ?

– Oui, sourit-elle. Je sais que c'est difficile à comprendre pour ceux qui n'ont pas cette manie. Je manipule les boîtes, je les respire... parfois, je sors quelques grains que j'observe à la loupe binoculaire ou au microscope. On peut repérer le travail d'usure ou de polissage de la mer ou du vent. Quand je suis dans mes sables, je ne pense plus à rien d'autre. C'est comme si je voyageais dans un autre monde.

– Et tu crois que tu pourrais localiser l'endroit où ma mère biologique a prélevé le sien ? je demande en sortant mon flacon de la poche.

– Ce n'est pas banal, ces tons bleus ! À ma connaissance, il n'existe nulle part sur le globe de plage de sable bleu.

– Mais des pierres bleues, ça existe ?

– Bien sûr : azurite, lapis-lazuli, sodalite, apatite, et sans doute plein d'autres qui ne me reviennent pas en mémoire. Je vais essayer de trouver l'origine de ton sable, et si je n'y parviens pas, j'en parlerai à la communauté des arénophiles et j'aurai la réponse, à coup sûr.

Nous mangeons à même les cartons. Jennifer veut que je revienne sur ma dernière rencontre et surtout sur le « *notre fille* » que j'ai entendu à ce moment-là. J'y ai beaucoup repensé depuis. Je crois tout de même avoir perçu de la gentillesse, un désir de la part des « autres » de me rassurer.

– Pourquoi, si c'est le cas, avoir tant tardé à te répondre ?

– J'imagine qu'au départ, ils ont été surpris que je m'adresse à eux, que je puisse le faire. Et ensuite...

– Ils t'ont reconnue, c'est ça ?
– Pourquoi dis-tu ça ?
– Une intuition. Je l'avoue, elle ne repose sur rien de tangible.

4 JUILLET, 17 H 10

NOTRE MANIFESTATION TOUCHE À SA FIN. Elle a été très spectaculaire et extrêmement suivie. Notre chaîne humaine a coupé Paris en deux, du nord au sud, pendant plusieurs minutes avant que nous ne convergions tous vers l'île de la Cité, près de l'ancien Palais de Justice. Notre file suivait en extérieur la ligne 4 du métro, entre la porte de Clignancourt et la porte d'Orléans.

Je n'ai pratiquement pas dormi de la nuit. Mon cerveau a refusé de faire une pause. Je ne faisais qu'imaginer des scénarios les uns après les autres, passant de l'euphorie, si Léonor donnait soudain signe de vie, à la détresse la plus totale si rien n'arrivait.

Je me suis levée très tôt et j'ai rechargé mon portable en gardant constamment un œil dessus. Je voulais croire que ce serait une journée unique et je voulais être certaine de ne rien rater : ni une info ni le message d'une connaissance... ni un appel de Léonor.

Vers 11 heures, les parents de Léonor, accompagnés de Tom, ont sonné à l'interphone. C'était une idée de ma mère de les inviter à déjeuner. J'avoue que je n'y avais pas pensé. Ils ont ainsi pu se poser une bonne heure avant de prendre le RER avec moi. Les échanges durant le repas ont été rares mais sympathiques parce que, de mon côté, j'étais tout à fait incapable d'alimenter la conversation comme tous devaient s'y attendre. Je ne pensais qu'à Léonor. Ma mère leur a proposé de passer la nuit, en « campant un peu », s'ils ne se sentaient pas le courage de refaire plus tard le trajet jusqu'à Limoges.

– Merci beaucoup, mais ça ira, a répondu Bertrand.

Ensuite, nous avons gagné notre point de rendez-vous pour composer un fragment de la chaîne. Nous, c'était place Denfert-Rochereau. Nangaï et Hugo nous ont rejoints, ainsi que Rose et Fiorella. Samantha manifestait avec ses parents et des cousines dans un autre secteur. À 15 heures précises, tous les maillons de la chaîne se sont soudés et nous avons coupé la circulation pendant quinze minutes qui nous ont paru interminables : assez vite, des coups de klaxon ont déchiré le silence, et des cris puis des injures se sont fait entendre. Certains d'entre nous étaient prêts à céder à la pression agressive qui régnait. Plusieurs se sont dévoués pour aller expliquer notre cause et tenter de calmer le jeu. Parfois, ça n'a pas marché, et nous avons failli en venir aux mains. Les forces de l'ordre ont débarqué et après nous avoir entendus, elles ont décidé de nous laisser finir notre action. Après tout, ce n'était plus qu'une histoire de minutes. Beaucoup de passants nous ont filmés avec leur portable. Il faudra penser à récupérer toutes ces images en lançant un appel sur les réseaux sociaux. Lorsque nous avons lâché la main de nos voisins, nous nous sommes détendus d'un coup, même si je pense que je n'étais pas la seule à le faire à regret. J'avais aimé ce contact fraternel et cette énergie qui circulait entre nous. Nous avons marché en silence jusqu'à Port-Royal, puis longé le jardin du Luxembourg pour finir par descendre le boulevard Saint-Michel. Le père de Léonor m'a glissé qu'il était content d'être là et je lui ai souri un peu tristement. J'ai passé mon après-midi à consulter mon portable. J'avais eu beau passer une partie de la nuit à essayer de me raisonner sur la possibilité d'un miracle aujourd'hui, mon cerveau ne pouvait pas lutter.

– Tu regardes si on parle déjà de nous sur les sites d'infos ? demande Tom. C'est encore un peu tôt, non ?

– Sans doute. Mais on ne sait jamais.

Nous retrouvons Samantha et sa famille sur le pont Saint-Michel. En attendant que les maillons les plus éloignés de la chaîne nous rejoignent, nous discutons en petits groupes. Les parents de Léonor se dirigent vers des connaissances, venues, comme eux, de Haute-Vienne. Sam me chuchote :

– Restons ensemble cette nuit. S'il se passe quelque chose, je préfère que tu sois là. Si... tu sauras quoi faire ?

– D'accord, dis-je, soulagée à la perspective de ne pas passer les prochaines heures à pleurer toute seule sur mon sort. S'ils reviennent, tu veux dire ?

– Oui.

– Je dois raccompagner Tom et les parents de Léonor qui ont garé leur voiture en bas de chez moi. On se retrouve dans la soirée ?

– D'accord, dit-elle.

Nous nous rapprochons pour écouter le discours de Chloé. Elle montre des signes d'épuisement en s'arrêtant de parler à plusieurs reprises pour reprendre son souffle. Elle accroche sur quelques mots et finit au bord des larmes. Je pense qu'elle non plus n'a pas dormi depuis longtemps. Quand elle a fini, l'assistance l'applaudit particulièrement fort et longtemps pour lui redonner de l'énergie et pour la remercier de tout ce qu'elle accomplit depuis un an. C'est, pour nous tous, un grand moment d'émotion.

Je reprends le RER avec la famille de Léonor. Sa mère s'assoit à côté de moi et nous faisons face à Bertrand et Tom. Elle passe son bras autour de mon épaule et me déclare tout bas :

– Je suis tellement contente de te connaître, Tess.

Je ne sais quoi répondre à part « Merci ». Elle reprend :

– Tu passeras nous voir cet été... même si... si... notre fille chérie n'est pas encore revenue ?

Je me tourne vers elle et je fonds en larmes.

4 JUILLET, 23 H 40

NOUS SOMMES CHEZ JENNIFER DEPUIS PRESQUE DEUX HEURES. Son écran diffuse, en direct et à l'aide d'une caméra thermique, ce qui se passe dans le cratère du Puy Pariou. Actuellement rien du tout.

Mon amie policière m'a appelée vers 19 heures. Lorsque je remontais chez moi après avoir embrassé la famille de Léonor et leur avoir promis de venir très vite.

– J'ai réussi à connecter mon ordinateur aux caméras implantées au Pariou. Ça reste entre nous, hein. Je te tiens au courant au moindre mouvement suspect, d'accord ?

– Mais si tu t'endors ?

– Eh bien… tu veux venir surveiller avec moi ?

– Oui ! Mais j'ai promis à mon amie Samantha qu'on se tiendrait compagnie cette nuit…

– Bon… propose-lui de venir.

– Génial ! Merci ! on apporte le repas !

Nous avons débarqué chez Jennifer vers 20 h 30 avec de la bouffe libanaise. On a pris un assortiment d'entrées froides, ce qui a réjoui notre hôte. J'ai fait les présentations. Nous nous sommes installées dans le salon, où Jennifer a branché son ordi sur sa télé. Il faisait encore à peu près jour. Je me suis étonnée que l'endroit soit désert : des personnes, sur le site de l'asso, avaient prévu d'être sur place.

– Le camping sauvage n'est pas autorisé, a expliqué la policière, ni le bivouac. C'est un parc naturel protégé.

La gendarmerie a eu vent de la volonté de proches des disparus de venir y passer la nuit. Les contrôles ont été renforcés et des caméras ont été rajoutées sur les chemins d'accès. Un drone devrait également survoler la zone toutes les heures.

– Les autorités croient qu'un retour est possible ?

– C'est une hypothèse officieusement estimée autour de dix pour cent. En fait, ils n'y croient pas vraiment mais ne veulent prendre aucun risque. L'opinion est très remontée contre l'administration qui se contente de dire qu'elle enquête, sans résultat, depuis un an.

Nous avons picoré notre houmous, notre caviar d'aubergine et nos poivrons farcis en gardant un œil sur l'écran. Nous n'avions pas très faim.

Le son a été poussé au maximum mais n'enregistre que le vent. On est comme devant un feu de bois, à la fois hypnotisées et méditatives. On parle un peu mais seulement à deux, quand on est sûres que la troisième ne quitte pas l'écran des yeux. Je peux ainsi regarder les images des chaînes d'infos et des JT sur notre manif. Les journalistes semblent avoir privilégié les proches qui pleuraient et se soutenaient plutôt que ceux qui criaient leur colère.

Vers 1 heure du mat', Jennifer va se coucher en nous faisant promettre de la réveiller à la moindre alerte. Sam et moi sommes avachies sur le canapé. Nous n'osons plus parler. J'imagine qu'elle est comme moi, fatiguée de sa journée, fatiguée d'espérer en vain. Nos épaules se touchent. On se soutient.

Plus l'heure avance, plus mes yeux me piquent. Je surprends Samantha les paupières baissées. Quand je la secoue un peu en souriant, elle ouvre soudain les yeux et grogne :

– Je ne dors pas… je ne dors pas.

– … Tess, réveille-toi ! L'écran est noir !

– OK, OK, dis-je en émergeant difficilement. T'es sûre que c'est pas la télé ?

– Mais non ! j'ai vérifié.

– Mais ça fait longtemps ?!

– Peut-être cinq, six minutes… je voulais pas te réveiller… Je croyais que…

– Et il se passait quoi juste avant ?

– Rien ! enfin, si, un bourdonnement bizarre.

– Un drone ? Ou un hélico ?

– Non. Une fréquence beaucoup plus grave qui me prenait la tête. Tu crois qu'on peut réveiller ta copine ?

– Bien sûr, dis-je.

À peine ai-je poussé la porte de sa chambre que Jennifer se redresse. Elle m'a presque fait peur.

– Il se passe quelque chose ?

– La liaison est coupée.

Elle se lève et vient dans son long tee-shirt à l'effigie de Mickey devant l'ordi. Elle pianote quelques secondes et l'image réapparaît. On en a le souffle coupé. Des centaines et des centaines de silhouettes serrées dans le cratère. Des voix qui s'entremêlent, un brouhaha irréel. On garde toutes les trois la bouche ouverte, hypnotisées pendant plusieurs minutes. Jennifer retrouve ses esprits la première. Je regarde Sam qui, comme moi, a le visage couvert de larmes.

À cet instant, mon téléphone vibre dans ma poche. Je le fais tomber en le sortant. Mon cœur va exploser. Je le ramasse au moment même où ceux de mes deux camarades sonnent à leur tour.

– Allô, Tess ? Je suis sur un volcan en Auvergne. Le GPS me l'a confirmé. Tu peux me dire ce que je fous là ? Et toi, t'es où ?

7 JUILLET, 18 H 03

COMBIEN DE TEMPS FAUDRA-T-IL ENCORE QUE J'ATTENDE POUR LA SERRER DANS MES BRAS ? Après quelques heures au téléphone que j'ai dû partager avec les membres de sa famille et ses plus proches amis, la communication a été coupée. Au matin du 5, les autorités ont repris les choses en main. Des cars sécurisés ont fait des rotations depuis le parking au pied du volcan pour acheminer les jeunes vers les hôpitaux de leur région d'origine. Je suis à Limoges depuis deux jours.

L'annonce officielle est passée aux infos il y a quelques heures : les disparus sont autorisés à sortir à partir de ce soir sous réserve d'un avis favorable des médecins.

À cet instant, je fais semblant, comme Tom et ses parents, de m'occuper en attendant le feu vert de l'hôpital.

Au début de notre échange, il y a maintenant deux jours et demi, j'ai tout de suite ressenti que nous n'étions pas, Léonor et moi, au même niveau d'émotion. C'était le cas aussi entre Samantha et Camélia, mon amie me l'a confirmé ensuite. Cela faisait si longtemps que je souffrais du manque que j'en pleurais de joie. Léonor, elle, semblait se réveiller simplement d'une longue sieste. Elle était quand même perturbée de se retrouver en pleine campagne, la nuit, au milieu d'inconnus aussi largués qu'elle, et d'être prise en charge par la police de manière très encadrée. Il a fallu des preuves, des photos, des vidéos, pour lui faire admettre qu'un an entier la séparait de notre dernière rencontre, un an dont elle n'avait gardé aucun souvenir. Alors l'incompréhension a vite succédé à la joie simple de nos retrouvailles. Pour elle, il ne s'était rien passé.

– Mais j'étais où, Tess, pendant tout ce temps ? m'a-t-elle aussi demandé pendant qu'elle redescendait avec les autres, soudain très inquiète. Tu es en train de me dire que j'ai perdu une année de ma vie ?

Il a fallu remonter tout le fil, depuis nos échanges dans la ferme de Jean-Yves jusqu'à sa disparition dans la nuit. Elle s'est souvenue d'un coup de nos dernières discussions près de l'étable quand elle m'avait dit qu'il fallait qu'elle parte.

– Et donc, tu dis que je suis vraiment partie en pleine nuit et que j'ai fait le trajet jusqu'ici en covoiturage ?

Et tous les autres autour de moi ont vécu la même aventure bizarre ? Mais c'est quoi, ce délire ?

Le temps de lui exposer mes théories n'était pas encore arrivé. J'ai préféré lui faire regarder l'avenir.

– Essaie de ne pas trop penser à tout ça. Tu es là ! Tu vas bien... Vois le positif ! Tu es revenue et nous allons bientôt être ensemble ! Je vis le plus beau jour de ma vie, tu sais !

Depuis cette discussion, c'est silence radio. Les téléphones des disparus ont été coupés, et les proches, furieux et inquiets, ont dû se contenter des communiqués des cadres hospitaliers qui répétaient en boucle que les « jeunes réapparus » mangeaient et dormaient normalement, que pour l'instant ils n'avaient constaté aucune trace de mauvais traitements. Moi, je ne pouvais m'enlever de l'idée qu'elle avait peut-être eu un bébé sans le savoir et qu'elle allait ressentir un choc terrible quand on le lui annoncerait.

Les deux derniers jours, l'inquiétude et la peur avaient succédé à la joie et au soulagement. Au cours de mes insomnies, j'avais éprouvé le besoin de m'adresser à ses ravisseurs. Dans un premier temps, je les avais remerciés : « Merci, merci, qui que vous soyez, d'avoir ramené Léonor saine et sauve ! » Puis en y réfléchissant, je m'étais demandé si un prisonnier doit remercier ses bourreaux ou ses geôliers simplement parce qu'ils lui rendent la liberté qu'ils lui ont prise sans raison ? À d'autres moments, je les apostrophais violemment pour exiger des explications : « Pourquoi vous lui avez fait ça ? À elle, et à tous les autres ? »

Nous sommes assis dans le salon, à part Tom qui fait les cent pas. Le téléphone de Coralie sonne et tout le monde sursaute.

– Bonsoir, dit-elle, sur un ton trahissant l'anxiété.

Elle écoute, immobile. Elle cligne beaucoup des yeux. Progressivement, son visage se détend. Elle répond d'une voix assurée :

– D'accord. Merci, madame. Nous serons à l'heure.

Puis elle se tourne vers nous, avec un sourire que je ne lui avais jamais vu :

– Ça y est. Ils nous la rendent à 20 h 10 précises. Ils échelonnent les départs pour avoir le temps de s'entretenir avec tous les proches.

Nous éclatons tous de joie. Tout à coup, Tom demande :

– On lui prépare quoi pour son retour ?

– Si vous me filez un coup de main, déclare Coralie avec enthousiasme, nous avons le temps de lui préparer son plat préféré et un gâteau.

– Moi, annonce son père, j'ai mis le champagne au frais il y a deux jours déjà. C'est la dernière bouteille qui me restait à la cave !

8 JUILLET, 4 H 13

AVANT DE POUVOIR RÉCUPÉRER LÉONOR, NOUS AVONS DÛ SUIVRE SON MÉDECIN, ACCOMPAGNÉE D'UN PSYCHOLOGUE, DANS UNE PETITE SALLE DE RÉUNION. La femme en blouse blanche avait son regard neutre de professionnelle. L'homme aussi. Qu'allaient-ils nous annoncer ?

– Léonor, a-t-elle commencé, est en parfaite santé. Nous l'avons soumise à une grande quantité d'examens : radiographie, scanner, I.R.M., échographie, analyse sanguine... sans rien détecter d'anormal...

Elle marque une pause. Je soupire, soulagée. Je veux comprendre que Léonor n'a pas porté d'enfant.

– Mais elle n'a aucun souvenir de son expérience, reprend-elle. Elle ne se montre pas particulièrement perturbée par ce qu'elle a subi. Il est possible qu'elle cherche à minimiser ce qui lui est arrivé. C'est une attitude qu'on a aussi observée chez les autres. Soyez à son écoute. Entourez-la. Ne lui posez pas de questions. Rappelez-vous qu'elle est actuellement dans l'incapacité de vous répondre. Si les souvenirs lui reviennent un jour, elle vous les racontera peut-être.

– Je voulais vous préciser, ajoute le psychologue, que j'ai proposé à Léonor de faire un suivi sur son état psychologique et son moral d'ici quelques semaines, mais elle a décliné mon offre car elle n'en voit pas l'intérêt. Je vous donne un numéro pour me joindre si son comportement vous préoccupe. N'hésitez surtout pas à m'appeler.

La médecin reprend la parole.

– Bien. Avez-vous des questions ?

Nous nous sommes regardés et c'est Bertrand qui a répondu pour nous quatre par la négative, simplement en remuant la tête.

– Est-ce que vous vous sentez prêts à aller retrouver Léonor ?

– Bien sûr, a chuchoté sa mère en se levant.

Le médecin nous a guidés dans les couloirs. Bertrand et Coralie se tenaient la main. Tom, d'habitude si discret, a attrapé la mienne. Nous avons pris ensemble une longue inspiration avant de pousser la porte de la chambre. Léonor était assise au bord du lit, le regard dans le vide, son petit sac à dos déjà sur ses épaules. Sa mère s'est précipitée sur elle pour l'embrasser, bientôt suivie par son mari et son fils. Ils formaient une masse compacte de bras et de têtes, de rires et de larmes dont je me suis sentie exclue. Après un temps qui m'a paru infini, ils se sont écartés, m'ont regardée en souriant, et Léonor a littéralement sauté dans mes bras. Mon corps, au contact du sien, a frissonné comme lors de nos premières étreintes. Une douce chaleur m'a envahie de la tête aux pieds. Nos lèvres se sont effleurées. J'étais au-delà de tout, dans un bonheur presque violent.

Je ne me souviens pas tellement du trajet ni du repas de fête qui a suivi. Peu de mots ont été échangés ou bien ils n'avaient pas d'importance. On s'est beaucoup souri.

Tom a raconté son année scolaire et sportive en faisant des blagues. Léonor a trouvé qu'il avait beaucoup grandi. Elle rayonnait.

Il était presque minuit lorsque nous avons enfin pu savourer un peu d'intimité. Nous nous sommes longuement embrassées avant de nous donner l'une à l'autre. Nous avons fait l'amour lentement et longtemps. Nous nous sommes endormies rassurées. Notre passion était toujours là et les épreuves que nous venions de traverser n'avaient fait que la renforcer.

J'avais espéré dormir jusqu'au matin, mais ce n'est pas le cas. Il fait chaud et malgré la fenêtre ouverte, nos peaux ont du mal à supporter ne serait-ce que le poids d'un drap. Je contemple son corps qui frémit, au rythme de sa respiration régulière. Elle dort profondément. Elle est toujours aussi belle. Soudain, une odeur que je connais trop bien vient s'insinuer dans la pièce. Interviennent-ils à proximité ou bien viennent-ils pour moi... pour la reprendre ? Je la couvre de mon corps pour leur faire barrage et je sens des larmes de colère affluer sous mes paupières et dégouliner sur mon visage. Au moment où je m'apprête à hurler de rage et de peur, une voix résonne dans ma tête : « *Ne crains rien, notre petite fille. On ne vient pas pour elle.* » Que veulent-ils me dire ? Qu'ils sont là pour moi ? Que c'est mon tour d'être arrachée à celle que j'aime ? Qu'ils m'ont permis de nous retrouver pour nous séparer juste après ? Qu'elle devra affronter sans moi la suite des évènements sans que je puisse la protéger ? Je resserre trop fort mes bras et mes jambes autour de Léonor qui grogne dans son sommeil : « Il fait chaud… j'étouffe… Tess… » La voix reprend, plus fort : « *La nuit prochaine, il faudra que tu viennes.* » « Mais où… où devrai-je aller ? » « *Tu viendras, notre petite fille ?* » « Oui, je viendrai. Mais où ? Pour combien de temps ? Et pour quoi faire ? »

Le silence est revenu. Ils sont partis.

8 JUILLET, 14 H 31

CE MATIN, NOUS AVONS REMPLI LA VOITURE POUR PARTIR À LA CAMPAGNE. Nous avions tous hâte de faire découvrir sa nouvelle cabane en hauteur à mon amoureuse. Arrivés sur place, Tom et moi avons dû l'occuper dans la maison, le temps que ses parents mettent en place les derniers éléments, tapotent les rideaux, coussins, matelas, et allument des bougies. La découverte de l'endroit a été une vraie surprise qui l'a fait pleurer aussitôt.

– On y dort dès cette nuit, Tess ! T'es d'accord, hein ? s'est-elle ensuite enthousiasmée comme une gamine qui recevait le jouet de ses rêves.

Quand elle a su que Sylvana et Enzo avaient aidé à la restauration de cette merveille, la question s'est posée de les inviter.

– Je préfère ne rester qu'avec vous cette semaine, a déclaré Léonor. Quand ils appelleront, dis-leur que je les aime et qu'on se verra très bientôt. Je veux être un peu tranquille pour profiter de Tess et de vous.

Après le déjeuner, nous avons investi la cabane toutes les deux. Léonor voulait tout savoir de mon année passée sans elle. Je lui ai raconté ma dépression, ma vie de paysanne, Samira et ses filles, mes cours par correspondance, mon engagement dans l'asso, mon voyage à Limoges. J'ai omis de mentionner Rachel et Sinan. Ce n'était ni le lieu ni le moment.

– Mais au fait, me coupe-t-elle, tu l'as eu, ton bac ? Je ne t'ai même pas demandé…

– Oui ! dis-je. Avec mention « Très bien », si tu veux tout savoir ! À ma grande surprise, j'ai cartonné en philo. Les résultats sont sortis le 2 juillet et ce matin-là, je pensais tellement à toi et à la date anniversaire de ta disparition que j'en ai oublié d'aller consulter les résultats de l'examen. Nous l'avons fait avec mes parents à leur retour du boulot. Ils avaient acheté du champagne sans alcool et confectionné un gâteau et une mousse au chocolat à l'avance. J'ai joué à la fille heureuse mais j'avais l'esprit complètement ailleurs.

– Pourquoi pensais-tu que je reviendrais le 4 ?

Je lui raconte alors en détail toutes les recherches que j'ai pu faire avec Jennifer sur les cas plus anciens de disparitions inexpliquées, sur l'aphélie, et ce message des extraterrestres qui me disaient que c'était pour bientôt.

– Et tu ne t'expliques toujours pas pourquoi toi, et seulement toi, tu peux les voir, et même communiquer avec eux ?

– Cela fait des semaines que je refuse d'admettre la vérité alors qu'elle s'impose à moi. Je suis certaine que Jennifer en a eu l'intuition depuis longtemps et qu'elle en est maintenant certaine. Surtout depuis que nous avons reparlé du sable bleu qui, d'après elle, ne ressemble à rien de connu sur notre planète.

– De quoi tu parles, Tess ?

Je lui montre la lettre de ma mère que j'ai toujours avec moi. Léonor me regarde, choquée.

– Ta mère a été enlevée il y a dix-neuf ans… et tu dis que tu as vraisemblablement été conçue et mise au monde ailleurs. Peut-être même à l'endroit où j'ai séjourné durant un an dont je ne garde, moi non plus, aucun souvenir. Et elle aurait réussi à te ramener sur Terre ? La preuve de son incroyable périple, c'est ce sable qu'elle t'a légué. C'est bien ce que tu veux dire ? Et donc, tu pourrais communiquer avec eux ou bien, ou alors… tu aurais ça dans tes gènes ? Si c'est vrai… alors je comprends que ça t'effraie. Mais c'est quand même toujours mieux de savoir. Non ? Et pour toi et moi, ça ne change rien. Rien du tout !

– Et si on allait plutôt se baigner ! je propose en fuyant son regard. J'ai chaud et ce ruisseau nous tend les bras.

Léonor hoche la tête, bienveillante. Elle sent forcément que j'ai envie de penser à autre chose. Je ne veux plus penser à eux. Je veux qu'ils nous laissent profiter de cette journée qui pourrait être la dernière que je vais partager avec mon amour. Je ne crois pas qu'ils me laisseront le choix. Nous remontons le cours d'eau sur près d'un kilomètre, jusqu'à un large trou naturel où l'eau s'accumule. Elle appelle l'endroit « sa baignoire ». Le lieu est sauvage et beau, et très éloigné des habitations et des routes. Nous nous déshabillons complètement et nous glissons dans l'eau froide. Nous faisons la planche en nous tenant la main. Nos corps qui flottent viennent par instants se frôler. Au-dessus de nous, les grands arbres tamisent les rayons du soleil. Je ferme les yeux. J'essaie de faire le vide. En vain. Je pense déjà à la nuit prochaine, à mon futur face-à-face avec les « autres ».

9 JUILLET, 1 HEURE

DÈS QUE LÉONOR A FERMÉ LES YEUX, JE ME SUIS PRÉPARÉE. J'ai enfilé un short et un pull léger et j'ai attaché mes sandales. Je ne veux pas me faire prendre au dépourvu. Assise en tailleur devant l'ouverture, j'attends. L'odeur les précède de quelques secondes. Les poils de mes bras se dressent. Je contrôle mon tremblement. Je ne les vois pas mais je sens leur présence comme jamais auparavant. Je crois qu'ils sont deux. Je descends de la cabane et je les suis sur le petit sentier qui longe la rivière. Une présence semble se déplacer à moins d'un mètre devant et une deuxième me talonne à une distance sans doute équivalente. Elles calent leur rythme sur le mien. Nous nous arrêtons quelques centaines de mètres en aval du ruisseau. Trois rochers, arrondis par l'eau au fil du temps, forment un triangle sur une petite plage de graviers. Je m'installe sur l'un d'eux, comme si les présences m'y invitaient. Pourquoi s'arrête-t-on là ? Est-ce qu'ils vont vraiment m'emmener avec eux après ou me laisseront-ils tranquille ? Je pose mes mains sur mes genoux. Je sursaute lorsque je sens deux masses tièdes effleurer délicatement mes doigts avant de s'immobiliser. Le contact est établi.

– *Enfin, notre petite fille !*

Tout est silencieux dehors. Tout se passe dans mon cerveau. Je décide de prendre l'initiative de la conversation.

– Pourquoi m'appelez-vous « notre petite fille » ?

– *Parce que tu es née chez nous et tu aurais dû y rester si ta mère n'avait pas réussi à te cacher sur elle au moment de son retour sur Terre.*

– Qui est mon père ?

– *Impossible à dire avec certitude. Tu es le résultat d'une hybridation d'ADN. Tu es à 99 % humaine. C'est le dernier centième qui te permet de sentir notre présence et de communiquer avec nous, mais aussi d'être insensible à notre odeur qui endort les autres humains et à l'eau qui les apaise.*

Ils expliquent cela tranquillement, comme si c'était tout à fait normal. Je ne peux m'empêcher de réagir :

– Mais vous vous rendez compte de ce que vous avez fait subir à ma mère ? Vous l'avez enlevée et utilisée comme un animal de laboratoire ! Vous n'avez pas respecté son corps et son esprit ! Vous m'avez empêchée de la connaître, vous nous avez privées l'une de l'autre !

– *Tu as raison. À l'époque, nous étions obsédés par notre envie de savoir, par notre curiosité. Nous ne connaissions rien aux humains, ni leur physiologie ni leur psychologie. Nous avons appris à respecter ce qui est respectable chez eux. Nous n'agissons plus ainsi. Nous n'intervenons plus sur les corps.*

– Vous avez tout de même transporté un million de jeunes... ailleurs, sans leur consentement. Si vous respectez les hommes, comme vous dites, vous saviez quelle peine cela allait causer à leurs proches. Nous avions peur de ne jamais les revoir, et pire encore, nous vivions dans l'angoisse de ne pas savoir ce qu'il leur était arrivé. Vous... leur avez fait quoi alors ? Dites-le !

– *Nous étions conscients de tout cela mais ça en valait la peine. Nous te le promettons, Tess, notre fille. Tu le découvriras bientôt.*

– Quel intérêt avez-vous à restaurer notre planète ?

– *C'est bien une question d'humain, ça, Tess ! On le fait parce que l'Entraide est une loi naturelle. On doit aider les autres espèces. Et pour vous, les Terriens, il y a urgence. Si on ne fait rien maintenant, bientôt, ce sera trop tard. Vous mourrez tous.*

– Les hommes veulent pouvoir choisir par eux-mêmes ! Ils n'acceptent pas qu'on décide pour eux.

– Tess, si une personne saute dans une rivière pour se suicider, toi, tu sauteras pour la sauver. Pourtant, elle a choisi de mourir. Tu le feras parce que tu crois à la vie et que tu penses que c'est bon pour elle. C'est notre loi, la Loi naturelle, celle de l'Entraide. Il est temps pour nous de repartir maintenant. Le sauvetage de la Terre est en bonne voie. Nous vous laissons terminer la tâche. Nous avons semé. Bientôt, vous récolterez.

Trop de sentiments contradictoires se bousculent dans mon cerveau. J'hésite quelques secondes avant de reprendre la parole :

– Alors... je... je reste ? Je peux rester ici, avec Léonor ?

Je sens soudain le poids sur mes mains s'alléger.

– Non ! J'ai encore des choses à vous demander ! S'il vous plaît, ne me laissez pas maintenant !

Je suis toute seule. J'entends juste le murmure rassurant du ruisseau.

10 JUILLET, 16 H 20

J'AI DORMI JUSQU'À LA MI-JOURNÉE. Léonor m'a crue malade car elle sait que d'habitude, j'ai très peu besoin de sommeil. Après avoir émergé, j'ai encore mis quelques heures avant de me rétablir tout à fait. Ma rencontre de la nuit m'avait visiblement vidée de toute énergie. J'ai dévoré de nombreuses tartines de confiture dans notre repaire et englouti un bon litre de thé avant de tout lui raconter. Mes souvenirs étaient parfaitement clairs et j'ai pu lui rapporter mon échange avec les Autres au mot près.

Après un long silence, Léonor m'a déclaré :

– C'est génial de pouvoir enfin expliquer l'ensemble des phénomènes que nous avons rencontrés. Toi et Jennifer, vous aviez tout compris avant les autres.

Nous nous sommes souri avant qu'elle ne reprenne sur un ton plus vif :

– Ce sont quand même de beaux salauds !

Puis, devant mon silence, elle m'a demandé, perplexe :

– Tess, tu en penses quoi ? Tu penses qu'ils sont excusables ?

– Non. J'ai trop souffert de ton absence et surtout d'avoir cru te perdre à jamais. Je les ai trop maudits pour ne pas être d'accord avec toi.

Mais j'ajoute du bout des lèvres :

– Je dois t'avouer que pendant notre conversation cette nuit, ils m'ont montré beaucoup de douceur et de bienveillance.

– Admettons. Mais je ne comprends toujours pas la nécessité qu'ils avaient à enlever un million d'entre nous durant un an.

Nous flottons côte à côte, dans notre baignoire naturelle. J'essaie de détendre mes muscles et d'éliminer les toutes dernières tensions générées par mon épreuve nocturne. Soudain, Léonor me demande sur un ton grave :

– Tess, qu'est-ce qui va se passer maintenant qu'ils ne sont plus là ? Tout va recommencer comme avant. Ceux qui nous gouvernent vont tout faire pour redémarrer l'industrie pétrolière et charbonnière et reprendre le saccage de la planète. Maintenant que la poubelle a été vidée, ils vont la remplir à nouveau. Comment va-t-on faire pour éviter ça ?

– Ceux de l'au-delà semblaient confiants. Mais il faudra aussi reprendre les combats de *Planet Reboot,* convaincre le monde de ne pas replonger dans ses travers. Je veux croire que beaucoup de Terriens ont pu réfléchir durant cette crise et se rendre compte de ce qui comptait vraiment pour eux. Rien ne sera plus comme avant, j'en suis sûre.

– Tu es pleine d'espoir, Tess. Moi, je suis moins optimiste.

– On va profiter des vacances pour regagner des forces et s'aimer toutes les deux. On reprendra le combat à la rentrée.

La température de l'eau est idéale. Les oiseaux et les insectes chantent autour de nous. J'essaie de ne me concentrer que sur l'instant présent. Léonor me prend doucement la main. Je serre fort la sienne. Si seulement ce moment pouvait durer toujours...

18 JUILLET, 11 H 05

DEPUIS UNE SEMAINE, NOTRE QUOTIDIEN EST COMPOSÉ DE SIESTES, DE CÂLINS, DE LONGUES PROMENADES, DE BAIGNADES SILENCIEUSES DANS NOTRE COIN SECRET. On participe un peu à la cuisine et aux autres tâches ménagères mais ça ressemble vraiment à des vacances.

Ce matin, au réveil, Léonor avait le visage grave et j'ai senti que la journée allait prendre une autre tournure.

– Il me faut de grandes feuilles et des crayons, a-t-elle déclaré en sortant du lit.

Elle s'est habillée très vite et a foncé vers la maison. Je l'ai rattrapée au moment où elle fouillait dans une armoire de la chambre de son frère qui dormait encore.

– Qu'est-ce que tu fous, sœurette ? a-t-il articulé d'une voix pâteuse. C'est un peu trop tôt, là, non ?

– Pas vraiment ! Mais, t'inquiète, frérot, j'ai trouvé ce que je cherchais. Tu peux replonger dans les bras de Morphée !

Elle s'est installée dans le salon et a étalé son matériel un peu partout. Je suis allée préparer notre petit déjeuner. Je commençais à être inquiète. Quand j'ai rapporté le plateau, elle dessinait des formes aux contours arrondis qui m'ont évoqué des igloos ou des cocons. Chacune était différente et ressemblait à une sculpture un peu « organique » dans laquelle on a envie de se glisser. Les fenêtres rondes faisaient penser à des hublots.

– Le petit déjeuner est prêt, ai-je annoncé en serrant les dents.

– Merci, mon amour, m'a-t-elle répondu sans décoller les yeux de son ouvrage. Mais je dois d'abord finir.

J'ai savouré mon thé et mes tartines en l'admirant. Je ne pouvais pas m'en empêcher. Elle semblait ailleurs, comme en transe. Son dessin architectural était très précis. Elle a aussi tracé des vues en coupe et indiqué des légendes. Toutes ses petites maisons ventrues semblaient connectées les unes avec les autres. Je découvrais avec bonheur que ma Léonor était très douée. Je l'avais déjà vue crayonner, mais pas de manière aussi belle. Elle peaufinait ses dessins, ajoutait un tas de détails poétiques comme des ornements floraux. Ses parents ont débarqué vers 10 heures, après leur promenade matinale. Ils ont tout de suite repéré le thé froid et les mouches qui colonisaient les tranches de pain imbibées de beurre fondu.

– Il se passe quoi, là ? a demandé son père. Notre future architecte est prise d'une folie créatrice au point de délaisser son petit déjeuner ?

Comme Léonor n'a pas relevé sa remarque, il m'a interrogée du regard, alors j'ai entraîné ses parents dans la cuisine. Mon amoureuse ne nous a prêté aucune attention.

– Je ne l'ai jamais vue aussi... concentrée, a déclaré sa mère. Elle fait ça depuis quand ?

– Une heure et demie... peut-être deux.

– Et ça ne t'inquiète pas ?

– Non, ai-je répondu après avoir hésité quelques secondes. Elle a l'air heureuse. C'est l'essentiel.

Une heure plus tard, Léonor pose ses crayons et engouffre ses tartines ruisselantes de beurre et son thé froid sans tiquer. Elle rayonne. Je l'interroge :

– C'est quoi, ce chef-d'œuvre ?

– Des habitats 100 % écologiques ! Zéro émission de carbone lors de la construction. Que des matériaux naturels ou recyclés trouvés en abondance sur place. Et zéro déchet en cas de démolition ou d'abandon ! Là, ce sont des prototypes de base qu'il faudra adapter aux différents milieux, bien entendu. C'est la permaculture adaptée à l'habitat ! des constructions passives qui gardent la chaleur l'hiver et la fraîcheur l'été, toutes munies de système de ventilation naturelle. Regarde. Les matériaux sont quasiment tous gratuits et naturels eux aussi : de la terre, de l'eau, de la paille. Pour certaines maisons, il faudra se procurer quelques composants très peu coûteux, comme du chanvre ou de la chaux.

Ses parents se sont rapprochés en l'entendant parler.

– Tu n'as pas mangé les tartines, quand même ! s'indigne sa mère.

– Si. Pourquoi ?

Coralie fait une drôle de tête mais n'ajoute rien. Ils se penchent pour admirer les dessins de leur fille.

– Si je comprends bien, déclare son père, tu viens d'inventer une forme de perfection architecturale rurale.

– Non, je n'ai rien inventé du tout. Je pense que c'est plutôt une synthèse de plein de procédés qui existent déjà. Mes constructions tiennent à la fois de la termitière, des nids d'oiseaux, des premières maisons construites en Mésopotamie vers le sixième millénaire et de pratiques expérimentales d'avant-garde de communautés d'écologistes.

– D'accord, dis-je. Et ça t'a pris d'un coup, comme ça ?

– Oui, une urgence, comme un rêve qu'on veut noter en se réveillant parce qu'il est trop beau et trop inspirant. Parce que si on ne s'en délivre pas tout de suite, on risque de l'oublier.

ÉPILOGUE

DANS LES MOIS QUI ONT SUIVI, LÉONOR A VÉCU PLUSIEURS ÉPISODES DE CRÉATION SIMILAIRES. Parfois, elle pleurait de fatigue ou d'émotion. Parfois, elle éclatait de rire sans raison. Mais elle ne lâchait rien. Pendant des heures, chaque jour, dans un état second, elle a couvert frénétiquement des feuilles, des cahiers entiers de schémas, de plans et de textes. Quelques jours après sa rentrée, elle a osé montrer son « œuvre » à l'un de ses professeurs d'architecture, qui en a été très impressionné. Un peu dubitatif au début, il a passé plusieurs jours à effectuer des vérifications dans les revues internationales avant d'en déduire qu'il était face à une véritable prodige de l'architecture : cette jeune femme brillante soumettait des concepts jamais imaginés jusque-là. D'après lui, elle allait révolutionner les manières d'habiter les campagnes dans les prochaines décennies.

Léonor n'a pas été un cas isolé. Partout en France, comme dans les autres pays, des centaines de milliers d'idées innovantes et géniales sont apparues dans tous les domaines de la science, de la connaissance et des arts. Et tous ces jeunes inventeurs avaient décidé d'offrir leurs trouvailles à l'humanité sans chercher à en tirer le moindre profit financier. Il a été par exemple découvert dans l'année qui a suivi :

• Plusieurs procédés technologiques et chimiques permettant de capturer et d'éliminer le carbone dans l'air.

• D'autres servant à extraire et dissoudre complètement les particules de plastique des océans et des sols.

• D'autres encore pour valoriser le sable du Sahara et faire reculer le désert.

• Des systèmes d'irrigation novateurs capables de contrecarrer les épisodes de sécheresse.

• Des pièges à eau douce pour éviter les inondations et l'érosion des sols en cas de pluies trop abondantes.

• Des perfectionnements de l'exploitation des énergies solaire et éolienne tellement efficaces que celles du charbon et du pétrole furent rapidement abandonnées.

• Des techniques agroalimentaires pour nourrir plus équitablement et de manière plus naturelle la population mondiale...

Force fut de constater que toutes ces idées émanaient de ce million de jeunes disparus durant une année entière. Que leur était-il arrivé ? À quoi pouvait-on attribuer cette émergence soudaine de solutions géniales pour sauver notre planète ? Certains émirent l'hypothèse que leurs capacités neuronales avaient été augmentées par des « êtres » supérieurement avancés, d'autres qu'ils s'inspiraient de technologies côtoyées lors d'un voyage dans un « ailleurs mystérieux ». La « piste extraterrestre » fut donc largement évoquée avant d'être rejetée par une grande partie de la sphère scientifique, pourtant totalement impuissante à proposer une alternative capable d'expliquer l'origine de ce surgissement de solutions miraculeuses.

– Les dirigeants de la planète, nous a expliqué Jennifer un soir où Léonor et moi lui apprenions à confectionner une mousse au chocolat avec l'eau de cuisson des pois chiches, ne sont pas prêts à annoncer à la population que l'Humanité a bénéficié d'une aide extérieure. Ce serait reconnaître leur propre impuissance et leur incompétence.

– Mais ce sable bleu qui n'existe pas sur Terre, a insisté Léonor, il a donc forcément été rapporté d'une autre planète. Et moi, je n'ai pas disparu un an par hasard. Jamais je n'aurais dessiné ainsi juste après. Ça, ce sont des éléments que les scientifiques et les politiques ne peuvent pas nier ?

– Ce sable bleu pourrait provenir d'une des milliers de météorites qui tombent chaque année à la surface de la Terre, a-t-elle répondu en souriant.

– Ce qui compte, ai-je déclaré, c'est que notre monde soit sauvé et qu'on puisse imaginer l'avenir sereinement.

– Oui, la jeunesse est pleine de projets, a ajouté Léonor, et prête à faire sa part. J'avoue que je suis agréablement surprise que l'affaire des Disparus du 4 juillet se soit terminée ainsi, et qu'elle ait pu donner naissance à cette véritable révolution.

Ils ont semé et nous récoltons. Ils nous ont montré les vertus de l'Entraide et nous essayons de la faire vivre chaque jour. Quand je me réveille la nuit, je pense souvent à eux. Je ferme les yeux et ouvre grands les bras, allongée dans le noir, et j'espère. Je suis persuadée que tôt ou tard, je reverrai danser la murène et que nous deviendrons elle et moi de vraies et grandes amies.

L'AUTEUR

Yves Grevet est né en 1961 à Paris. Il est marié et père de trois enfants. Il habite dans la banlieue est de Paris, où il a enseigné en classe de CM2 jusqu'en juin 2015. Les thèmes qui traversent ses ouvrages sont les liens familiaux, la solidarité, la résistance à l'oppression, l'apprentissage de la liberté et de l'autonomie. La trilogie *Méto*, qui l'a fait connaître, a été récompensée par 13 prix littéraires. Il est aussi l'un des auteurs du bestseller *U4* avec le roman *U4.Koridwen* et le recueil *U4.Contagion* (collectif). Tout en restant fidèle à ses sujets de prédilection, Yves Grevet s'essaie à tous les genres : récits de vie (*C'était mon oncle !*, *Jacquot et le grand-père indigne*, *Cornichonx*), roman d'enquête (*Seuls dans la ville entre 9 h et 10 h 30*, *Comment mon père est mort deux fois*), de science-fiction (*Nox*, *Des ados parfaits*, *Grupp*, *L'accident*, *La planète interdite* et *H.E.N.R.I.*), roman historique (*Celle qui sentait venir l'orage*) ou de politique-fiction (*L'école est finie*), une histoire à lire et à jouer (*Le voyage dans le temps de la famille Boyau*), et même un roman en français et en anglais de la collection « Tip Tongue », *Florimond à la recherche du Oxford Treasure*.

DU MÊME AUTEUR, CHEZ SYROS

C'était mon oncle !, coll. « Tempo », 2006

Jacquot et le grand-père indigne, coll. « Tempo », 2007

Méto, tome 1 : « La Maison », 2008

Prix des Collégiens du Doubs 2008

Prix Tam-Tam Je Bouquine 2008

Prix jeunesse de la ville d'Orly 2009

Prix Enfantaisie 2009 (Suisse)

Prix Ruralivres en Pas-de-Calais 2008/2009

Le Roseau d'or 2009 (44)

Prix Gragnotte 2009 de la ville de Narbonne

Prix Chasseurs d'histoires 2009 de la ville de Bagneux

Prix des Dévoreurs de livres 2010 (27)

Prix Frissons du Vercors 2010

Prix Bouqu'en Stock 2010 (académie de Rouen)

Prix des lecteurs ados de Concarneau et Quimperlé 2010

Prix Adolises Montélimar 2011

Sélection du ministère de l'Éducation nationale

Méto, tome 2 : « L'Île », 2009

Méto, tome 3 : « Le Monde », 2010

Seuls dans la ville entre 9 h et 10 h 30, 2011

Prix littéraire des collégiens du Bessin Bocage 2012

Prix AdoLire 2012

Prix Latulu 2012 (Maine-et-Loire)

Prix Gragnotte 2012 (Narbonne)

Prix des collégiens d'Issoire 2012

Prix Passez la 5e 2012 (Val-d'Oise)

L'école est finie, « Mini Syros », 2012

Prix du jury 2013 de la ville de Clamart

Nox, tome 1 : « *Ici-Bas* », hors-série, 2012

Prix Utopiales Européen Jeunesse 2013

Prix Imaginales des collégiens 2014

Prix Jacaranda 2014 (Maroc)

Prix des lecteurs de Sablé-sur-Sarthe 2014

Mort de lire 2015 (Poissy)

Nox, tome 2 : « *Ailleurs* », hors-série, 2013

Des ados parfaits, « Mini Syros +, Soon », 2014

Prix Lire Elire 2015

Prix Ramdam du roman ado

Le voyage dans le temps de la famille Boyau, hors-série, 2014

Celle qui sentait venir l'orage, hors-série, 2015

U4.Koridwen, hors-série, 2015

Florimond à la recherche du Oxford Treasure, « Tip Tongue », 2016

L'accident, « Mini Syros +, Soon », 2016

U4.Contagion (collectif), hors-série, 2016

Grupp, hors-série, 2017

La Planète interdite, « Mini Soon », 2018

Comment mon père est mort deux fois, hors-série, 2019

Cornichonx, « OZ », 2020

FSC
www.fsc.org
MIXTE
Papier issu de
sources responsables
FSC® C022030

N° d'éditeur : 10272654
Achevé d'imprimer sur Roto-Page en juillet 2021
par l'Imprimerie Floch à Mayenne
N° d'impression : 98628
Imprimé en France